— C'est la vérité, insista Tate. Ta première transformation sera douloureuse, mais rien à voir avec l'agonie de la Transition, je te le garantis. Ton corps s'y prépare dès à présent. Et une fois que tu t'y seras habitué, ça deviendra plus facile. Si tu veux mon avis, quand de jeunes loups souffrent encore après dix ou douze transformations, c'est psychologique. Ça fait mal, c'est *normal*. Tous tes os se cassent, tous tes muscles se déchirent avant de se reconstituer avec une nouvelle structure. Nos connaissances en anatomie expliquent tout à fait que la transformation soit aussi stressante.

Adrian fit tournoyer ses épaules afin de soulager son cou crispé.

— Peuh ! protesta-t-il. *Ça fait mal, c'est normal*, c'est tout ce que tu trouves à dire ? Pour toi, un jeune loup peut donc exister sous ses deux formes, humaine et animale, dans une boîte[1] jusqu'au moment où tu soulèves le couvercle pour prouver le contraire ?

— Le loup de Schrödinger[2] ? Ça me plaît !

Tate s'approcha et se mit à lui masser le cou. Adrian se détendit sous ses doigts.

---

1 Référence au « chat de Schrödinger » expérience de pensée dans laquelle un chat est enfermé dans une boîte…

2 Physicien, philosophe et théoricien autrichien (1887/1961).

COUPLE DE LA LUNE

Bru Baker

COUPLE DE LA LUNE

Bru Baker

Publié par
DREAMSPINNER PRESS

5032 Capital Circle SW, Suite 2, PMB# 279, Tallahassee, FL 32305-7886 USA
www.dreamspinnerpress.com

Couple de la Lune
Copyright de l'édition française © 2020 Dreamspinner Press.
Titre original : Camp H.O.W.L.
© 2017 Bru Baker.
Première édition : novembre2017
Traduit de l'anglais par Anne Solo.

Illustration de la couverture :
© 2017 Aaron Anderson
aaronbydesign55@gmail.com.
Les éléments de la couverture ne sont utilisés qu'à des fins d'illustration et toute personne qui y est représentée est un modèle

Édition e-book en français : 978-1-64405-874-9
Édition imprimée en français : 978-1-64405-875-6
Première édition française : juillet 2020
v 1.0

Édité aux États-Unis d'Amérique.

BRU BAKER a senti son envie d'écrire s'éveiller à quatre ans, lorsqu'elle s'est mise à publier un journal hebdomadaire pour sa famille. On la traitait de fouineuse, elle se considérait surtout habile à déterrer les nouvelles intéressantes. Finalement, personne ne s'étonna quand elle opta pour des études de journalisme et de science politiques. Une fois son diplôme en poche, elle se lança dans sa carrière de reporter.

Après plus d'une décennie consacrée à écrire pour différents journaux, Bru bifurqua vers l'écriture de fiction. Elle travaille désormais dans une bibliothèque du Midwest où elle fait de la promotion d'ouvrages et du conseil aux lecteurs, même si elle a encore du mal à croire qu'on la paye pour parler de livres !

Elle passe en général ses soirées blottie avec un livre ou son ordinateur portable. Qu'elle soit occupée avec ses personnages ou ceux d'autrui, Bru reconnait bien volontiers qu'elle n'est jamais plus heureuse que plongée dans un roman. Elle est mariée et mère de deux enfants, ce qui l'occupe beaucoup. Elle écrit souvent sur un banc lors des diverses compétitions sportives de ses enfants.

Site Web : www.bru-baker.com

Blog : www.bru-baker.blogspot.com

Twitter : @bru_baker

Facebook : www.facebook.com/bru.baker79

Goodreads : www.goodreads.com/author/show/6608093.Bru_Baker

Courriel : bru@bru-baker.com

Chapitre Un

ADRIAN avait l'habitude de faire bonne figure en public. Il était si doué pour cacher ses émotions derrière un sourire éclatant qu'il doutait fort que quelqu'un autour de lui ait réalisé combien la dernière heure lui avait été pénible. À peine entré dans la salle de conférence où il pensait assister à une vidéoconférence avec le bureau de Portland, il avait remarqué les banderoles suspendues au plafond. Aussitôt, il s'était collé un grand sourire aux lèvres avant de serrer la main des employés venus lui présenter leurs vœux. Depuis lors, il s'efforçait de prétendre que son anniversaire valait la peine d'être célébré. En vérité, Adrian se souvenait surtout de ce qui s'était passé huit ans plus tôt, quand le plus beau jour de sa vie avait tourné au drame.

Ainsi, la vidéoconférence n'avait été qu'un prétexte pour l'attirer. Au lieu de discuter sur grand écran des prévisions budgétaires trimestrielles, comme il s'y attendait, il avait trouvé toute sa famille qui l'accueillait en chantant « Joyeux anniversaire ». Seul point positif, la mascarade était réservée aux membres de la famille qui travaillaient pour le cabinet. Adrian évitait donc d'être embarrassé devant ses oncles, tantes et cousins.

Une fois le gâteau servi, la conversation se calma un peu et Adrian se retrouva seul avec Kurt, le directeur du marketing d'Indianapolis, dans la pièce jonchée de confettis. En toute franchise, la fête avait été plus modérée que celle qu'il aurait subie chez lui, mais cela restait pour lui un rappel douloureux d'une journée qu'il aurait préféré oublier. Tout en sachant que c'était impossible. Il en subissait les conséquences tous les jours de sa vie, et même s'il s'était résigné à son destin, cela ne lui rendait pas son isolement et sa solitude plus facile à supporter. Il était toujours seul, même entouré de sa famille.

Ou plutôt sa meute. Mais un loup n'ayant pas connu la Transition pouvait-il parler de « meute » ?

D'un grand geste de la main, Kurt engloba le désordre qui régnait dans la pièce. Puis il déclara :

— Désolé pour tout ça. Comme vous ne parliez pas de votre anniversaire, j'ai cru qu'ils allaient laisser tomber, mais Sandra a insisté et vous savez qu'elle a du caractère.

Adrian étouffa un rire. *Du caractère* ? C'était un euphémisme. Kurt ignorait que Sandra, en plus d'être P-D.G. du *Cabinet Rothschild, architectes*, était aussi la louve Alpha de tout le Nord-Ouest du Pacifique. Son caractère déterminé, son ambition féroce et son sens des affaires lui donnaient des pouvoirs bien plus importants que la simple gestion du bureau d'Indianapolis ou l'organisation impromptue d'une fête d'anniversaire surprise pour son fils. Sandra Rothschild présidait également le Tribunal des loups de la côte Ouest et avait la réputation méritée d'être impitoyable quand il s'agissait d'appliquer la Réglementation du Secret qui protégeait l'existence des loups.

Alors oui, Adrian savait que sa mère était habituée à obtenir ce qu'elle voulait. Elle était une force avec laquelle il fallait compter. Il aurait dû se douter que s'absenter de chez lui le jour de son anniversaire ne suffirait pas à lui éviter cette célébration.

— Je sais, oui.

Apparemment inconscient de la tension d'Adrian, Kurt insista :

— J'ai dû insister pour qu'il n'y ait qu'un gâteau. Pourtant, nous avons reçu hier un carton de décorations. J'ai compris que c'était râpé, alors j'ai laissé faire. C'est exagéré, je m'en rends bien compte.

Exagéré ? Ça, c'est certain, pensa Adrian en fronçant les sourcils pour examiner les guirlandes en papier crépon qui tombaient du plafond et lui caressait la peau. Un frisson étrange remonta le long de sa colonne vertébrale. Il était nerveux aujourd'hui, presque anxieux. Et ce n'était pas seulement dû aux mauvais souvenirs que lui rappelait son anniversaire. En fait, il se sentait plus mal encore que les années précédentes, ce qui n'était pas peu dire ! Quitter sa meute n'avait peut-être pas été une si bonne idée, après tout.

Adrian inspira un grand coup et tenta de se détendre. En vain. Ses épaules étaient nouées. Ce n'était nullement la faute de Kurt, aussi Adrian ne voulait-il pas se montrer injuste en lui faisant payer l'agacement qu'il éprouvait vis-à-vis de sa mère.

Il tenta donc de contrôler sa voix.

— Ne vous inquiétez pas pour ça !

Puis la frustration l'emportant, il arracha rageusement les banderoles du plafond. Il les froissa dans son poing et ajouta :

— Je vais me charger du reste. Rentrez chez vous. Il est tard.

En piochant un par un les confettis qui s'éparpillaient sur la moquette, Adrian ne put qu'admirer l'ingéniosité de sa mère. En s'esquivant le jour de son anniversaire, il avait cru éviter la cohue habituelle qu'on lui aurait réservée chez lui, mais pas du tout ! Et au lieu d'être dans son contexte familial habituel, il avait dû faire bonne figure devant de parfaits étrangers. Par chance, aucun d'eux n'était un loup. C'était plus facile de cacher aux humains des sentiments violents comme l'exaspération et le chagrin. L'odorat des loups, plus développé, les rendait plus réceptifs.

Une fois encore, Adrian se demanda si sa famille, en exagérant à outrance la célébration de son anniversaire, ne cherchait pas à compenser un sentiment de culpabilité et de tristesse devant le fait qu'un des leurs n'avait pas passé la Transition. Mais ce n'était pas de la faute de sa famille, ce n'était de la faute de personne. Tous les médecins consultés – sa mère en avait fait venir cinq ! – avaient été unanimes : il s'agissait d'une anomalie génétique.

Adrian passa la main dans ses cheveux et eut une grimace quand un serpentin s'accrocha à ses doigts. C'était la directrice des ressources humaines qui les lui avait jetés avec un peu trop enthousiasme. Sa façade de calme se fissurant, il arracha furieusement le serpentin – et une bonne poignée de ses cheveux en prime.

3

Il jeta le tout dans la poubelle, le nez plissé de dégoût. Était-ce donc ce qui l'attendait ? Perdre ses cheveux ? Déjà que ces derniers jours, il avait les genoux tout raides le matin en sortant du lit, parfois même, ses articulations craquaient. Et sa pilosité ! Adrian aurait pu jurer qu'il avait trouvé des poils dans son dos le matin même en se regardant dans le miroir après sa douche. Dans sa famille, les hommes étaient plutôt velus, mais pas lui. À vingt-sept ans, un âge en principe respectable, Adrian gardait un visage enfantin, une peau lisse et des joues rondes. Même ses deux jeunes frères paraissaient plus adultes que lui !

L'écran vidéo mural s'alluma, attirant son attention. Il hésita, se demandant quels ennuis il risquait encore de s'attirer s'il ne répondait pas. Il préféra ne pas tenter le diable – ou plutôt le loup. Sa famille lui en voulait déjà suffisamment de s'être esquivé pour son anniversaire, mieux valait ne pas abuser.

Et puis ne pas répondre à un appel, c'était mesquin.

Il se pencha vers le centre de la table et appuya sur un bouton. Le visage de sa sœur Eliza remplit l'écran.

Adrian la salua en levant sa corbeille à papier remplie de banderoles et de confettis.

— Tu aurais pu me prévenir de cette fête ! jeta-t-il, hargneux.

Elle se contenta de ricaner.

— Hé, gamin, je n'y suis pour rien. Maman s'est bien gardée de nous en parler avant que nous soyons tous réunis dans la salle de conférence. En y réfléchissant, j'aurais dû me méfier en voyant qu'elle avait convoqué toute la meute du cabinet à une réunion budgétaire.

Une bonne partie des loups qui vivaient à Portland travaillaient au *Cabinet Rothschild, architectes*, et tous avaient assisté à la fête. Pourtant, ils ne représentaient qu'un faible pourcentage des employés. Le cabinet avait des bureaux dans trois États et les humains y étaient bien plus nombreux que les loups. La mère d'Adrian affirmait que pour bien se cacher, il fallait s'exposer au grand jour.

— Foutaise ! aboya Adrian. Ces derniers temps, maman ne peut pas éternuer sans que tu sois au courant !

Eliza était le bras droit de leur mère. Un Alpha dirigeait souvent sa meute jusqu'à un âge avancé, pourtant Sandra s'était récemment mise à former sa fille pour la remplacer. Elle tenait à avoir plus de temps pour le Tribunal des loups.

— Waouh ! On se calme ! protesta Eliza. Sinon, je ne jouerai pas mon rôle de grande sœur aimante en te disant ce que maman a prévu pour demain soir.

Il grimaça et fit rouler ses épaules afin d'essayer de dissiper ses crispations musculaires. Eliza avait raison. Il exagérait. En fait, il avait passé la journée à chercher querelle à tous ceux qu'il croisait.

— Alors ? insista sa sœur. Tu veux savoir ou pas ?

— Je m'en fiche, mon vol a été retardé.

Eliza leva les yeux au ciel.

— Ne me dis rien ! Il faut que je puisse être surprise demain quand tu débiteras à maman cette excuse vaseuse au téléphone.

Adrian esquissa son premier véritable sourire de la journée. Mieux encore, il éclata de rire.

— Ce n'est pas une excuse vaseuse, c'est la vérité ! Je viens de recevoir un texto. Ils m'ont placé sur un autre vol, demain. J'arriverai en principe à la maison vers minuit. Quoi que maman ait prévu, ça va devoir attendre.

Eliza fit la grimace.

— Je déteste l'idée que tu sois demain en avion ! Franchement, un vol de nuit ? Tu es certain ?

Il détestait monter en avion, comme tous les autres loups de sa meute. Même s'il n'avait pas passé sa Transition, il avait été élevé en loup et il en possédait les caractéristiques – et les phobies.

Dont celle des espaces confinés et surpeuplés.

À travers l'écran, Adrian toisa sa sœur d'un regard sévère.

— Je supporte la pleine lune, Liz ! dit-il.

— Tu *peux* le faire, je sais, mais cela ne veut pas dire que tu es *obligé* de le faire.

En vérité, Adrian avait oublié que la lune serait pleine la nuit prochaine. Peut-être était-ce ce qui expliquait en partie son agitation. Les loups n'étaient pas aussi soumis aux cycles lunaires que le prétendaient le folklore populaire, mais ils en ressentaient son attrait. Et même si Adrian n'avait ni fourrure ni griffes, lui aussi y avait toujours été sensible. L'idée de rester enfermé des heures durant dans une carlingue de métal lui faisait déjà horreur en temps normal, mais une nuit de pleine lune ? Eliza avait raison, ce serait un cauchemar. Oh, Adrian ne ferait rien de pire qu'être odieux envers ses voisins de siège et le personnel de bord, mais l'épreuve qui l'attendait lui plomba néanmoins le moral.

— Ça va aller, grommela-t-il.

Même lui se rendit compte que sa voix manquait de conviction.

Par chance, Eliza trouva vite une autre solution :

— Hé, en temps normal, je n'abuse pas de mon rang, mais pour une fois, je vais le faire. Je t'interdis de voler demain, Adrian. Change de vol et reviens à la maison après le cycle. Je sais bien que passer la journée à l'hôtel n'est pas l'idéal, mais ce sera beaucoup mieux pour toi qu'être enfermé dans un avion.

Un profond soulagement l'envahit. Il n'était pas tenu, comme les autres, d'obéir à la hiérarchie de la meute – puisque biologiquement, il n'en faisait pas partie –, mais il suivait les us et coutumes. Et obéir à Eliza était pour lui un geste de survie. En partie parce qu'il ne souhaitait pas monter dans cet avion, en partie parce qu'il préférait ne pas subir la vengeance de sa sœur s'il s'avisait de la défier. Elle était moins impitoyable que leur mère dans ses punitions, mais plus créative.

— Tu es diablement autoritaire ! se moqua-t-il. Je te charge de tout expliquer à maman, d'accord ?

— Au nom du ciel ! protesta Eliza. Cela ne me surprend pas du tout que tu te reposes sur moi pour accomplir les tâches les plus difficiles ! Bon, d'accord, après tout, c'est ton anniversaire. Ce sera mon cadeau !

Adrian rit encore et secoua la tête, délogeant un autre serpentin.

— Un, je te rappelle que je ne fais qu'obéir à tes ordres, jeune Alpha. Et deux, tu ne m'offres jamais de cadeau d'anniversaire.

— *Jeune* Alpha ? grogna Eliza, les yeux flamboyants.

En vérité, bien que fille aînée, elle suivait les traces de sa mère uniquement parce que son caractère s'y prêtait. Le statut n'était pas forcément héréditaire. Dès ses trois ans, Eliza s'était montrée entêtée, décidée, agressive et très prompte à gérer tous ceux qui l'entouraient.

— J'ai été officiellement nommée « Alpha en second », précisa-t-elle. La cérémonie a eu lieu la nuit dernière.

Adrian déglutit péniblement. Tout s'était passé sans lui ? Et sa mère qui prétendait que les problèmes qu'il ressentait n'existaient que dans sa tête ! De toute évidence, non. Si la meute gérait les cérémonies en son absence, c'est qu'il ne manquait à personne.

— Sympa de m'avoir attendu ! jeta-t-il.

Il regretta ses paroles à peine les avait-il prononcées. Eliza n'y était pour rien, c'était Sandra qui avait pris la décision.

Eliza afficha un air sinistre.

6

— Désolée. J'aurais préféré que tu sois là, mais...

Elle s'arrêta net et Adrian n'eut aucun mal à compléter sa phrase : *un humain n'a rien à faire à une cérémonie de loups*. Il ne faisait pas partie de la meute puisqu'il ne partageait pas avec les autres un lien biologique indélébile.

Il détourna la tête et tenta de se reprendre. Il s'était toujours senti exclus, pas vrai ? Il avait l'habitude. Il était humain. Il devait l'accepter. Pourquoi était-il aussi vexé qu'on se soit passé de lui alors qu'en temps normal, il évitait toutes les cérémonies auxquelles il était convié ?

— Bien sûr, dit-il enfin. Mes félicitations.

— Merci, dit-elle d'une voix basse. Je vais expliquer à maman ton problème de vol. Fais bien attention à toi. Et joyeux anniversaire !

Il repoussa ces vœux inutiles d'un geste impatient.

— Oui, oui. À bientôt, Liz.

Chapitre Deux

— **POUR** la dernière fois, Ryan, vous n'êtes pas prisonnier. Vous êtes un adulte et si vous décidez de partir, personne ne vous en empêchera.

Et c'était la vérité. Les jeunes avec lesquels Tate travaillait au Camp H.U.R.L. n'étaient pas des prisonniers, mais des loups qui devaient s'adapter au côté animal de leur nature. Techniquement du moins, puisque la Transition aurait lieu une fois leurs dix-neuf ans sonnés, à la première pleine lune qui suivrait. Tous les jeunes campeurs étaient donc majeurs, des adultes sur le plan légal, ce qui était parfois difficile à croire tellement ils s'obstinaient à agir avec puérilité.

Le Camp H.U.R.L. recevait l'élite de la société des loups. Un mois au camp coûtait aux familles l'équivalent d'une année d'études en faculté. Tate avait même entendu dire que certains parents y inscrivaient leurs enfants dès leur naissance et commençaient à acquitter la facture astronomique par des versements mensuels qui s'étalaient sur près de deux des décennies avant que leurs précieux petits loups mettent enfin le pied sur les pelouses parfaitement entretenues du camp.

Ce n'était pas les gadgets comme le bar à jus de fruits frais ou les machines d'entraînement Pilates qui empêchaient les jeunes de quitter le camp. Chacun d'eux savait que s'il filait sans exéat officiel dûment signé par un conseiller, il se ferait allumer par son Alpha. Protéger le Secret de l'existence des loups était la priorité de toutes les meutes, et même ces jeunes pourris-gâtés qui ne cessaient de se plaindre d'être « enfermés » en étaient conscients. Il arrivait qu'un jeune idiot prenne le risque de quitter le camp sans autorisation et dans ce cas, il affrontait son Alpha et sa meute à son retour chez lui.

Depuis sept ans que Tate travaillait au camp, il n'avait encore jamais eu de défections, même si de temps à autres, l'incident avait été évité de justesse. Le plus souvent, il fallait bien le reconnaître, c'était grâce à l'intervention de l'Alpha qui remettrait en selle le loup récalcitrant.

Tate avait sur son portable le numéro de l'Alpha de Ryan. Repérer les problèmes imminents faisait partie de son travail. Il espérait ne pas avoir à s'en servir, mais c'était un atout à ne pas négliger.

Ryan serrait son téléphone dans sa main, les doigts fortement agrippés à son étui. C'était un étui désuet, mais presque indestructible, en titane pour résister à la force d'un loup, une nécessité absolue avant que ces jeunes fous apprennent à maîtriser leur force et leurs sautes d'humeur.

— Je viens d'appeler un Uber, ricana Ryan, son regard arrogant défiant Tate. Il va arriver !

Tate leva les mains pour l'apaiser.

— C'est votre choix, déclara-t-il, très calmement.

Il était soulagé que les sens de Ryan ne soient pas encore assez affûtés pour entendre ses battements de cœur – trop rapides – ou percevoir la légère odeur de sel qui aurait révélé la sueur froide qui coulait dans son dos. *Il a appelé un Uber ? Seigneur, ces gosses finiront par me tuer !*

Tate n'osait pas imaginer les dégâts qu'était capable de causer un jeune loup agressif et incontrôlé confiné dans un taxi avec un humain !

Par chance, le camp se trouvait à des kilomètres et des kilomètres du seul chauffeur Uber de la région, et Wade Watkins ne se déplaçait que s'il parvenait à convaincre sa vieille Ford F-150 de démarrer. Ce qui, par ce froid humide et automnal, était fort peu probable. De plus, il était fort douteux que Wade accepte une course au milieu de la nuit.

De toute façon, même s'il venait, Ryan était bon pour un sacré choc. Habitué au luxe et à la vie facile, sans doute fuirait-il à toutes jambes à la vue de ce vieux tacot déglingué à la carrosserie éraflée.

Ryan agita son téléphone, sa lèvre tremblante.

— Quand mon père saura…

Tate secoua la tête.

— Votre père sait exactement ce qui se passe ici, Ryan. En fait, il reçoit tous les soirs un rapport détaillé sur vos progrès.

Dans celui d'aujourd'hui, un paragraphe rédigé par Tate avec un soin méticuleux évoquait l'incapacité de Ryan à contrôler sa transformation, problème aggravé par sa paresse et son attitude irrespectueuse. Bien entendu, les termes utilisés étaient plus « politiquement corrects ».

Si Ryan a beaucoup de caractère, il a encore du mal à maîtriser son impulsivité et à canaliser sa très forte volonté sur les aspects les plus délicats de sa transformation.

Traduction : « *votre fils est un sale petit con mal-élevé trop habitué à n'en faire qu'à sa tête pour se bouger le cul et écouter ce qu'on lui dit !* »

Et puisqu'il était impossible de renvoyer Ryan dans sa famille à New York avant qu'il apprenne à contrôler ses poussées de fourrure et de crocs à toutes les heures du jour et de la nuit, le gamin aurait l'honneur douteux de séjourner un mois de plus au Camp H.U.R.L.

Ryan ayant appris ce soir qu'il resterait jusqu'en septembre, il l'avait très mal pris. En général, les campeurs passaient un mois ensemble dans un même chalet. Ils s'entendaient bien et créaient de solides liens d'amitié. Pas Ryan. Dès le début, son attitude arrogante avait tenu les autres à distance. Et voilà que tous ses colocataires avaient obtenu leur exéat et pas lui ? Son égo en avait pris un coup. Ryan restait sur la touche jusqu'au prochain groupe qui arrivait bientôt.

Le lendemain, ce serait la pleine lune.

La situation n'était pas simple pour Ryan, Tate voulait bien l'admettre. Il comprenait même que le gamin soit en colère. Peut-être ferait-il mieux de canaliser sa rancœur et d'apprendre à mieux se maitriser pour enfin pouvoir rentrer chez lui.

Tate repoussa sa frustration et le frisson qui lui remontait le long de la colonne vertébrale, menaçant de laisser de la fourrure dans son sillage.

— Si vous voulez partir, nous préviendrons votre meute et quelqu'un viendra vous chercher.

— Non ! Protesta Ryan. Ce n'est pas la peine. J'ai appelé un taxi ! Je vous l'ai déjà dit !

Tate pria le ciel de lui accorder encore un peu de patience.

— Et où pensez-vous que vous conduira ce taxi, Ryan ? À New York ? Savez-vous au moins à quelle distance c'est ?

La lèvre de Ryan cessa de trembler et s'arqua dans une moue dédaigneuse et satisfaite.

— J'irai à l'aéroport. Mon père m'enverra son jet.

Bien sûr, la famille de ce petit crétin arrogant possède un jet privé.

Tate inspira profondément et tenta de se souvenir des leçons de méditation de l'instructeur du camp, Quinn, qui tentait toujours d'inciter les jeunes à découvrir leur zen intérieur. *C'est complètement idiot ! Quel zen intérieur ? Si personne ne le trouve, pas étonnant que ces gosses soient aussi nerveux !* Tate aurait préféré retrouver Netflix et le caprice de Ryan le mettait en retard.

— Dans ce cas, proposa Tate, appelons votre père. Il pourra vous confirmer qu'il vous envoie son avion et que vous ne vous retrouverez pas seul et abandonné à l'aéroport.

Tate était certain que jamais le père de Ryan, l'Alpha de New York, n'accepterait de céder à un ultime caprice de son fils de dix-neuf ans. Il l'avait eu au téléphone le matin même, après la décision collégiale des conseillers de garder Ryan un mois supplémentaire. La conversation avait été affable, même si Tate avait senti un certain ressentiment dans la voix du père de Ryan. Même dans ces conditions, il était certain que jamais l'Alpha ne prendrait parti contre lui pour épauler les puérilités de son rejeton. Après tout, comment un Alpha responsable pourrait-il accepter qu'un jeune loup incontrôlable soit lâché dans New-York ?

— Non ! trancha Ryan. Mon père a mieux à faire que gérer des détails insignifiants.

Et là, sa voix vacilla. Tate le regarda avec attention. Le garnement provoquant et prétentieux avait disparu, laissant à sa place un enfant perdu et effrayé. Oui, *un enfant*, peu importait qu'il ait dix-neuf ans et qu'il fasse un mètre quatre-vingt-dix. Tout dans sa posture criait qu'il était sur la défensive et sa voix avait changé en mentionnant son père.

Tate ne s'occupait jamais de la politique des Alphas. C'était un choix délibéré de sa part dû à la fois à sa position dans le camp et à l'isolement dans lequel ils vivaient. Travailler au Camp H.U.R.L. lui donnait une excellente excuse pour éviter les remous internes du monde des loups. Le camp était une zone neutre où même les jeunes issus de meutes ennemies se retrouvaient sans crainte. Et si un loup sans meute comme Tate y avait également sa place, eh bien, tant mieux. Rares étaient ceux qui connaissaient le passé de Tate, ou du moins le fait qu'il avait quitté sa meute. Il l'avait révélé au précédent directeur du camp en postulant dix ans plus tôt, mais il n'était pas certain que cela ait été transmis à Anne Marie, la nouvelle directrice en poste depuis à peine quelques années. Le médecin du camp était au courant, bien entendu, car pour un loup, ne pas avoir d'Alpha référent avait un certain impact médical et psychologique.

Et c'était tout – à part son ancienne meute, bien entendu. Tate était conscient que son cas était rare. Pour être honnête, il ne souhaitait à personne de se retrouver dans sa situation. Il avait eu de la chance, et s'il s'en était sorti, c'était en partie grâce au camp. Ses collègues de travail et même les jeunes avec lesquels il travaillaient formaient à ses yeux une meute de remplacement, et cette connexion lui permettait de traverser ces cycles lunaires difficiles.

Tate examina à nouveau Ryan, en accordant plus d'attention que d'habitude à sa posture et à son expression. À son arrivée au camp, un mois plus tôt, le jeune homme s'était affiché comme un gosse de riche outrecuidant et condescendant vis-à-vis des autres, moins favorisés que lui. Et il avait tout fait pour maintenir cette image au cours des quatre semaines suivantes. Tout en lui criait : *je suis un mâle Alpha !* Du coup, Tate s'était laissé aveugler par son aversion pour ce genre de comportement.

Désormais, le masque était tombé et Tate était certain qu'il y avait dans la meute de Ryan d'autres jeunes bien plus aptes que lui à succéder à l'Alpha, des frères et sœurs qui avaient sur lui préséance. Peut-être même des cousins. Parce qu'avec ses épaules voûtées et ses yeux effrayés, Ryan n'avait plus rien d'un Alpha.

Tate s'en voulut de s'être tant trompé sur le garçon, et même de l'avoir approché avec des idées préconçues. Il fit un pas vers lui, heureux de voir que Ryan ne le repoussait pas.

— Je doute fort que votre père considère un appel de votre part comme un détail insignifiant, déclara-t-il, en prenant soin de parler d'un ton calme et monocorde. Je lui ai parlé ce matin et il m'a paru évident qu'il vous aimait beaucoup.

Ryan tressaillit en apprenant que Tate avait parlé à son père le matin-même. L'Alpha l'aurait-il rappelé ensuite ? Il avait paru accepter avec calme la nouvelle de l'échec de son fils, mais peut-être avait-il caché sa déception par fierté – un peu le même genre d'attitude qu'avait eu Ryan tout le long du mois.

Ce dernier baissa les yeux sur ses chaussures.

— Il gère une énorme meute en plus de son entreprise, marmonna-t-il. Il n'a pas beaucoup de temps à perdre.

Ryan était dans le parking, là où Tate l'avait retrouvé peu après avoir été prévenu par le personnel de chambre de sa disparition.

En fait, Tate commençait à penser que le gamin n'avait jamais eu l'intention de partir. Sinon, avec l'avance dont il disposait, il aurait pu être beaucoup plus loin. Il aurait très bien pu appeler son taxi depuis la route, ou même parcourir plusieurs kilomètres : les loups étaient rapides !

— Votre père ne place certainement pas sur le même plan la gestion de ses affaires et de sa meute, et la sécurité et le bien-être de son fils, affirma Tate avec douceur. Ne pensez pas être pour lui une charge ou un surcroît de travail ! Il s'inquiète que vous mettiez un peu de temps à contrôler votre loup, mais cela arrive, ce n'est pas grave, c'est seulement un contretemps mineur que vous oublierez très vite une fois rentré chez vous, Ryan. Personne ne vous juge.

Là, c'était un léger mensonge. Tate et le reste du personnel avaient bel et bien jugé Ryan, mais surtout à cause de son attitude désinvolte et de son refus de prendre sa formation au sérieux. En revanche, il arrivait qu'un campeur ait plus de difficulté que la moyenne, et personne ne le lui reprochait à condition qu'il mette de la bonne volonté dans ses efforts.

Les cas comme Ryan – qui s'acharnaient à perturber les sessions et manquaient de respect aux conseillers – étaient rares, mais même eux finissaient la plupart du temps par révéler une faille cachée : la peur de leur Alpha, des visions de dégâts corporels qui les avait traumatisés avant la Transition, ou un manque de confiance en soi qui les paralysait.

Pour quelques-uns, Tate finissait par admettre que c'était sans espoir. Et pour être franc, il avait commencé à ranger Ryan dans ce triste lot.

Il s'était trompé. Pire encore, il se trouvait des points communs avec Ryan. Tate savait mieux que personne les dégâts que pouvait causer un Alpha trop dominateur sur la psyché d'un jeune loup influençable. Il espérait de tout cœur que le père de Ryan ne ressemblait pas au sien ! Il ne souhaitait à personne l'horreur d'une enfance abusive comme celle qu'il avait connue.

— Mes frères n'ont eu aucun problème, déclara Ryan, avec amertume. Ils ont quitté cet endroit avec une semaine d'avance. Ma sœur a été capable de contrôler sa transformation la nuit même de sa Transition. J'ai toujours fait honte à ma famille, mais je croyais vraiment que dans ce domaine au moins, je n'aurais pas de difficulté. Je me suis encore planté !

Tate aurait préféré avoir cette conversation dans un endroit plus accueillant que le parking, mais il n'avait plus le choix. Cela faisait des semaines qu'il cherchait à faire parler Ryan. Maintenant que c'était le cas, pas question d'interrompre ses confidences pour lui demander de passer demain dans son cabinet pendant les heures ouvrables. Sinon, il risquait de perdre tout le bénéfice des progrès accomplis ce soir.

— *Honte* ? J'en doute beaucoup. Vous me semblez être un garçon brillant, et vous êtes plutôt populaire au camp.

Ryan secoua la tête.

— Non ! Ici, personne ne sait rien de moi. Dans la meute, je n'ai pas d'amis, parce que tout le monde sait que je suis un raté.

Tate se promit d'appeler quelqu'un dans la meute de Ryan – quelqu'un d'autre que le père – afin d'en savoir davantage. Il n'était pas vraiment surpris d'apprendre que Ryan avait des problèmes : les enfants d'un Alpha grandissaient souvent à l'écart des autres. Et l'argent et les privilèges avaient eu sur Ryan un effet similaire. Il avait vécu isolé des humains et tenu à distance par sa meute. Pas étonnant qu'il soit aussi peu adapté à la vie en société !

Tate hésita. Il avait été sincère en disant à Ryan qu'il le trouvait intelligent. Du coup, il décida de tenter sa chance et d'asséner la vérité au gamin sans prendre de gants.

— Ce n'est pas si facile de se faire des amis quand on a du pouvoir et de l'argent. Les gens vous approchent surtout de façon intéressée. Cela peut créer une grande solitude. Et grandir isolé entraîne souvent des problèmes d'estime de soi qui interfèrent avec la Transition.

Ryan garda le silence un long moment, mais au moins, il ne protesta pas ni n'exprima son désaccord.

— À votre avis, c'est ce qui se passe avec moi ?

Il gronda et… se transforma, à la grande surprise de Tate. Impuissant, il regarda Ryan se ruer vers les arbres, les vêtements déchiquetés, sa fourrure émergeant, ses muscles et tendons se tordant et se réformant. Tate soupira, soulagé que Ryan ait la bonne idée de retourner vers le camp, à quelques centaines de mètres de là, au lieu de choisir la route. De toute façon, tout le périmètre autour du Camp H.U.R.L. était clôturé, et jamais le taxi de Ryan n'aurait pu arriver jusqu'au parking sans être intercepté à trois

14

kilomètres de là par les vigiles des grilles du complexe, verrouillées vingt-quatre heures sur vingt-quatre avec des serrures électroniques à la pointe de la technologie.

En principe, Ryan ne risquait plus rien, mais Tate prendrait néanmoins soin de s'arrêter à la loge du gardien de nuit pour prévenir l'infortuné qu'un jeune loup en colère rôdait alentour. Toute la forêt était sillonnée de caméras à vision nocturne et de capteurs de mouvements, aussi l'alerte serait-elle déclenchée dans la salle de contrôle si Ryan s'approchait de la clôture électrique qui bordait le camp. C'était d'ailleurs grâce à ces caméras de sécurité que Tate avait pu intercepter le jeune homme dans le parking ce soir.

Il regrettait de ne pas avoir eu plus de temps pour parler à Ryan avant la transformation, mais il avait néanmoins accompli de grands progrès ce soir. Pour commencer, c'était la première transformation totale de Ryan depuis son anniversaire, qui datait de plus d'un mois, c'était donc une étape importante. Maintenant, il faudrait s'assurer que le gamin apprenne à se transformer sans y être poussé par des émotions conflictuelles. La Transition lui serait plus facile au cours des prochains jours à cause de la pleine lune, qui commençait le lendemain soir, mais Tate était certain que Ryan aurait désormais recouvré suffisamment de confiance en lui pour réussir sa transformation. Il apprendrait ensuite à le faire à volonté, et également à redevenir humain.

Mais à chaque jour suffisait sa peine. En attendant, Tate avait la ferme intention de fêter sa victoire en s'octroyant une bière dès qu'il aurait fait le point avec l'équipe de sécurité et profité un moment de son compte Netflix. S'il détestait en toutes circonstances voir souffrir un jeune loup, les cas qui le touchaient le plus étaient ceux qui tremblaient et courbaient la tête dès que leur Alpha était mentionné.

Je ne suis pas comme ça, se dit-il fermement. Et c'était la vérité. Il ne l'était plus.

Tate ne pouvait pas revenir sur le passé. Étant enfant, il avait été terrorisé par son Alpha, mais il avait désormais le pouvoir de changer son présent et son avenir. Il avait pris sa vie en main quinze ans plus tôt en renonçant à ses liens avec sa meute.

Il se serait volontiers transformé pour courir sous la lune, c'était le plus sûr moyen de se calmer avec une soirée émotionnellement éprouvante, mais il préférait ne pas courir le risque de croiser Ryan. Le jeune loup s'était transformé sans le vouloir et avait fui loin de lui. Tate ne voulait pas le priver d'un éventuel réconfort en lui tombant dessus à l'improviste à un moment de vulnérabilité.

Il fit donc rouler ses épaules et s'étira, essayant de soulager les nœuds de ses muscles raidis. Peut-être devrait-il plutôt passer au gymnase du camp plutôt que retourner dans son chalet regarder Netflix. Les vieilles méthodes avaient du bon, et transpirer un grand coup était une médication des plus efficaces pour la plupart des maux.

Chapitre Trois

ADRIAN était prêt à partir courir. Il laça ses chaussures, ravi d'avoir prévu à la dernière minute de les ajouter à son sac. Quand il était en déplacement, il ne ménageait pas ses heures de travail, profitant au maximum du temps qu'il passait dans les divers bureaux du cabinet pour minimiser le nombre de ses voyages d'affaires au cours de l'année. Et pour ses hôtels, il choisissait toujours ceux qui avaient un centre de fitness avec l'espoir de consacrer un moment le soir en rentrant à courir sur le tapis roulant, ce qui en vérité lui arrivait rarement. Ses longues journées le laissaient épuisé, aussi bien d'un travail assidu que des constants efforts qu'il faisait pour rester social. Aussi préférait-il ensuite se terrer dans sa chambre et jouer en ligne à Candy Crush avant de s'endormir.

Aujourd'hui, c'était différent. Il avait passé la journée au bureau, y compris pour cette humiliante fête d'anniversaire surprise et le dîner que la direction avait tenu à lui offrir ensuite. Adrian avait accepté essentiellement parce qu'il avait deviné une offre spontanée et non due à un ordre de sa mère, ce qui la rendait plus facile à supporter. À sa grande surprise, il avait passé un agréable moment tout en apprenant à mieux connaître des gens avec lesquels il travaillait à distance depuis des années.

La responsable de l'urbanisme, par exemple, adorait le footing, et c'était elle qui avait suggéré à Adrian de courir le long du canal et de suivre le « sentier culturel » afin d'admirer certains des sites les plus connus d'Indianapolis. En échange, il lui avait confié courir chaque année à plusieurs semi-marathons. Le dernier avait été le Rock 'n' Roll de Seattle en juin. Malheureusement, il avait été trop occupé depuis lors pour avoir d'autres occasions de se consacrer à son passe-temps favori. Et vu que le mois d'août se terminait, Adrian trouvait le temps long.

Kristen lui avait expliqué où trouver le début du sentier culturel, qui faisait douze kilomètres et commençait par un parcours pittoresque le long du canal urbain. Jusqu'ici, Adrian ne se doutait même pas qu'Indianapolis avait un canal, mais apparemment, l'endroit était à proximité de l'hôtel où il séjournait.

Il finit d'attacher ses chaussures et se leva pour s'étirer. À Portland, il travaillait debout à sa table à dessins, mais ce n'était pas possible à Indianapolis, aussi venait-il de passer la journée penché sur un bureau. Il avait les épaules toutes raides et ses étirements lui firent du bien. *Courir sera encore mieux*, pensa-t-il.

Il avait été surexcité toute la journée, très actif aussi, et son énergie ne diminuait pas en soirée, contrairement à d'habitude. Au contraire, il était même plus énervé encore qu'au matin. Adrian ne savait trop d'où lui venait cette agitation, mais il comptait en profiter et courir de tout son soûl. Depuis des semaines, il ne faisait que de courts trajets de quatre ou cinq kilomètres. Ce soir, il avait la ferme intention d'aller jusqu'au bout de ce fameux sentier culturel !

Il glissa dans sa poche la carte magnétique qui lui permettait d'ouvrir sa chambre d'hôtel et mit son téléphone dans une poche de son short. En général, il aimait écouter de la musique pendant qu'il courait, mais pas ce soir, il avait plutôt envie de silence. Il en avait même besoin !

Bien sûr, le silence restait très relatif au cœur d'une grande cité toujours active, mais quand même. De plus, Adrian n'aimait pas que ses écouteurs distraient son attention lorsqu'il courait dans un endroit inconnu, surtout la nuit. Kristen lui avait assuré que la piste serait bien éclairée et le soleil, pour le moment, n'était pas encore couché, mais ce serait le cas quand Adrian reviendrait. Il estimait qu'il lui restait au mieux une demi-heure de jour.

Il ferma la porte derrière lui et grimaça lorsqu'elle claqua. Il n'avait pas prévu de mettre une telle force dans son geste.

Sa chambre était au trente-et-unième étage d'un immeuble bleu irisé qui détonnait atrocement parmi les autres gratte-ciel d'Indianapolis. Son aspect moderne aurait été un plus dans un autre endroit. Mais ici, en face d'un terrain de baseball cerné de murs en brique et entouré de musées et de majestueux bâtiments anciens en calcaire, il faisait tache et heurtait le sens esthétique de l'urbaniste professionnel que possédait Adrian.

En attendant l'ascenseur, il sautilla sur place, conscient que ses muscles étaient aussi impatients que lui de se défouler en courant. C'était la première fois, d'après ses souvenirs, qu'il était aussi tendu. En y réfléchissant, c'était étrange. Si le manque d'exercice physique le mettait dans un tel état, il lui fallait réviser son agenda et y trouver de la place pour un footing quotidien.

Quand l'ascenseur s'ouvrit, il se permit un dernier saut et un ultime étirement avant d'entrer dans la cabine. Par chance, elle était vide, il n'avait aucune envie d'échanger des banalités avec des inconnus. Cela ne durerait pas, il était probable que quelqu'un finirait par monter avant que l'ascenseur arrive au rez-de-chaussée. En attendant, il profitait du silence.

ADRIAN ne dormait jamais bien à l'hôtel, mais cette nuit-là, son insomnie fut particulièrement agitée et violente. Il était revenu de son footing tout vibrant des endorphines dégagées, ce qui correspondait plutôt à ce qu'il éprouvait toujours après quelques kilomètres. Pas du tout avec l'épuisement douloureux auquel il s'attendait après une course qui avait duré le double de sa distance habituelle. C'était très étrange après des semaines sans entraînement ! Il était à peine essoufflé et plus nerveux encore qu'à son départ.

Pour aggraver les choses, l'hôtel n'avait jamais été aussi bruyant ! Les gens grouillaient dans les couloirs toute la nuit, ils conversaient et riaient avec des voix stridentes dans les autres pièces, l'ascenseur faisait un vacarme épouvantable – sans doute était-il détraqué ! Adrian se promit d'éviter de le prendre le lendemain.

Jusqu'à ce jour – ou plutôt cette nuit –, il avait trouvé cet hôtel parfaitement calme et discret. Alors, d'où venait ce tintamarre assourdissant ?

19

Vers trois heures du matin, il fit un bond en entendant un verre se casser à l'étage d'en dessous. C'était fou ! Bon sang, c'était pire que la fois où l'hôtel dans lequel il logeait avait été envahi par toute une ligue de jeunes joueurs de hockey !

Il finit par sombrer d'épuisement à l'aube, mais il ne resta pas endormi très longtemps. Et il se réveilla encore plus mal en point que s'il n'avait pas fermé l'œil. Il se sentait complètement patraque. Était-ce seulement le manque de sommeil ? Ou couvait-il quelque chose ?

Quand il descendit prendre son petit-déjeuner, il grimaça à peine entré dans la grande salle en découvrant que le restaurant, lui aussi, était plus bruyant qu'aux premiers jours de son séjour. Incapable de supporter le bruit et les odeurs, il tourna les talons, renonçant au buffet qu'il avait pourtant beaucoup apprécié jusque-là. Il décida de marcher jusqu'au cabinet et de prendre un café en chemin. Une migraine lui martelait les tempes suite au manque de sommeil et de caféine.

Alors qu'il passait devant un stand, une jeune voix l'interpella :

— Bonjour, Aaron ! Un Venti Caramel Macchiato, sans crème, c'est ça ?

Adrian cligna des yeux et chercha à se concentrer malgré la tension qui l'agitait tout entier. Il était devant un comptoir et une jeune fille lui souriait. Elle lui tendit un gobelet en répétant sa formule :

— Un Venti Caramel Macchiato, sans crème, c'est ça, Aaron ?

Même si elle se trompait de nom, c'était effectivement ce qu'il aurait commandé, aussi avança-t-il d'un pas saccadé, un peu perdu. Personne d'autre ne bougeant parmi la file des clients, sans doute la fille s'adressait-elle bien à lui.

Quand il voulut récupérer le gobelet, elle ajouta :

— Un petit conseil, Aaron ? Vous buvez trop de café ! Un de ces jours, vous finirez par avoir une crise cardiaque. C'est le quatrième ! C'est trop !

Quatre cafés, c'était peut-être trop pour Aaron, mais certainement pas pour Adrian. Il en avait besoin ! Il grogna un vague accord et partit avec son café. *Une crise cardiaque* ? Il se sentait déjà à moitié mort, alors le café ne risquait pas d'aggraver les choses.

Depuis son réveil, il se sentait fiévreux. Il oscillait entre des poussées de chaleur et des suées froides. Il avait aussi la sensation d'avoir le corps hérissé d'aiguilles. Et ces nausées, ces spasmes, cette migraine… c'était presque des symptômes de gueule de bois ! Impossible, il était rentré tôt la veille du restaurant et après son footing, il avait grignoté une barre protéinée et bu un soda de son minibar, sans toucher aux mignonnettes d'alcool.

Adrian s'arrêta à un carrefour, les yeux fixés sur le feu piéton, et prit une gorgée de son café. Il faillit vomir dès que le liquide amer toucha sa langue. Il connaissait cette boisson, il l'avait commandé des dizaines et des dizaines de fois, il l'avait toujours trouvée douce et agréable, rien à voir avec cette horrible concoction. Le goût du café brûlé s'attarda dans sa bouche, associé à un résidu sirupeux qui lui poissait la langue. Adrian la frotta contre ses dents pour tenter de se débarrasser de cette sensation. Il y avait une heure à peine qu'il était levé et sa journée était déjà un cauchemar. Même la douche chaude qu'il avait prise afin d'essayer de détendre ses muscles noués et de soulager son mal de tête avait été un désastre. L'hôtel devait avoir des problèmes de pression, car l'eau n'avait pas du tout eu sur lui un effet relaxant. Chaque jet de la pomme de douche avait douloureusement frappé sa peau comme des tirs de missiles, la laissant endolorie et ultrasensible.

Le feu passa au vert et Adrian s'engagea sur le passage clouté, englué dans la foule des usagers qui partaient eux aussi au travail. Son voisin le plus proche portait un casque Bluetooth branché à pleins volumes, Adrian en eut les oreilles qui sifflaient. Il jeta de côté un coup d'œil surpris : comment un homme d'affaires d'aspect aussi sérieux pouvait-il écouter en public un livre audio d'une pornographie aussi outrée ? La scène de sexe était détaillée et…

Ce qui étonnait le plus Adrian, c'était que personne autour d'eux ne paraissait scandalisé. Il s'empressa de revoir ses premières impressions concernant Indianapolis et sa population. Sa ville natale, Portland, avait la réputation d'être libérale, pourtant un livre pareil aurait fait lever quelques sourcils. Ici, rien, le calme plat. Personne ne régissait. Sauf, lui.

Il ne s'était pas senti aussi gêné depuis le cours d'éducation sexuelle que le Tribunal des loups l'avait forcé suivre peu après ses dix-huit ans. Tous les jeunes étaient contraints d'y passer avant de subir leur Transition. Adrian grimaçait encore chaque fois qu'il évoquait la louve de quatre-vingts ans qui leur avait tenu un interminable discours sur les spécificités du sexe entre loups.

Perdu dans ses pensées, il heurta le bord du trottoir et faillit perdre l'équilibre. D'un geste prompt, l'homme d'affaires le retint par le coude et lui évita la chute. La sacoche d'Adrian partit en avant et heurta son voisin, qui sous l'impact perdit un de ses écouteurs. Un long et bruyant gémissement d'extase en émergea.

Personne d'autre ne broncha. Adrian devint écarlate. L'homme d'affaires lui jeta un coup d'œil inquiet en lui demandant si tout allait bien. Adrian hocha la tête avec un rapide merci. Sidéré, il vit l'homme remettre son écouteur en place et poursuivre son chemin.

Cette fois, Adrian avait compris. Le monde autour de lui sembla ralentir, sa vision se réduisit aux flocons de poussière qui voletaient dans l'air, aux tourbillons des gaz d'échappement d'un bus qui passait. Adrian vacilla encore, la mâchoire béante. Personne n'avait rien entendu. Pourquoi personne n'avait réagi. L'homme écoutait son livre à un volume tout à fait normal et du coup, personne n'avait rien entendu, même lorsque l'oreillette était tombée.

Personne, sauf Adrian.

Il se frotta le visage et se mit sur le côté pour éviter la foule en marche. Que se passait-il ? Il avait souvent vu ses camarades de meute réagir à des sons ou des odeurs pour lui imperceptibles, mais comme il n'était pas un loup, cela ne lui était jamais arrivé.

Était-ce aussi ce qui s'était passé durant la nuit à l'hôtel ? Peut-être s'était-il trompé en croyant qu'un troupeau d'éléphants avait emménagé à l'étage au-dessus du sien. Peut-être s'agissait-il seulement de pas humains tout à fait normaux, amplifiés à un niveau qui lui avait été presque insupportable.

Jusqu'à ce jour, il n'avait jamais beaucoup réfléchi à ce que subissaient les jeunes loups à cause de leur sens accrus. Bien sûr, il voyait sa sœur grimacer devant une alarmes incendie, ou constatait que les restaurants bondés – et donc trop bruyants – rendaient sa famille irritable. En vérité, les loups qu'il connaissait s'étaient adaptés à leurs nouveaux sens et la plupart portaient toujours sur eux des bouchons d'oreille anti-bruit ou investissaient dans des écouteurs sophistiqués, ce qui les aidait à se concentrer si besoin était. Les murs de la maison dans laquelle Adrian avait grandi étaient insonorisés, comme c'était la norme chez la plupart des loups.

Si l'expérience de la nuit passée correspondait à l'ouïe accrue d'un loup, il comprenait mieux qu'un loup n'habitait jamais dans un immeuble d'appartements, avec des voisins à chaque étage. Même lui, il avait parfois eu du mal à supporter ses voisines, avec leurs claquements de talons ou leurs manies de passer l'aspirateur aux heures les plus indues, mais cela n'avait rien à voir avec la torture auditive de la nuit dernière.

Et pourtant, non, impossible, son explication ne tenait pas debout. Comment pourrait-il avoir les sens du loup puisqu'il était incapable de se transformer ? Il était déjà une exception en soi : le seul humain né de deux parents loups.

Les jeunes loups étaient essentiellement humains – les hormones déclenchant la Transition se produisant seulement à leur seconde puberté, c'est-à-dire durant la pleine lune qui suivait leur dix-neuvième anniversaire. Avant cette date, ils souffraient des maladies humaines et devaient subir les vaccinations classiques. Rien dans leurs analyses sanguines ou autres ne révélait leur état. Après la Transition, en revanche, la donne changeait et les nouvelles hormones étaient détectables.

Lorsqu'Adrian n'avait pas vécu sa Transition, il avait vu plusieurs médecins et subi d'innombrables tests. Sa mère avait refusé d'accepter le diagnostic avant de l'entendre de la bouche d'un loup endocrinologue. Les résultats étaient définitifs, et sa famille en avait été horrifiée. Le sang d'Adrian était humain. Il était en parfaite santé, mais sans la moindre trace des hormones d'un loup.

Adrian plia les doigts et regarda le dos de sa main. Il ne sentait aucune augmentation de sa force physique, seulement des sens accrus. Et l'explication de ce phénomène était peut-être une maladie, tout simplement.

Luttant contre la nausée, il déglutit péniblement, incommodé par l'odeur du café froid qu'il tenait toujours à la main. Sa tête continuait à être douloureuse, tout comme ses muscles et articulations. *Ce doit être la grippe*, décida-t-il. Quant au livre audio et à l'odeur du café, il avait dû rêver. Il avait suffisamment entendu ses frères et sœurs se plaindre de leurs super-sens pour être capable d'en imaginer la sensation.

Adrian était censé rentrer chez lui le lendemain et aujourd'hui, pour son dernier jour à Indianapolis, il avait prévu de rencontrer le personnel et prendre le pouls du cabinet. Mais s'il était grippé, mieux valait sans doute qu'il évite de transmettre son virus. Peut-être devrait-il rentrer à l'hôtel. Il s'était déjà entendu avec le réceptionniste pour étendre sa réservation pendant la pleine lune, mais sans doute pourrait-il ajouter quelques jours. Il ne pouvait pas prendre l'avion en étant aussi patraque !

Un autre bus passa et Adrian eut un haut-le-cœur dès qu'il perçut l'odeur des gaz d'échappement, ce qui le confirma dans ses résolutions. Sa décision prise, il fit volte-face et retourna jusqu'au carrefour. Une fois de retour à l'hôtel, il ferait une sieste. Peut-être se sentirait-il mieux ensuite.

Il serra les poings et tressaillit en sentant ses ongles s'enfoncer dans sa peau. L'odeur âcre du sang lui tourna l'estomac. Pourquoi s'était-il entaillé la peau ? En temps normal, il ne le faisait jamais ! Sa force aurait-elle changé ?

Et comment pouvait-il sentir une quantité de sang aussi minime ? Cela n'avait rien à voir avec la grippe. C'était donc… la Transition !

Alors qu'il traversait la rue, un vertige le vit vaciller. Il perdit l'équilibre et aucun homme d'affaires serviable ne se précipita pour le retenir. Adrian s'écroula au beau milieu du passage clouté.

Et merde ! pensa-t-il, juste avant que sa tête heurte le macadam.

Chapitre Quatre

— **VOUS** en êtes certaine ?

Tate tapa du pied avec impatience et se tordit le cou pour tenter de lire, à travers le bureau, ce qu'écrivait la directrice du camp. En vain d'ailleurs. Dans les meilleures conditions, l'écriture d'Anne Marie n'était qu'un gribouillis illisible, aussi Tate se demanda-t-il pourquoi il espérait la déchiffrer à l'envers.

Il était contrarié depuis qu'un campeur essoufflé avait fait irruption pendant sa session avec un jeune loup pour le convoquer d'urgence au bureau d'Anne Marie. Parfois, Tate avait l'impression que, comme les autres conseillers du camp, il consacrait beaucoup de son temps à canaliser les jeunes – comme du bétail –, mais en réalité, l'essentiel de son travail consistait à aider les loups à résoudre des problèmes psychologiques liés à la Transition ou tout simplement ce qui leur pesait sur le cœur. En général, ces jeunes n'avaient jamais quitté leur meute avant d'arriver au camp, ce qui ajoutait l'angoisse de la séparation aux difficultés normales de leur seconde puberté, c'est-à-dire une agressivité accrue, une irritabilité constante et l'horreur d'affronter une overdose de données sensorielles.

En voyant le campeur, Tate avait pensé à une urgence. À ses yeux, c'était la seule raison valide pour interrompre la session d'un conseiller avec un jeune loup. Après s'être excusé auprès de son patient, il s'était précipité vers le bâtiment qui abritait les bureaux administratifs. À son arrivée, il avait trouvé Anne Marie au téléphone et elle lui avait réclamé le silence d'un geste péremptoire. Depuis, il attendait en fulminant intérieurement.

Tate releva les yeux quand un autre conseiller les rejoignit, entrant lui aussi à la hâte. Harris referma la porte et jeta autour de lui un regard étonné – et Tate était certain d'avoir également exprimé la même perplexité quelques minutes plus tôt.

Le bureau de Harris était à l'autre bout du complexe, à environ cinq cents mètres. Tate, lui, n'avait eu que la cour à traverser. Il consulta sa montre et vit que Harris avait mis sept minutes à faire le trajet. *Impressionnant !* reconnut-il en son for intérieur.

— Evan m'a dit que c'était un code 45, haleta Harris, encore essoufflé d'avoir couru pour arriver.

Les sourcils de Tate se relevèrent.

— Un problème d'exposition en ville ?

Ryan aurait-il réussi à filer, finalement ? se demanda-t-il. Après avoir parlé au gamin le matin même, il avait eu l'impression que la situation se dénouait. Pas encore de quoi pavoiser, certes, mais Tate avait cessé de croire aux miracles depuis longtemps. Le jeune loup était certainement plus calme et plus concentré sur ce qu'il était censé apprendre.

Harris haussa les épaules et regarda Anne Marie d'un air inquiet.

— C'est ce qu'Evan a dit. Il ignore la signification d'un code 45, Dieu merci, mais il a entendu Anne Marie prononcer ces mots au téléphone quand elle lui a demandé de me convoquer.

Evan avait certainement dû se transformer pour apporter son message au plus vite. Tate se promit de féliciter le gamin pour son contrôle. Réussir une transformation dans un climat d'anxiété n'était pas tâche aisée.

Anne Marie raccrocha avant que Tate ait le temps de soutirer d'autres informations à Harris. Les deux conseillers se tournèrent vers elle, tendus, en attendant ses instructions. Ce n'était pas sans raison qu'ils avaient chaque année des exercices d'entraînement et une révision du processus à suivre dans des cas comme celui-ci. Si un loup incontrôlé errait en ville, Harris était l'homme de la situation, car il avait une formation de garde

26

forestier bénévole et une bonne relation avec le service des Eaux et Forêts de la région. Si un des gamins sous sa forme humaine se laissait aller à être trop bavard concernant les loups, un membre de l'équipe pouvait, en présentant son badge aux autorités locales, le récupérer et s'en occuper. Aux yeux des humains, le Camp H.U.R.L. était un centre privé de rééducation et de réadaptation pour adolescents à problèmes.

Ce qui, finalement, était la vérité. À un détail près : le « problème » en question étant une transformation en loup, pas de la délinquance juvénile. Même le nom du camp correspondait à cette couverture crée pour les humains : H.U.R.L. était l'acronyme de « Honneur, Unité, Rigueur et Loyauté ». Des qualités aussi utiles à un adolescent humain qu'à un jeune loup.

— Vous allez tous les deux vous rendre à Indianapolis récupérer un nouveau campeur, déclara Anne Marie, sans cacher son irritation.

Quand Tate ouvrit la bouche pour protester, elle l'interrompit d'un geste.

— Non, insista-t-elle, c'est une urgence. Un loup qui a commencé à se transformer la nuit dernière sans même le réaliser. Il s'est évanoui dans la rue et a été conduit en ambulance à l'hôpital méthodiste d'Indy, où il est actuellement traité pour fièvre et délires. Par chance, il avait le numéro de son Alpha comme contact d'urgence, elle a compris ce qui se passait et m'a appelé.

Ce soir, c'était la pleine lune, donc le jeune complèterait sa Transition quelques minutes après le lever de la lune. Il n'était absolument pas question que l'évènement ait lieu à l'hôpital. Tate fit un rapide calcul mental. En partant tout de suite, Harris et lui devraient pouvoir revenir à temps, à condition que l'hôpital accepte de leur remettre l'enfant.

Harris plissa les yeux, suspicieux.

— Pourquoi son Alpha ne s'est-il pas chargé de le récupérer ? Ils ont certainement une pièce sécurisée.

— Certainement ! aboya Anne Marie. Mais comme sa meute est à Portland, je vous mal en quoi cela peut nous aider.

Portland ? Pourquoi diable l'Alpha avait-il accepté qu'un jeune d'âge critique quitte la meute ? Surtout pour aller jusqu'à Indianapolis ? C'était contre la loi. Le Tribunal des loups était en droit d'attaquer l'Alpha.

Tout à coup, Tate réalisa la portée des paroles d'Anne Marie et en resta bouche bée. Et vu la mine sombre de la directrice, elle aussi savait que la présidente du Tribunal des loups était justement l'Alpha de Portland, un ardent défenseur de la protection à tout prix du Secret de l'existence des loups. Depuis que Sandra Rothschild avait commencé son mandat, les sanctions étaient plus lourdes dans la région, même pour des infractions mineures. Si la nouvelle filtrait, ce serait très mauvais pour elle.

— C'est son fils, déclara Anne Marie, en baissant la voix. Vous comprendrez donc comme moi à quel point il est important que nous gérions la situation avec tact et discrétion.

— Comment a-t-elle pu…

Tate coupa la déclaration outragée de Harris en disant :

— Je ne comprends pas. L'Alpha de Portland n'a que trois fils et ils ont tous largement dépassé dix-neuf ans.

Quelque chose clochait. Étant un loup sans meute, il vérifiait avec un soin maniaque le nom des Alphas au pouvoir, leur famille et leur façon de gérer leur meute. Il savait que certains Alpha étaient farouchement opposés aux loups dans son cas, ce qui pouvait représenter pour lui un sérieux danger.

Le visage grave, Anne Marie hocha la tête.

— C'est exact, Adrian Rothschild a fêté hier ses vingt-sept ans et avant la nuit dernière, il n'avait jamais montré aucun signe d'une éventuelle Transition. Sa meute le croyait à cent pour cent humain, elle avait accepté le fait.

Tate réfléchit à toute allure. Adrian était loin d'être le premier jeune né dans une meute qui ne se transformait pas. D'après les spécialistes de la question, ces cas, très rares, étaient dû à une mutation génétique.

Mais c'était la première fois que Tate entendait parler d'une Transition tardive.

— Attendez un peu ! s'exclama Harris avec dureté. À vingt-sept ans, ce gars-là n'a pas réalisé ce qui lui arrivait ? C'est dur à avaler !

Anne Marie semblait partager sa suspicion, mais elle garda le silence.

Ils ont raison, pensa Tate, c'était difficile à croire, mais ce pauvre gars devait être dans un sacré mauvais état. Oui, l'acuité accrue des sens était le premier signe annonciateur d'une Transition, mais après avoir passé huit ans convaincu d'être un simple humain, la conclusion était-elle aussi évidente qu'il y paraissait ? Probablement pas. Le cerveau avait un fonctionnement compliqué. Il lui arrivait souvent de déformer les perceptions, les sentiments et même les événements pour les adapter à la réalité telle que les gens la connaissaient. Adrian s'était sans doute cru malade. Les premiers symptômes de la Transition ressemblaient disait-on à la migraine humaine – Tate n'en ayant jamais souffert, il l'avait appris de ses études. Comment

Adrian aurait-il pu penser à une Transition avec huit années de retard ? Un homme qui avait mal au cœur ne se croyait pas enceinte, pas vrai ? Non, c'était pour lui hors du domaine des possibles.

Tate finit par retrouver sa voix :

— Mais maintenant, il a compris, il sait ce qui se passe, n'est-ce pas ? Il ne va pas nous combattre quand nous nous présenterons pour le récupérer ?

— Non, non, il est éveillé et conscient, répondit Anne Marie. L'hôpital le pense délirant à cause de ses réactions à des bruits qui n'existent pas – ou plutôt qui existent, je présume, mais dépassent la perception de l'oreille humaine.

Parfait, pensa Tate. Il s'était inquiété quand Anne Marie leur avait parlé des « délires » d'Adrian. Il avait craint que l'hospitalisé ait d'ores et déjà annoncé aux médecins qu'il était un loup-garou. Dieu merci, cela n'était pas le cas, seul point positif de ce désastre, mais autant en être reconnaissant tout de même.

Harris semblait résigné, il s'occupait désormais de récupérer dans la placard du couloir le matériel dont ils auraient besoin pendant leur trajet : bouteilles d'eau, chargeurs de téléphone, liens, seringue hypodermique et assez de tranquillisants pour endormir un éléphant. Tate espérait du fond du cœur pouvoir ramener Adrian au camp avant le lever de la lune. Il n'avait aucune envie de l'anesthésier !

Harris passa la tête dans la pièce, les bras pleins.

— Ça va se passer comment au niveau de la paperasserie ? Nous nous présentons officiellement, ou c'est lui qui sort seul de l'hôpital ?

Si l'hôpital s'inquiétait de la santé mentale d'Adrian et le mettait en service psychiatrique, même sur une courte durée, sa récupération deviendrait plus difficile. D'un autre côté, Tate et Harris étaient tous les deux psychologues, aussi avaient-ils des atouts pour convaincre l'hôpital de déférer le patient sous leur responsabilité. Cela avait déjà été fait pour des transferts officiels au Camp H.U.R.L. Le hic étant qu'Adrian, à vingt-sept ans, n'était plus si « jeune », aussi les autorités risquaient-elles, en y regardant de plus près, de se demander ce qu'il irait faire dans un centre de réinsertion pour mineurs.

Et le plus gros problème était de savoir comment la Transition se passerait. C'était un cas clinique sans antécédents. Adrian allait-il réussir une transformation totale dès son premier essai ? Ou ne se passerait-il rien, finalement, au-delà des sens exacerbés qu'il avait déjà manifesté au cours des dernières vingt-quatre heures ? Personne ne pouvait le prédire.

— Je n'en ai aucune idée, reconnut Anne Marie. Sa famille a déjà appelé l'hôpital et donné le nom de Tate Lewis comme celui de son psychologue attitré, nous ne pouvons qu'espérer qu'il n'y ait pas de difficultés.

— Et Adrian est un adulte, insista Tate. Donc, je doute fort que son comportement ait été jugé assez instable pour qu'un psychiatre juge nécessaire de le garder sous observation.

Il accepta le sac rempli de bouteilles d'eau et de snacks que Harris lui tendait et en fit glisser la bandoulière sur son épaule. Harris, lui, portait le sac avec le matériel médical. Tate cacha sa grimace en voyant les liens, baillons et autres. Il espérait *vraiment* ne pas avoir à s'en servir !

Les liens étaient molletonnés et Adrian n'en souffrirait pas, certes, mais Tate les détestait par principe. Il en gardait de trop mauvais souvenirs.

— S'il est adulte, que ferons-nous de lui une fois qu'il sera là ? demanda Harris, le visage fermé.

Tate comprit sa préoccupation. Adrian serait un loup probablement plus grand et plus fort que leurs autres campeurs, aussi serait-il impossible de prévoir des entraînements en commun. Et mettre un homme de vingt-sept ans dans un dortoir d'adolescents paraissait également délicat.

— Nous nous occuperons de ces détails d'ajustement à votre retour, annonça Anne Marie. Pour le moment, notre priorité est de le récupérer avant que la lune se lève et qu'il dévoile le Secret de notre existence en devenant un loup au beau milieu d'un hôpital rempli d'humains.

Ce serait un désastre. Il y avait déjà eu des transformations publiques dans le passé et Tate était certain qu'il y en aurait également dans l'avenir, mais ce n'était pas pour autant qu'il fallait les prendre à la légère. Les conséquences étaient lourdes. Étouffer une histoire de ce genre était un travail énorme. En vérité, Tate pensait même la chose presque impossible au cœur d'un des hôpitaux bondé d'une grande cité.

Il s'apprêtait à quitter le bureau quand Anne Marie le retint :

— Son Alpha tient à vous parler. Je lui demanderai de vous contacter directement pendant le trajet.

Tate sentit la crispation de ses épaules s'aggraver. Même pour des broutilles, il détestait avoir affaire à un Alpha et ce soir, la situation était anormalement grave.

— Nous vous contacterons dès que nous aurons mis la main sur lui, déclara Harris. Et nous reprendront la route le plus vite possible pour le ramener ici.

Il attrapa la sangle du sac de Tate et tira, forçant ce dernier à quitter le bureau d'Anne Marie.

— À vous entendre, on croirait à un enlèvement ! protesta Tate.

Il regrettait déjà ce qu'ils s'apprêtaient à faire subir à ce pauvre Adrian, alors parler de lui comme s'ils envisageaient de le jeter dans le coffre, yeux bandés, pieds et poings liés, n'améliorait pas son malaise.

En fait, la vérité serait à peine plus supportable. Adrian serait effectivement ligoté – par des liens rembourrés –, avec des bouchons d'oreille et un bandeau sur les yeux en fonction de l'acuité de son audition et de sa sensibilité à la lumière. Ce serait un peu difficile d'expliquer cela à un flic en cas de contrôle de police sur la route d'Indianapolis, au sud de l'Indiana.

Harris arracha au tableau des clés situé près de la réception, celles d'une des camionnettes du camp.

— Consolez-vous, Tate, grogna-t-il. Ce n'est pas un kidnapping, mais un *adultnapping*.

Il évita avec souplesse le coup de coude que Tate lui envoyait.

Tate suivit Harris sur le parking qu'il avait arpenté la veille avec Ryan. Les yeux sur les graviers, il grommela :

— J'espère au moins qu'il sera heureux de nous voir arriver ! S'il est tellement hors de lui qu'il ne parvient même plus à raisonner avec cohérence, on est mal barrés !

Chapitre Cinq

ADRIAN avait renoncé depuis des heures à respirer par le nez. L'odeur des antiseptiques hospitaliers lui brûlait les narines et la gorge, mais quand il contrôlait ses respirations en les prenant par la bouche, son malaise s'atténuait un peu. Et cela lui donnait un objectif sur lequel se concentrer afin de tenter d'oublier ses démangeaisons, cette épouvantable sensation qui lui courait à fleur de peau et annonçait que quelque chose n'allait pas... ou ses contractions et ses spasmes musculaires irrépressibles qui, il le savait, annonçait une transformation terrible.

Et c'était le cas, bien sûr. Il s'en rendait compte à présent. Il l'avait compris juste avant de s'évanouir comme un idiot dans la rue ce matin. Malheureusement, il s'était réveillé dans une ambulance, désorienté et confus. Il avait parlé aux urgentistes de sa fièvre et de ses maux de tête, qu'il attribuait désormais à la nouvelle acuité de ses sens. C'était probablement une chance qu'il ait eu du mal à mettre de l'ordre dans ses idées, sinon, dans son état de choc, il aurait sans doute raconté toute son histoire.

Adrian était presque redevenu lui-même quand l'ambulance était arrivée aux urgences, toutes sirènes dehors. Mais il n'avait pas pu se relever et s'en aller. En disant quoi ? « *Je sais que mes symptômes évoquent un AVC ou un anévrisme, mais en réalité, c'est seulement la puberté des loups que j'ai avec huit ans de retard ! LOL ! Si ça ne vous gêne pas, les gars, j'aimerais autant un peu d'intimité quand mes crocs sortiront. Merci et à la prochaine !* »

Oui, pas à dire, il aurait eu un franc succès.

Il n'avait donc pas bougé pendant qu'on l'admettait à l'hôpital. Il n'avait pas triché en gémissant quand les néons du plafond lui avaient perforés les rétines ou que ses spasmes s'étaient amplifiés. Les médecins avaient parlé d'état fébrile et de convulsions alors qu'Adrian savait que c'était simplement son corps se préparant pour la Transition. Même sa température élevée faisait partie du processus ! D'après ce qu'il en savait, l'afflux d'hormones poussait la Transition à se battre avec ses globules blancs.

Il avait réussi à refuser un prélèvement de sang en prétendant que sa religion l'interdisait, une précaution que ses frères et sœurs avaient apprise jeunes adolescents dans leurs cours de « comment devenir un loup ». Bien évidemment, sa mère avait dit la même chose quand l'hôpital l'avait contactée, ce qui avait bien aidé Adrian. Sa mère était son contact d'urgence dans son téléphone, aussi avait-elle été prévenue depuis l'ambulance par la gentille urgentiste qui avait pris l'appareil d'Adrian dans sa poche. Dès son arrivée à l'hôpital, son refus était déjà noté dans son dossier en lettres majuscules.

Mais Adrian doutait fort que sa chance dure. Si l'hôpital trouvait une raison de l'admettre en soins psychiatriques – il avait entendu un médecin l'envisager devant le comptoir des infirmières, sans imaginer, bien entendu, qu'Adrian suivait le moindre mot de la conversation –, plus personne ne lui demanderait son avis pour lui faire subir tests et prélèvements. Du coup, il faisait de son mieux pour se comporter en patient modèle. Pas question de délirer ou de paraître dangereux pour donner une excuse à un médecin bien-pensant de le faire interner.

Et il trouvait de plus en plus difficile de simuler la normalité alors que son mal de tête empirait à chaque minute avec le brouhaha constant qui régnait dans cet hôpital bondé. Il s'accrochait.

Une heure plus tôt, il avait eu sa mère au téléphone. Il n'avait pas pu lui dire grand-chose à cause de l'infirmière qui était avec lui dans la chambre. Parler en code lui avait paru trop dangereux aussi s'était-il contenté de prévenir Sandra qu'il pensait avoir contracté la grippe, un cas bien plus grave que celle qu'il avait eue à dix-neuf ans. Elle avait tout de suite compris et répondu en disant qu'elle connaissait des gens de la région qui pourraient l'aider à se soigner.

Elle l'avait rappelé peu après pour lui dire que tout était arrangé et qu'il serait bientôt pris en charge. Adrian avait ressenti un curieux mélange de soulagement et d'appréhension. *Pris en charge* ? Cela voulait dire quoi, au juste ? Sa mère parlait-elle de loups qu'elle connaissait dans la région ? Ou de greffiers de son Tribunal ? Et que lui ferait-on ? Il avait entendu suffisamment d'histoires de Transition pour savoir que l'environnement d'un loup à ce moment charnière avait un impact énorme sur sa transformation. Il savait aussi combien la Transition était stressante.

— Le Dr Lewis vient d'arriver, déclara l'infirmière de garde à son chevet.

Adrian leva ses yeux inquiets. Qui était le Dr Lewis ? Le psychiatre dont l'infirmière ne cessait de le menacer ? Était-ce pour lui le début de la fin ? Si on lui prenait son sang, que lui ferait le Tribunal ? Adrian était bien trop engagé dans la Transition pour que son sang paraisse normal aux humains !

— Adrian, ravi de vous revoir ! déclara un inconnu en entrant.

Il récupéra le dossier du patient au pied du lit et le feuilleta tout en ajoutant :

— Votre mère s'inquiète de votre accès de grippe. Elle m'a demandé de passer.

Tendu depuis l'arrivée du « médecin », Adrian se laissa retomber sur ses oreillers avec un soupir de soulagement. Ainsi, sa mère avait réussi à faire passer une de ses connaissances pour un médecin afin de faire sortir Adrian de l'hôpital ? Il était impressionné par son ingéniosité, même si à son avis, elle aurait pu trouver un meilleur acteur. Le nouveau venu ne ressemblait pas du tout à un docteur. Pour commencer, il était bien trop jeune, quelques années à peine de plus qu'Adrian. Et il portait un tee-shirt moulant, un jean et des Converses éraflées. Pourquoi ne pas avoir enfilé une blouse blanche ou une tenue d'hôpital ?

L'infirmière, en revanche, semblait avoir gobé l'appât, et c'était ce qui comptait. Elle se précipita pour apporter au faux Dr Lewis un autre dossier.

— Ses signes vitaux se sont stabilisés depuis son arrivée, mais il refuse un prélèvement de sang ou de passer un IRM. Sa température a chuté, sa pression sanguine aussi, son pouls est stable.

Elle lança un bref coup d'œil à Adrian et ajouta :

— Ses pupilles ne réagissent pas normalement. Je crois qu'il est drogué, mais nous n'avons pas pu le vérifié par des analyses.

Adrian ouvrit la bouche pour protester, mais il s'arrêta avant de prononcer les mots qu'il avait sur le bout de la langue. En fait, c'était aussi bien qu'ils le prennent peur un drogué. C'était une très bonne excuse pour la plupart de ses symptômes.

— Il a été trouvé dans la rue, c'est bien ça ? demanda le faux-docteur, le regard posé sur Adrian.

Waouh ! Il est magnifique ! D'un geste instinctif, Adrian passa la main sur ses cheveux pour tenter d'améliorer son image. Il devait avoir une mine horrible !

— Oui, répondit l'infirmière. Il s'est ouvert le cuir chevelu et nous avons dû lui poser des points de suture. Il avait perdu connaissance et ce sont les passants qui ont appelé l'ambulance. Il s'est réveillé environ dix minutes après, dans l'ambulance. D'après les paramédicaux, il était désorienté, contrarié et légèrement agressif. Depuis son arrivée ici, il est calme et cohérent.

Calme ? Certainement pas, pensa Adrian. Si seulement cette infirmière savait ce qui se passait en lui en ce moment même – sans parler de ce qu'il deviendrait dès le lever de la lune.

L'homme qui tenait son dossier marmonna un vague assentiment, puis il referma le dossier, avant de le glisser sous son bras. Il signa ensuite le formulaire que lui tendait l'infirmière.

— La famille de votre patient a organisé le transfert vers un autre établissement de soins, déclara-t-il d'un ton professionnel et détaché.

— Il faut voir ça avec le médecin de garde, répondit-elle. Le Dr Ramirez...

— J'ai déjà vu le Dr Ramirez. Elle m'a signé l'exéat d'Adrian. Notre véhicule attend en bas.

L'infirmière fronça les sourcils.

— M. Rothschild doit faire un bilan psychologique. Jamais le Dr Ramirez n'aurait signé son exéat sans qu'il passe des tests préalables.

Avec un sourire froid, le faux médecin présenta un badge qu'Adrian n'avait pas remarqué jusque-là.

— Comme vous pouvez le voir, je suis psychiatre, déclara-t-il. Et je vous assure qu'Adrian sera soigné dans un établissement parfaitement adapté à son état. Il restera avec nous jusqu'à ce que nous soyons certains qu'il ne représente pas un danger pour lui-même ou pour les autres. Et nous en profiterons pour soigner sa mauvaise grippe.

Il fit une pause et lança un discret clin d'œil à Adrian. Sous le coup de la surprise, ce dernier aboya un rire qu'il étouffa vite sous une toux simulée. L'infirmière lui jeta un regard méfiant.

— Je vais voir le Dr Ramirez, dit-elle.

Le faux Dr Lewis indiqua la porte.

— Bien sûr. Allez-y. En attendant, j'en profiterai pour commencer mon dossier avec Adrian.

À peine l'infirmière sortie, le médecin sortit de sa sacoche un pantalon de survêtement et un tee-shirt, et les tendit à Adrian.

— Bonjour, dit-il d'une voix très basse qui ne heurtait pas les oreilles ultra-sensibles du loup. Je suis Tate. Votre Alpha m'a contacté il y a quelques heures pour vous faire sortir le plus vite possible de cet hôpital. La solution la plus rapide est que vous le fassiez vous-même.

Adrian se releva d'un bond et se vêtit, soulagé que Tate ait pensé à lui apporter une tenue de rechange. Les ambulanciers avaient découpé sa chemise et Dieu seul savait où avait disparu son pantalon après son admission. Il était heureux de retrouver de vrais vêtements, il détestait ces chemises d'hôpital ouvertes dans le dos.

Une fois prêt, il approcha de Tate et demanda :

— Allons-nous devoir nous enfuir ?

Tate rejeta la tête en arrière et se mit à rire.

— Non, non. Nous attendons le Dr Ramirez. Je lui ai effectivement parlé avant de venir vous voir, mais l'infirmière n'a fait que son devoir en vérifiant les dires d'un inconnu. Ne vous inquiétez pas, nous partirons bientôt.

Adrian jeta un regard inquiet sur l'horloge murale. Elle était dans une cage métallique et sa vue le mettait mal à l'aise. Serait-il également mis en cage ? Qui était ce Tate ? Il s'était de toute évidence entretenu avec Sandra, puisqu'il était au courant de la « grippe » d'Adrian, mais comment sa mère l'avait-elle connu ? Lui faisait-elle vraiment confiance ou n'était-il que la meilleure alternative dans un délai aussi court ?

Tate sortit un dossier de son sac et le posa au bout du lit d'Adrian.

— J'ai effectivement de la paperasserie à remplir avec vous. Vous en sentez-vous le courage ?

Adrian le regarda, bouche bée.

— Quelle paperasserie ? croassa-t-il.

Tate remplit d'eau glacée une tasse en polystyrène qui se trouvait sur la table de chevet et la tendit à Adrian, en veillant à ce que la paille soit accessible. Il posa ensuite la main sur l'épaule d'Adrian et l'incita à s'asseoir au bord du lit pour boire. Peut-être était-il *vraiment* médecin, après tout ?

— Désolé, dit gentiment Tate. Vous devez être tellement troublé. Je présume que votre Alpha ne vous a rien expliqué ?

Adrian but son eau et secoua la tête.

— Non, je n'étais jamais seul.

Tate hocha la tête.

— Bien sûr, c'est le protocole standard pour un patient suspecté de troubles psychologiques. Recommençons à zéro. Je suis Tate Lewis, je suis psychologue et mon travail est d'aider les jeunes loups pendant la Transition.

Adrian avait la tête qui tournait.

— Vous travaillez dans l'un de ces camps ! lança-t-il, d'un ton accusateur.

— C'est exact, concéda Tate. Le Camp H.U.R.L. est à une heure et demie d'ici, au sud, vers la forêt nationale d'Hoosier. Votre Alpha y a réservé une place pour vous. Mon collègue Harris nous attend avec la camionnette. Nous allons vous ramener au camp où vous pourrez vous transformer en toute sécurité.

Adrian leva de nouveau les yeux vers l'horloge. Il était plus de quinze heures.

— Vous croyez que j'ai le temps ?

Il vit Tate déglutir et sa pomme d'Adam bouger.

— Je l'espère. Sinon, nous avons tout ce qu'il faut dans la camionnette pour gérer votre Transition, mais je vais être franc avec vous : cela ne serait pas une expérience agréable.

— Pour vous non plus, murmura Adrian.

Durant son premier séjour en camp, il avait vu ses compagnons se transformer et chaque Transition avait a été violente et douloureuse. Les conseillers en sortaient souvent plus épuisés que les jeunes qu'ils encadraient.

37

— Ne vous souciez pas de nous, dit Tate, avec un entrain forcé. Harris et moi avons été formés pour ce travail. Les quatre conseillers du camp sont tous des psychologues agréés. Un excellent argument pour convaincre les Alphas de nous confier leurs jeunes loups. Nous proposons également de la méditation, du yoga et des Pilates, des cours d'art thérapeutique et des repas dignes d'un chef étoilé.

— Combien tout ça me coûtera-t-il ? demanda Adrian avec ironie.

Tate sourit.

— Une fortune, mais vous en discuterez dans le courant de la semaine prochaine avec notre comptable. Votre Alpha a déjà reçu tous les papiers et a accepté de payer la facture.

Adrian se crispa. Il n'était pas question que sa mère paie ce séjour qui serait certainement extrêmement coûteux.

— Et si je n'avais pas les moyens de payer ?

Tate se contenta de hausser les épaules.

— On s'arrange toujours. Il existe des bourses et des subventions versées par les familles nanties. Jamais Anne Marie – c'est notre directrice – ne vous jetterait dehors, même si vous ne payiez pas votre note. Mais comme je vous le disais, tout est déjà réglé. Le plus important pour vous en ce moment, c'est de rester calme le temps de quitter cet hôpital.

À ces mots, Adrian prit conscience que son cœur tambourinait et qu'il serrait les poings si fort que ses ongles, une fois encore, faisaient couler son sang. Il fit l'effort de les détendre et examina les traces sanglantes qui marquaient le creux de ses paumes.

— Inspirez profondément, conseilla Tate, de sa voix basse et apaisante. Très bien. Maintenant, retenez votre souffle quelques secondes. Fermez les yeux et choisissez un son à proximité, le bruit de mon cœur ou le tic-tac de l'horloge. Concentrez-vous dessus jusqu'à ce que tout le reste disparaisse, puis libérez votre stress et votre tension dans votre prochaine expiration.

Au début, Adrian pensa que cela ressemblait aux conseils d'un gourou, mais il s'y conforma néanmoins. Il se pencha, se recroquevillant sur lui-même. Le lit grinça, lui arrachant une grimace. Une fois que ses oreilles cessèrent de tinter, il constata qu'effectivement, il entendait battre le cœur de Tate. C'était un son régulier et rassurant. Adrian y focalisa son audition, au point d'entendre le jaillissement du sang émergeant des artères. Il prit une profonde inspiration et souffla lentement. À son grand étonnement, c'était relaxant. Ses épaules se détendirent, son pouls ralentit et les démangeaisons qui l'avaient torturé se calmèrent.

Il ouvrit lentement les yeux, clignant de surprise quand il n'eut pas à reculer la tête à cause des néons. Tate les avait éteints, la pièce était éclairée par la lumière naturelle qui passait à travers stores – fermés. L'intense douleur qu'Adrian ressentait aux yeux depuis son arrivée à l'hôpital s'estompa. Le soulagement lui coupa les genoux. Il poussa un soupir et se remit à contrôler sa respiration.

Tate s'accroupit devant lui pour rencontrer son regard.

— Vous vous sentez mieux ?

— Je n'avais même pas réalisé combien j'étais tendu, admit Adrian.

Il se sentait redevenu adolescent, avec des crises hormonales débridées et un total manque de contrôle sur ses réactions physiques. C'était ridicule !

— C'est tout à fait normal, déclara Tate. Tout cela fait partie du processus de la Transition.

Adrian secoua la tête.

— Peuh ! Ma Transition n'a rien de « normale ». En admettant que j'arrive à me transformer.

Il s'attendait à recevoir des assurances bateau, aussi fut-il agréablement surpris de voir Tate hocher la tête.

— C'est exact. Votre situation étant unique, nous ignorons ce qui peut se passer, ce qui aggrave encore une épreuve qui, dans le meilleur des cas, est déjà psychologiquement stressante. Je me doute que vous avez le cerveau en ébullition. Je voulais simplement vous dire que vos réactions, quelles qu'elles soient, sont justifiées, d'accord ? Vous avez le droit d'être en colère, terrorisé, troublé, amorphe. Il n'y a pas de bonne ou de mauvaise réaction à la Transition. Je vous garantis que ce soir, quand la lune se lèvera, vous serez en sécurité, entouré de gens disposés à vous aider.

Adrian ferma de nouveau les yeux et grogna. Il détestait le bla-bla-bla des psys. Il n'en avait que trop écouté l'année qui avait suivi sa non-transformation. Sa mère avait consulté une multitude de médecins et de psychologues, chacun avait fait et refait les mêmes tests et examens, aucun n'avait été capable de trouver une solution au problème d'Adrian. Il avait régulièrement entendu : « *ce n'est en rien votre faute* » ou « *exprimez votre colère, c'est normal* », et il en était sorti encore plus amer et désabusé qu'au départ.

Les mots de Tate sonnaient différemment. S'il était *vraiment* psychologue, il ne ressemblait pas à ceux qu'Adrian avait rencontrés après son premier séjour en camp, ceux qui lui avaient expliqué son ressenti, ceux qui l'avaient accusé de réprimer ses émotions.

39

Avant Tate, personne ne lui avait dit que ne pas comprendre, ne rien éprouver, cela existait aussi.

— Je ne vous ferai pas de fausse promesse, Adrian, déclara Tate. Vous êtes un adulte. Vous savez comment fonctionne notre monde. En revanche, je ferai tout ce qui est en mon pouvoir pour vous faciliter les choses et vous aider à traverser cette épreuve. Parce que vous allez déguster.

Choqué, Adrian ouvrit les yeux et regarda Tate. Il ne s'était pas trompé : ce dernier était différent de ses précédents psychologues.

— Vous ne mâchez pas vos mots, hein ?

Quand Tate sourit, Adrian ressentit l'envie soudaine de mordre cette belle lèvre renflée. Seigneur, quelle folie ! D'où lui venait-elle ? Tate était séduisant, certes, mais Adrian n'était pas en état de se perdre dans des fantasmes. Il s'apprêtait à se transformer pour la première fois, nom d'un chien ! Ce n'était pas le moment idéal pour que son sexe ait des idées tordues.

À moins que ce soit également un des symptômes de la Transition ? Bizarrement, c'était assez logique. Tous ses sens étaient en overdose, pourquoi pas sa libido ?

— Vous semblez troublé, dit Tate, les yeux attentifs. Je pensais que vous commenciez à vous calmer. Manifestement, je ne suis pas aussi bon que je l'espérais.

En ce moment présent, Adrian avait beaucoup de mal à associer « Tate » et « calme ». Jusqu'ici, il avait trouvé réconfortante sa voix douce et sensuelle, désormais, elle avait une action immédiate sur son érection. Il déglutit difficilement et détourna la tête pour échapper à la vision du torse solide de Tate moulé par son tee-shirt. Et ses biceps étaient gonflés de la plus délicieuse façon !

Il s'agita, mal à l'aise, conscient que le pantalon de survêtement qu'il portait ne cachait rien de son état.

Tate s'éclaircit la gorge.

— Ah. Voulez-vous que je vous dise que les réactions physiques sont très variées pendant la Transition ou préférez-vous que je me taise ?

Maudit soit-il d'être aussi patient et compréhensif ! Et pourquoi Adrian trouvait-il ces qualités encore plus érotiques ? Pourtant, c'était le cas, le désir qui brûlait dans ses veines n'avait fait que croître.

Par chance, il n'eut pas à répondre à cette question piège, car on frappa à la porte qui s'ouvrit avant même qu'Adrian ait le temps de répondre. Il se remit au lit et tira la couverture pour cacher son bas-ventre.

C'était le Dr Ramirez, elle portait une liasse de documents.

— Très bien, M. Rothschild, vous allez pouvoir sortir, déclara-t-elle.

Chapitre Six

— JE dis simplement que ce n'était pas nécessaire, déclara Tate avec un ton de reproche.

Il jeta un coup d'œil à Adrian, qui dormait sur la banquette arrière après avoir pris les tranquillisants que lui proposait Harris.

Ce dernier haussa les épaules

— C'était son choix, déclara-t-il. Et cela nous facilite bien le trajet, pas vrai ?

Tate était obligé d'en convenir. Adrian avait été agité et nerveux pendant les premières vingt minutes en voiture avant que Harris s'arrête dans une station-service pour lui offrir une bouteille d'eau et un sédatif. Ils n'auraient pas agi ainsi avec un adolescent, sauf en cas d'extrême urgence. Et même avec un loup adulte, ce n'était pas conseillé, car la Transition influait sur les réactions d'un loup aux médicaments. Peut-être Harris avait-il empoisonné Adrian avec la dose qu'il lui avait donnée. Ou alors les tranquillisants n'auraient eu aucun effet.

À contrecœur, Tate dut admettre que la seconde option avait été la plus probable. Il avait expliqué tous les cas de figure à Adrian, sans réussi à le faire changer d'avis. Par chance, tout s'était passé au mieux.

Tate surveillait de près Adrian, vérifiant aussi bien sa fréquence cardiaque que son odeur qui changeait subtilement depuis qu'ils s'étaient mis en route. C'était l'odeur des nouveaux campeurs à leur arrivée au camp. Tate doutait cependant qu'Adrian réalise dès ce soir une transformation complète. Il ne comptait pas en prévenir son patient à son réveil, cependant. Il n'était pas certain de son intuition et Adrian, dans son état de stress actuel, préférerait certainement des certitudes.

Tout à coup, une saveur salée parfuma l'habitacle. Tate se retourna et fronça les sourcils en voyant la sueur perler sur le front d'Adrian. Il approcha sa main de la peau humide pour vérifier si la fièvre était revenue. Ce serait inhabituel… En temps normal, la poussée de température signalait simplement une poussée hormonale, et une fois le processus enclenché, la douleur diminuait. Elle ne revenait pas. Mais Adrian ne dégageait aucune chaleur anormale, sa sudation devait être un autre symptôme de sa Transition.

Il ne restait qu'une vingtaine de minutes de route pour arriver au camp, ils avaient fait vite. Ce soir, la lune se lèverait vers dix-neuf heures trente, dans cinq heures donc. Parfait. Quitter l'hôpital avec Adrian leur avait pris plus de temps que prévu et pour aggraver les choses, Harris s'était trompé à une bifurcation, ce qui les avait encore retardés. Malgré tout, si tout allait bien, ils arriveraient avec de la marge.

Pourtant, Tate ne pouvait s'empêcher de s'inquiéter. Et s'ils crevaient ? D'autres incidents de parcours risquaient de les empêcher de retrouver la sécurité avant le lever de la lune. Dans ce cas, comment gérer la Transition d'Adrian ?

— Arrêtez de stresser, marmonna Harris. Je vous entends d'ici ! Il va bien. Sa respiration est profonde et régulière, et sa fréquence cardiaque stable. Il supporte très bien le sédatif. Et cela lui permet de garder une certaine dignité. Il ne tenait certainement pas à ce que nous sentions son érection jusqu'à Bloomington.

Tate grimaça. Adrian n'avait pas pu cacher son excitation sexuelle, même à ceux qui ne possédaient pas les sens olfactifs hyper développés d'un loup, parce que le pantalon qu'il portait moulait son érection. En y repensant, Tate sentit son propre sexe s'ériger dans son jean. Aussi cherchat-il à repousser cette vision gravée dans son cerveau. D'ailleurs, ce n'était pas réellement à lui qu'Adrian… ou plutôt ses hormones avaient réagi.

Dans son état, n'importe quel corps raisonnablement jeune et chaud aurait fait l'affaire.

Pourtant, Tate aurait préféré ne pas savoir qu'Adrian préférait les hommes. Parce que Tate lui aussi s'intéressait à Adrian, et cette attirance mutuelle rendrait impossible entre eux une relation thérapeutique efficace.

Jusqu'à ce jour, Tate n'avait jamais connu ce problème. Il est vrai que ses patients étaient des adolescents, pas un homme magnifique de vingt-sept ans. Il tenta de contrôler ses pensées qui vagabondaient et à redevenir professionnel.

— À votre avis, Harris, Adrian sera-t-il mieux avec Kenya ou avec Liam ? demanda-t-il.

Harris grogna.

— Cela ne dépendra certainement pas de nous, c'est Anne Marie qui en décidera. Je pense qu'elle désignera Kenya. C'est une fille sympa et la plus âgée d'entre nous, ce qui serait un avantage dans ce cas précis. Peut-être nous basons-nous trop sur l'écart d'âge.

En général, Tate et Harris jouaient les rôles d'un frère aîné vis-à-vis des jeunes qu'ils traitaient. À part Kenya, qui avait cinquante-quatre ans, tous les conseillers du camp étaient plus jeunes que Tate. Il avait trente-deux ans.

— Il est habitué à accepter l'autorité d'une femelle de forte personnalité, déclara Tate. Sa mère est aussi son Alpha.

— Oui, Anne Marie le donnera certainement à Kenya.

Tout en parlant, Harris prit la route gravillonnée qui traversait la forêt nationale d'Hoosier. Le camp était une propriété privée, bordée de tous les côtés par les terres fédérales. Grâce à cette astuce, il n'apparaissait sur aucune carte routière. D'après ce que Tate avait entendu raconter, c'était un loup haut-placé dans la hiérarchie des Eaux et Forêts qui avait négocié dans les années 1920 des arrangements similaires pour tous les camps établis à travers le pays. L'idée était ingénieuse.

Tate sortit son téléphone portable et appela la directrice pour annoncer leur arrivée dans moins de dix minutes. Il indiqua également qu'Adrian avait choisi de prendre un sédatif. Très mécontente, Anne Marie se laissa aller à proférer une litanie de jurons, puis annonça que le médecin du camp les attendrait à leur arrivée sur le parking avec un brancard.

Tate avait accepté la semonce avec impassibilité. Quand il raccrocha, Harris ricana.

— Au moins, ce ne sera pas à nous de le porter !

— C'était votre idée de l'endormir et c'est moi qui me fais remonter les bretelles ! marmonna Tate.

— Vous auriez pu lui dire que vous n'étiez pas d'accord, répondit Harris. Vous semblez avoir pris beaucoup d'influence sur lui. Il s'est probablement lié à vous.

La Transition étant une épreuve stressante, elle provoquait en général une grande confiance entre ceux qui la traversaient ensemble, et même de l'affection. Cette connexion renforcée par la transformation perdurait quelques jours avec une intensité féroce, puis redevenait une simple amitié une fois que s'estompaient les endorphines de la Transition. Plus rarement, les connexions étaient d'ordre sexuel, et si la relation était consommée, les couples ainsi constitués avaient tendance à durer. Les conseillers ne s'opposaient pas à ces liens, quelle que soit leur nature. Les loups qui arrivaient au Camp H.U.R.L. étaient des adultes, après tout. Mais jamais encore un campeur ne s'était lié à un conseiller. *Et j'espère que ce ne sera jamais le cas*, pensa Tate, consterné. Vu son état d'esprit, passer trop de temps avec Adrian risquait de lui causer de sacrés problèmes.

— Tant que je ne suis pas avec lui au lever de la lune au moment de sa transformation, il s'en remettra, se contenta-t-il de répondre.

Harris lui jeta un coup d'œil et fronça les sourcils.

— Au contraire ! Cela l'aiderait certainement d'avoir une connexion pareille avec vous ! Il n'aura aucun point commun avec les autres loups que nous avons actuellement, ils sont tous beaucoup trop jeunes. Et c'est difficile d'être seul pendant sa Transition. Cela peut même avoir un très fort impact psychologique.

Tate le savait mieux que personne. Il avait vécu seul sa Transition, parce que c'était la tradition dans son ancienne meute. « Difficile » était un doux euphémisme, Tate aurait plutôt parlé d'expérience traumatisante.

Il aurait volontiers aidé Adrian s'il avait été certain que leur connexion resterait platonique, mais c'était extrêmement improbable après la réaction viscérale d'Adrian tout à l'heure, à l'hôpital. En plus, Tate désirait lui aussi Adrian. Même si tous deux étaient consentants – et Tate se doutait bien que ce serait le cas –, une liaison entre un conseiller et un campeur restait inappropriée. Le règlement s'y opposait formellement, et ce avec d'excellentes raisons. Pour commencer, ce serait un abus de pouvoir, sinon un abus de confiance de profiter d'un loup récemment transformé aux hormones déchaînées, aveuglé par de nouveaux sens et une libido débridée.

Tate se tortilla sur son siège. Il ne pouvait en aucun cas se connecter avec Adrian pendant sa Transition !

— **C'EST** d'ores et déjà réglé, déclara Diann, le médecin du camp, avec un haussement d'épaules un peu gêné. Il n'écoute que vous. Votre proximité le calme, cela s'entend à sa fréquence cardiaque, et le son de votre voix fait descendre sa tension artérielle.

Tate entendit un moustique bourdonner près de son oreille et s'en débarrassa d'un geste agacé. À cette époque de l'année, il fallait une fourrure épaisse pour déambuler une fois la nuit tombée, le coin était infesté de moustiques friands de peau humaine. Tate écarta Diann de la flaque de lumière près de la porte, en espérant que l'obscurité le libérerait un peu des moustiques. Il comprenait bien entendu que cette conversation devait avoir lieu loin des oreilles d'Adrian, mais ce n'était pas pour autant qu'il souhaitait être dévoré vif.

— Il était en grande forme lorsque vous l'avez amené, poursuivit Diann, Mais depuis que vous l'avez déposé à la clinique, ses signes vitaux ne cessent de décliner.

Sceptique, Tate pinça les lèvres.

— Il était inconscient quand nous l'avons déposé, Diann. Bien sûr que dans ses conditions, ses signes vitaux étaient stables !

— Il a ouvert les yeux dès que vous êtes parti, dit-elle doucement. Si vous voulez mon avis, il n'a pas été longtemps sensible au sédatif. Avec son métabolisme actuel, les tranquillisants n'ont dû faire effet qu'une demi-heure. Cela l'a aidé à s'endormir, certes, mais c'est votre présence dans la voiture qui lui a permis de rester calme et de somnoler. Cette histoire de rythme cardiaque, c'est un signe de connexion que tous ceux qui partagent une Transition reconnaissent. C'est pourquoi il est tellement important de ne pas se transformer seul.

Horrifié, Tate se souvint d'avoir parlé à Adrian de son rythme cardiaque à l'hôpital.

— Mon Dieu ! Est-ce moi qui ai provoqué cette connexion en lui demandant de se concentrer sur mon cœur ?

Elle eut un bref éclat de rire.

— Bien sûr que non ! C'est un lien purement biologique. Il ne se crée qu'entre deux loups compatibles. Voyons, vous le savez. C'est la façon dont Dame Nature s'assure qu'un loup soit bien entouré pendant sa Transition.

Effectivement, la première transformation laissait un loup vulnérable. Un lien uniquement sécuritaire était en général de courte durée et pas forcément très fiable. Et justement, les camps avaient été créés pour que les loups gravitent d'instinct vers des garous plus âgés et mieux capables de les protéger, et les meutes envoyaient donc leurs jeunes dans les camps. Leur sécurité étant assurée, les loups formaient avec ceux de leur âge d'autres connexions basées sur des affinités variables. L'amitié était une base plus solide que le besoin de sécurité. Parfois, cette amitié évoluait vers un sentiment plus durable et deux partenaires compatibles formaient un couple solide.

Ce qui n'était certainement pas le cas entre Tate et Adrian.

— Ce lien ne peut-il être transféré ?

Diann le regarda avec attention.

— Non. Et même si c'était possible, à qui le transfériez-vous ? À un de nos jeunes campeurs ? Ils ont huit ans de moins que lui !

Elle secoua la tête et ajouta :

— Il se sent déjà à l'aise avec vous. Vous n'allez tout de même pas le condamner à vivre seul sa Transition ?

Il n'y avait que deux personnes au camp à connaître les détails de la désastreuse Transition de Tate et de son calvaire durant les mois qui avaient suivi avant qu'il parvienne à s'émanciper de sa meute : Diann et Kenya. Et Tate espérait bien ne jamais avoir à répéter son histoire. C'était une des nombreuses raisons pour lesquelles il évitait les relations avec d'autres loups.

Il n'arrivait pas à croire que Diann, qui connaissait le règlement, lui suggère un lien avec un campeur ! C'était presque… indécent.

— Cette connexion me met mal à l'aise, reconnut-il avec raideur.

Diann s'adossa au mur de brique qui délimitait la cour du bâtiment médical.

— Pourquoi ?

— Parce que c'est un campeur !

— C'est vrai. Mais il ne sera ni votre patient ni votre élève, même s'il assiste parfois à quelques-unes de vos conférences. Vous n'aurez donc aucun contrôle sur lui. Ensuite ?

Frustré, Tate se frotta la mâchoire.

— Il est plus jeune que moi.

— Une différence de cinq ans ne représente pas grand-chose entre deux adultes. Mon mari a dix ans de plus que moi. Ensuite ?

Il serra la mâchoire et inspira un grand coup par le nez.

— Vous savez comme moi que ce genre de connexion devient vite sexuelle.

Elle lui jeta un regard impavide.

— Pauvre chéri ! Vraiment, quelle corvée ! Baiser avec un beau jeune homme qui ne demande que ça !

Tate se mit à faire les cent pas dans la cour. Son corps vibrait d'énergie encagée – probablement liée à cette connexion qui existait déjà, bien qu'il s'efforce de la nier. Il ressentait un écho de l'énergie frénétique qui ravageait le corps d'Adrian à l'approche du lever de la lune. Mélangée avec l'anxiété de Tate, elle formait un cocktail explosif et déclenchait en lui quelque chose de sauvage.

Il se contrôla avec un effort de volonté, tout en serrant les poings et en continuant ses allées et venues.

Oubliant ses taquineries, Diann retrouva son sérieux :

— Tate, Adrian et vous êtes tous les deux des adultes. Votre connexion ne deviendra sexuelle que si l'attirance est mutuelle, vous le savez très bien. Et si c'est le cas, eh bien, *Que sera, sera* comme le chantait Doris Day.

Tate ne se remettait toujours pas que Diann évoque d'un ton aussi blasé une liaison entre un conseiller et un campeur. Même s'il avait transféré Adrian à un autre psychologue, cela n'effaçait pas leur première rencontre médecin-patient.

— Vous savez bien que ce n'est pas si simple. Même si ce n'est pas moi qui m'occupe de lui, j'ai fait sa connaissance à l'hôpital en tant que psychologue. *Son* psychologue. C'est moi qui ai géré son exéat et son dossier, et il m'en garde une grande gratitude, ce qui risque de fausser nos rapports.

Diann secoua la tête.

— Non, parce que sur le moment, il n'a pas cru que vous étiez un vrai médecin. À votre place, je n'en ferais donc pas tout un plat. Kenya l'a examiné quand il a été admis, et elle nous a donné son bilan psychologique. Elle a convenu avec moi qu'Adrian n'a formé aucune relation d'ordre professionnel avec vous. Quand il pense à vous, c'est au bel homme qui l'a conduit au camp, pas du tout au Dr Lewis.

Tate pinça les lèvres.

— Je veux l'entendre de sa bouche.

Le rire de Diann résonna dans la cour.

— Pour flatter votre ego ?

— Non, corrigea-t-il sèchement. Je veux savoir qu'il était attiré par moi avant cette connexion.

Diann se raidit.

— J'ai parlé à Adrian, Kenya aussi. Nous sommes toutes les deux des professionnelles, Tate, tout comme vous. Nous n'accepterions jamais de le pousser à une connexion dont il ne veut pas. Il ne s'agit pas de ses hormones, c'est plus profond.

Elle soupira et profita que Tate passe devant elle pour le retenir par le bras.

— Ne refusez pas ce lien d'emblée, Tate ! insista-t-elle. Cela pourrait être important.

Tate le savait très bien et c'était justement ce qui le terrorisait. Il avait pris ses habitudes au camp, il était bien, même si les moments où il détestait son travail devenaient plus fréquents. Il ne s'inquiétait pas de tisser des liens d'amitié, puisque les campeurs restaient rarement plus d'un mois. Même les membres du personnel ne restaient en moyenne que de six mois à un an. C'était pour eux un poste intermédiaire en début de carrière. Les exceptions étaient rares, et les employés qui duraient avaient tous une bonne raison pour refuser un avancement.

Diann était la plus ancienne : elle travaillait au camp depuis plus de quinze ans. Ayant perdu son fils unique dans une Transition qui s'était mal passée, elle consacrait désormais sa vie à éviter que d'autres jeunes loups connaissent le même sort. Quant à Kenya, elle ne travaillait au camp qu'à temps partiel. Plusieurs jours par semaine, elle enseignait à l'Université de l'Indiana, qui se trouvait à proximité. Elle travaillait au camp depuis un an quand elle avait convaincu Tate d'y postuler.

Cela faisait déjà presque dix ans, même si rares étaient ceux qui connaissaient les véritables raisons qu'avait Tate de rester à Camp H.U.R.L.

Enfin, le professeur de Pilates et celui des Cycles de l'Âme étaient arrivés deux ans plus tôt. La plupart des membres du personnel considéraient le camp trop isolé pour y poser longtemps ses valises. Pour Tate au contraire, c'était ce qui rendait l'endroit idéal. Il détestait l'idée même d'appartenance.

— Je vois tourner les rouages de votre cerveau, déclara Diann. Et j'en suis heureuse. La lune ne va pas tarder à se lever. Pourquoi ne pas aller à la cafétéria boire ou manger quelque chose ? Cela vous donnera le temps de réfléchir.

Elle lâcha son bras avec un sourire triste.

— Si vous persistez dans votre refus, nous nous arrangerons autrement. Ne revenez à l'infirmerie que si vous avez l'intention de rester. Dans le cas contraire, ce sera plus facile pour Adrian de ne pas vous revoir.

Tate fut un peu vexé, mais il comprenait cette précaution. Il n'avait pas eu conscience à l'hôpital de sa connexion avec Adrian, mais le jeune loup, à l'approche de sa Transition, avait capté les signaux que lui envoyait son subconscient. La Nature avait parlé. Ce n'était ni la faute d'Adrian ni celle de Tate, c'était le destin. Maintenant, Tate devait décider s'il se sentait capable de gérer ce qui arrivait.

Chapitre Sept

ADRIAN s'était toujours considéré comme un être capable de s'exprimer, aussi fut-il fort surpris de ne pas avoir les mots capables de décrire ce qu'il ressentait. Ses sens étaient hyper développés et il était si conscient de tout ce qui se passait autour de lui qu'il craignait d'exploser. Il ne parvenait pas à se concentrer sur ce que Kenya lui disait, constamment distrait par ce qu'il entendait dans d'autres parties de l'infirmerie.

— Votre corps sait quoi faire, affirma Kenya. Faites confiance à votre instinct.

Adrian reporta son attention sur elle. Son instinct lui disait de mettre le bâtiment à sac pour retrouver celui dont il avait besoin, son compagnon, son partenaire, celui sans qui la Transition serait un désastre. Et Adrian savait que cela lui était impossible. Il avait perçu chaque mot de la conversation entre Tate et Diann dans la cour. En vérité, il se demandait même si ce n'était pas délibéré de la part des deux médecins. Ou peut-être pas. Diann lui avait révélé qu'il était doté d'une audition exceptionnelle, alors la plupart des jeunes loups dans son état auraient peut-être été bloqués par l'épaisseur des murs.

Voilà qui confirmait une fois encore que sa Transition n'aurait rien de « normale ».

Quand Diann revint vérifier ses signes vitaux après le départ de Tate, elle lui lança un regard très étrange. Comme si elle vérifiait en silence sa réaction… Qu'attendait-on de lui au juste ? Qu'il coure après Tate comme un animal en rut ?

Adrian était très tenté, il ne voulait pas se mentir, mais pas question de se rabaisser ainsi. Ce ne serait pas juste ni pour Tate ni pour lui. Huit ans plus tôt, il avait fantasmé sur les Couples de la Lune. Il avait même naïvement espéré se trouver un compagnon. À peine arrivé au camp, il avait évalué les autres campeurs en attendant le lever de la lune et s'était demandé lequel parmi eux serait susceptible de l'aider pendant sa Transition. C'était idiot, bien sûr. Les liaisons étaient souvent de courte durée, un partenaire ne devenait pas forcément un compagnon. Certaines relations restaient même platoniques. Mais à dix-neuf ans, Adrian était plein d'idéal, aussi avait-il continué à fantasmer.

En y réfléchissant, c'était ironique parce qu'aujourd'hui, ce compagnon, il l'avait trouvé et il aurait tout donné pour que ce ne soit pas le cas. Pas pour lui, mais pour Tate. Adrian appréciait ce lien, c'était le moins qu'il puisse en dire. La sensation était agréable, intime et apaisante. La présence de Tate était pour lui comme un cocon douillet, un bain chaud, un feu de cheminée par une journée froide. Le calme irradiait de Tate et Adrian y répondait physiquement, il se détendait d'instinct.

Il n'avait dormi qu'une heure dans la camionnette. Pourtant, il s'était réveillé reposé et dispo, presque en forme malgré la douloureuse crispation de son cou appuyé contre la vitre. Cela faisait des semaines qu'il ne s'était pas senti aussi bien !

Le Dr Roget – qui insistait pour qu'Adrian l'appelle Diann ! –, lui avait expliqué que c'était la présence de Tate qui le calmait ainsi. La présence de son Compagnon de la Lune.

Et Tate l'aiderait pendant la Transition, s'ils la vivaient ensemble. Ce serait douloureux, bien entendu, mais bien moins que si Adrian restait seul. Si Tate revenait, sa transformation en loup serait plus rapide, plus facile et Adrian réussirait plus vite à reprendre le contrôle de son corps.

Avec un peu de chance, il ne serait pas tourmenté par l'envie de faire couler le sang.

Si Tate revenait. Comme Adrian trouvait que l'espérer était égoïste, il fit de gros effort pour ne plus y penser. Tate avait paru si consterné d'apprendre cette connexion ! Sa voix triste et atone continuait à hanter Adrian, aggravant la culpabilité qu'il ressentait déjà. S'il avait eu un moyen de libérer Tate, il l'aurait fait instantanément, juste après l'avoir entendu exprimer ses réticences à Diann.

Mais Adrian ne pouvait rien faire. Pire encore, lutter contre cette connexion risquait de compromettre sa Transition. Ou du moins la rendre encore plus difficile, d'après ce que Kenya lui avait dit.

Ce camp était étrange, car personne ne semblait s'y soucier du respect de la hiérarchie, qui était pourtant à la base même de la culture des loups. Kenya – le Dr Marcus, d'après son badge – avait également demandé à Adrian de l'appeler par son prénom, comme Diann. Était-ce parce que son âge était proche du leur, ou tous les campeurs étaient-ils logés à la même enseigne. ? C'était tellement différent de ce qu'il connaissait dans sa meute. Sa mère piquerait une belle crise si l'un de ses garous l'appelait par son prénom !

Kenya s'éclaircit la gorge, aussi Adrian cessa-t-il de fixer l'entrebâillement de la porte vide et tourna-t-il la tête pour la dévisager. Elle retenait un rire et ses fossettes s'étaient creusées. Ce visage heureux remonta le moral d'Adrian malgré la profondeur de sa dépression.

— Nous avons une grande salle aménagée au sous-sol pour la Transition de nos campeurs, déclara-t-elle à mi-voix. Mais je me suis dit que vous préféreriez une chambre particulière.

Après un dernier regard à la porte, Adrian ferma les yeux. C'était donc décidé, il serait seul cette nuit.

— Non, vous ne serez pas seul, murmura Kenya.

Étonné, Adrian se demanda comment elle avait pu lire dans ses pensées. Elle lui sourit.

— C'est une peur que nous partageons tous, expliqua-t-elle. Mais ne vous inquiétez pas. Nos chambres individuelles sont conçues pour adoucir l'épreuve de nos jeunes loups. Et dans tous les cas, vous ne serez pas seul pour affronter la lune.

Adrian hocha la tête et la suivit jusqu'au bureau de Diann, ou une porte dérobée s'ouvrit sur un escalier bien éclairé en béton lissé, tout aussi moderne et bien entretenu que l'infirmerie.

Une fois engagée dans l'escalier, Kenya expliqua :

— Ces sous-sols n'apparaissent pas sur les plans officiels. De cette façon, lorsqu'il arrive aux humains d'inspecter le camp, pour une raison ou une autre, ils ne cherchent jamais de ce côté.

Une fois au bas des marches, elle ouvrit une autre porte et Adrian resta bouche bée devant la taille de la pièce qu'il découvrait : bien plus vaste que l'infirmerie au-dessus ! Il y avait des portes de chaque côté et des couloirs dans toutes les directions.

— C'est immense !

— Oui, cela fait la même surface que toute la zone bâtie du centre, expliqua Kenya. Chaque bâtiment a sa propre entrée secrète.

Une douzaine de jeunes loups arpentait la grande salle d'un pas nerveux, paraissant tous aussi agités et stressés qu'Adrian. Des adultes les surveillaient – *des conseillers*, pensa Adrian –, et tentaient de calmer les plus anxieux.

— Nous n'avons pas assez de conseillers pour en attribuer un à chaque campeur, déclara Kenya sur un ton d'excuse.

Adrian ne posa aucune question. Elle lui avait parlé d'une chambre individuelle pour « adoucir son épreuve », mais en vérité, sa Transition restait problématique. Personne ne savait comment il réagirait à la transformation, étant donné son âge avancé et ses anomalies biologiques. Il comprenait donc fort bien que Kenya prenne des recausons afin de protéger les autres campeurs.

— Chaque conseiller gère un groupe de campeurs qu'il est chargé de rassurer, déclara Kenya. En général, c'est un conseiller différent de celui qui surveille le dortoir, de sorte que chaque campeur voit au moins deux conseillers. Les groupes ne sont pas encore formés ce soir, mais cela ne devrait pas tarder.

Adrian tenta de sourire, mais sans doute ne fut-il pas très convaincant, car elle lui tapota l'épaule.

— Diann sera avec vous, dit-elle. J'ai un autre groupe à gérer ce soir, sinon, je serais volontiers restée avec vous.

Adrian se sentit coupable de nécessiter autant d'attention. Les jeunes loups ne risquaient-ils pas d'en pâtir ? Contrairement à eux, il était adulte. Pourquoi ne gérerait-il pas sa Transition tout seul ? Il s'en sortirait très bien, peut-être même mieux qu'avec des témoins qui évalueraient le moindre de ses gestes ! Il ne tenait pas particulièrement à se ridiculiser en public. Mieux valait que ses indignes faiblesses demeurent un secret.

Il afficha son sourire le plus rassurant.

— Je n'ai pas besoin…

Une voix l'interrompit :

— Je resterai avec lui !

C'était Tate. Aussitôt, le corps d'Adrian réagit à sa présence et passa en état d'alerte rouge, la peau hérissée de frissons, chacune de ses terminaisons nerveuses chantant « Alléluia ! »

Tate s'approcha et posa une main chaude entre ses omoplates. La pression dénoua les muscles crispés d'anxiété et de nervosité, ce qu'Adrian n'avait même pas réalisé jusque-là. Un poids énorme lui tomba des épaules, il eut l'impression de grandir de plusieurs centimètres. Il se pressa contre la paume de Tate avec la même avidité vitale qu'une plante recherche les rayons du soleil.

Tate se pencha plus près, son souffle caressant l'oreille d'Adrian.

— À condition que tu acceptes, bien entendu.

Dans sa précipitation à répondre, Adrian s'étouffa. C'était comme s'il avait oublié comment déglutir. Il toussa, cracha et baissa la tête, embarrassé.

— Oui, croassa-t-il.

Le rire de Tate transforma les os d'Adrian en gelée. Il s'affaissa. Par chance, Tate était juste derrière lui. Il semblait aussi avoir anticipé sa réaction, car il retint son poids avec aisance. Pourtant, sous le plein impact du corps d'Adrian contre le sien, la respiration de Tate changea de rythme.

Adrian leva les yeux en entendant Kenya faire claquer sa langue. Les yeux de la psychologue passaient de l'un à l'autre des deux hommes accolés.

— Je vous rappelle que la lune ne va tarder à se lever, dit-elle. Vous avez intérêt à vite régler vos petites affaires, sinon la Transition commencera et Adrian en sera plus en état d'écouter.

Quelles affaires ? Puis Adrian comprit et son moral sombra. Sans doute Tate allait-il lui réclamer quelque chose en échange de son aide. De l'argent ? Ou une faveur que la meute d'Adrian serait en mesure de lui obtenir ? Dans le monde des loups, ces jeux de pouvoirs et d'influence étaient monnaie courante. Et pourtant, Adrian avait été assez naïf pour penser que la venue de Tate signifiait que lui aussi ressentait leur connexion.

Toutes les relations de ce genre n'étaient pas sexuelles – la plupart étaient même platoniques, en fait… –, mais Adrian avait espéré que pour eux, l'histoire se terminerait différemment. Ses parents s'étaient connus durant leur Transition pour former un Couple de la Lune, et leur entente avait été si forte et totale qu'ils étaient par la suite restés ensemble. Adrian avait toujours rêvé de connaître la même chose. Mais huit ans plus tôt, lors de sa non-Transition, il avait cessé de croire aux contes de fées, il avait renoncé à son fantasmes d'avoir un compagnon et une partie de lui s'était éteinte… Celle qui croyait à l'amour idéal.

Et voilà que plus mûr, plus expérimenté, plus cynique aussi, il tombait à nouveau dans le même piège ? Quelle folle idée ! Les loups étaient particulièrement bien placés pour savoir que les contes de fées leur réservaient une bien triste fin.

Kenya leur lança un regard sévère, puis elle se précipita pour séparer de jeunes loups qui avaient commencé à se battre. Adrian releva les yeux, surpris de constater que la grande salle était presque vide. Kenya avait dit vrai : la lune allait se lever. Il le sentait tout au fond de ses os et de ses muscles qui s'étiraient peu à peu.

En plus, il avait la nausée et la peau ultrasensible, sensations désagréables qui contrastaient étrangement avec la délicieuse fatigue de ses os. Adrian ne savait plus où il en était.

— Il y a des chambres plus intimes au bout du couloir, expliqua Tate.

Dès qu'il se mit en marche, Adrian se sentit bouger et le suivre – sans que son esprit l'ait sciemment décidé. Ah, son corps était déjà accordé à celui de Tate ! Et la main qui s'attardait sur son dos lui indiquait également d'une douce pression la direction à prendre.

Désormais, Adrian vibrait et une sourde démangeaison juste sous sa peau lui donnait envie de se gratter jusqu'au sang, de déchirer ses chairs. Intellectuellement, il savait ce qui se passait, mais s'en souvenir en ce moment de total bouleversement hormonal était difficile. C'était une autre raison pour laquelle il valait mieux qu'un jeune loup ne soit pas seul pendant sa Transition : pour qu'il ne se déchiquète pas sous l'effet de la douleur ou de la peur.

— Nous y sommes, déclara Tate.

Ôtant sa main du dos d'Adrian, il ouvrit une porte au bout du couloir et la bloqua avec sa hanche le temps de glisser la main à l'intérieur pour allumer. Adrian souffrit de la perte de contact charnel, mais ce fut bref. Déjà, Tate lui caressait le cou, pressant ses doigts dans les nœuds les plus douloureux. Adrian se détendit avec un gémissement d'extase auquel Tate répondit par un soupir. Il lui serra la nuque, la massant légèrement.

Contrairement au couloir et à la grande salle, il n'y avait pas de néons au plafond de la petite chambre que Tate venait de révéler, seulement des appliques sur le mur. La lumière tamisée éclairait la pièce sans brûler les yeux sensibles d'Adrian. Il entra à contrecœur.

Une fois la porte refermée derrière eux, il n'y aurait plus de retour en arrière possible. Il allait subir sa Transition. Il le savait déjà à ses articulations douloureuses et à sa peau torturée, mais quand même, cette porte refermée rendait la situation encore plus réelle.

Il déglutit péniblement, soulagé de ne pas avoir entendu tourner la serrure. Il n'était pas prisonnier, il pouvait partir s'il le voulait. Ce serait imprudent et si Tate était un compagnon digne de ce nom, il le lui déconseillerait fortement, mais quand même, Adrian n'était pas enfermé. Rassuré, il sentit son pouls se calmer.

— La lune se lèvera dans une quinzaine de minutes, annonça Tate.

Adrian ne put retenir une grimace.

Tate eut un petit signe de sympathie et ajouta :

— Excuse-moi, j'aurais dû venir te chercher plus tôt. Nous aurions eu plus de temps pour nous installer.

Non, pensa Adrian, cela n'aurait fait que prolonger son anxiété. Il ne put s'exprimer sous l'effet de la terreur qui lui nouait l'estomac.

Avec un triste sourire, Tate enchaîna :

— Je vais être franc avec toi, la Transition est un moment douloureux. Malheureusement, je ne peux pas faire grand-chose pour te soulager. Cette chambre est un endroit sécurisé. Tu ne peux rien casser, tu ne peux pas te blesser.

Adrian regarda autour de lui et se détourna aussitôt du lit situé dans un coin de la pièce. Il ne voulait pas y penser. Il n'y avait pas fenêtres, bien entendu, puisque la chambre était au sous-sol. Des tableaux étaient accrochés aux murs et une porte entrouverte donnait sur une salle de bain adjacente – Adrian apercevait le lavabo. Dans le couloir, le sol avait été en béton lissée, mais la chambre avait une sorte de linoléum caoutchouteux, presque spongieux sous ses pieds, un grand tapis central et un fauteuil à l'air confortable placé à côté d'une bibliothèque garnie de livres.

Tate suivit son regard et expliqua :

— Pendant la Transition, il y a parfois des moments de calme pendant lesquels tu seras lucide. Tu peux avoir envie de lire pour t'occuper l'esprit. Crois-moi, on s'ennuie vite !

Adrian se souvint de sa non-Transition. Dommage qu'il n'ait pas eu à l'époque des romans et des magazines ! Il avait attendu toute la nuit en se rongeant les sangs.

— Pourquoi ne pas droguer les jeunes loups pour qu'ils subissent leur Transition sans douleur ?

Tate lui tendit la main.

— Cela a été tenté. Ça ne fonctionne pas. Le seul moyen pour empêcher un jeune loup d'être assoiffé de sang est qu'il soit en compagnie d'un partenaire de Transition. Le moment approche. Le sens-tu ?

À ce rappel, le cœur d'Adrian battit plus vite, même si son être était déjà en plein compte à rebours en attendant le lever de la lune. Il savait que c'était dans moins de cinq minutes. Il n'aurait pas su expliquer d'où lui venait cette certitude, mais il le savait. Il sentait la lune dans la moindre de ses cellules.

— Avant de te laisser répondre à l'appel, j'ai quelque chose à te dire, déclara Tate.

Adrian hocha la tête, méfiant. Tate comptait-il monnayer sa présence maintenant, au dernier moment ? Adrian savait bien qu'il n'était guère en mesure de refuser ce que Tate exigerait de lui.

— Une connexion entre un employé du camp et un campeur est… inhabituelle. Je vais être franc, je te trouve très attirant. Du coup, si notre lien devient sexuel, je n'aurais aucune difficulté à y céder. Je te promets de ne pas abuser de ton état, mais j'ai besoin de savoir que tu es consentant, Adrian, je veux être certain que tu as bien compris ce qu'impliquait ma présence.

Adrian cligna des yeux. Voilà ce que voulait Tate ? Son consentement ?

— Oui, marmonna-t-il.

Il fit la grimace quand sa voix se brisa.

— Sois plus précis, insista Tate avec fermeté. As-tu bien compris que nous avions de très fortes chances de coucher ensemble ? Certaines connexions sont platoniques, je doute que ce soit notre cas.

Un rire monta dans la poitrine d'Adrian. Il avait la tête qui tournait, comme s'il avait trop bu.

— Oui, répéta-t-il. J'ai compris. Je consens. À notre connexion. À tout ce qui se passera entre nous.

Le visage très grave, Tate le fixa un long moment avant de hocher la tête.

— Très bien. Comme je te l'ai déjà dit, je ferai de mon mieux pour ne pas abuser de toi. Adrian. Tu as ma parole.

Adrian regrettait déjà ce serment. Il aurait préféré se livrer avec Tate à tous les excès et aller jusqu'où leur connexion les entraînerait. Mais il comprenait aussi que la situation soit difficile pour Tate : il consacrait sa vie à aider les jeunes loups, il devait se poser des questions de déontologie.

— D'accord, crossa Adrian.

Endolori de partout, il se laissa tomber sur le lit et tenta de s'allonger. Sa vision devenait floue. La voix de Tate résonnait de loin, très loin, comme s'il parlait à l'autre bout d'un tunnel. Adrian avait mal aux bras et son corps devenait aussi rigide que de la pierre. Sa tête bascula, trop lourde pour que son cou puisse la tenir.

— C'est parti, dit Tate. La lune se lève.

Il empoigna Adrian sous ses bras et le fit tomber du lit sur le tapis.

— Crois-moi, ajouta-t-il, mieux vaut que tu sois au ras du sol pour ce qui va arriver. Tu auras moins d'ecchymoses plus tard. De toute façon, tu finiras par terre !

Adrian pressa son visage contre le tapis. Il sentait la moindre fibre qui le composait et s'il réussissait à ouvrir les yeux, il pourrait aussi les compter. Malheureusement, c'était impossible, ses paupières étaient soudées.

— Accepte la Transition, marmonna la voix lointaine de Tate. Ne lutte pas contre elle.

Il avait la main sous la nuque d'Adrian, mais ses doigts n'étaient plus rassurants et agréables, leur contact grattait comme du papier de verre. Adrian se tortilla pour s'écarter. Du moins, il essaya. Il ne parvint pas à bouger, ou à peine. Les fibres du tapis lui irritaient la joue.

Tate glissa du cou d'Adrian à ses cheveux, qu'il caressa doucement. Cela faisait du bien. Adrian voulut s'y appuyer davantage. Son corps avait d'autres idées. Il se cambra dans un soubresaut, le dos arqué. Son ventre et son visage décollèrent du tapis. Adrian craignit que ses os cassent sous la cambrure.

Tate s'était écarté. Adrian voulut protester, mais la salive dans sa bouche était aussi épaisse que de la mélasse. Il ne pouvait plus parler. Sa langue pressait contre ses dents avec une telle force qu'elles lui faisaient mal.

— Chut, du calme. Ce sera encore pire si tu te débats.

C'était la voix de Tate, toute proche. Adrian parvint avec un gros effort à ouvrir un œil. À sa surprise, Tate était couché à côté de lui sur le tapis, leur visage à quelques centimètres l'un de l'autre.

— Essaie de te détendre. Tes muscles sont tout crispés.

Se détendre ? Tate plaisantait-il ? Adrian était certain que ses os venaient de craquer. Des fils de fer barbelés s'incrustaient dans sa peau, déchirant muscles et tendons qui tentaient d'échapper à son corps.

Avec beaucoup d'efforts, il réussit à décoller sa langue.

— Va te faire foutre !

Il se mit en colère en entendant le rire de Tate. La rage le parcourut, chaude et acérée comme une dague. Il serra les poings, choqué de voir que ses ongles aussi durs que des serres tranchaient la chair de sa paume. Il sentit à peine la douleur, trop pris dans la vague d'agonie qui l'emportait. Avec un soulagement anxieux, il parvint à se concentrer sur Tate, oubliant un peu l'atroce souffrance qui lui ravageait le corps.

— Tu te débrouilles très bien, déclara Tate.

Sa voix était nettement plus claire et audible à présent. Il n'avait pourtant pas changé de place, aussi Adrian en déduisit-il que son ouïe redevenait normale. Il frotta son visage contre le tapis et découvrit qu'il ne pouvait plus en différencier chaque fibre. Ses sens se normalisaient. Bon, finalement cette douleur était à peu près supportable.

Il espérait bien qu'elle n'allait pas recommencer. Il ne se sentait pas capable de supporter un autre accès du même ordre. Il tenta de reprendre ses esprits, mais tout son monde semblait réduit à ce tapis sur lequel il agonisait en silence et à la voix de Tate qui continuait à l'encourager doucement.

Parfois, Adrian perdait connaissance, à d'autres, il ne savait plus où il était.

Un autre spasme le ramena vite fait à la réalité, du feu liquide se répandant aux creux de ses reins et remontant dans sa colonne vertébrale. Ses hanches craquèrent et ses genoux fondirent, le sang dans les veines de ses jambes devint de la lave en fusion.

Cette fois, la Transition l'avait pris tout entier.

La douleur avait donné à Adrian une poussée d'énergie, mais elle disparut aussi vite qu'elle était venue. Il s'effondra sur le tapis, les membres repliés sous lui, le nez écrasé. Il aurait aimé tourner la tête pour respirer, mais pour le moment, il n'en avait pas la force.

Tate prit doucement sa tête entre ses paumes et la fit tourner dans la position voulue. Comment Adrian avait-il pu penser que les mains de Tate étaient comme du papier de verre ? Au contraire, son toucher était doux comme de la soie, rassurant et apaisant.

— Repose-toi un peu, dit Tate. Veux-tu que je t'aide à t'asseoir ? Veux-tu boire un peu d'eau ?

Paniqué, Adrian ouvrit les yeux.

— Non, gémit-il.

Il ne voulait plus jamais s'asseoir ou se lever. Il comptait rester couché sur ce tapis pour le reste de sa vie. Il adorait ce plancher, plat, souple. Très confortable.

— D'accord, d'accord.

Adrian ferma les yeux un instant, puis les rouvrit, choqué, quand un linge froid et humide passa sur son front. De l'eau coula dans ses yeux. Il cligna des paupières pour s'en débarrasser. Tate avait un gant de toilette. Où l'avait-il trouvé ?

— Tu t'es endormi pendant environ une heure, déclara Tate. Tes spasmes te reprennent depuis quelques minutes, c'est pourquoi je te réveille. La Transition est pour bientôt. Prépare-toi.

Il tamponna son gant sur le cou et la poitrine d'Adrian.

Ce dernier baissa les yeux. Il était torse nu. Depuis quand ? Il était entré dans cette chambre habillé normalement.

En le voyant plisser les yeux, Tate haussa les épaules

— Oui, je sais. Je t'ai déshabillé pendant que tu dormais. Tu as probablement déjà mal partout. J'ai pensé que c'était aussi bien que tu ne subisses pas cette épreuve éveillé. Pendant des jours, tu auras sans doute l'impression d'être passé sous un camion. Même lever les bras au-dessus de ta tête te mettra les larmes aux yeux. J'ai donc profité de ton inconscience pour te préparer à ta transformation.

La transformation… quand Adrian deviendrait un loup.

Enfin, pas vraiment, il serait un loup, certes, mais il resterait également lui, Adrian. C'était trop compliqué pour sa tête douloureuse.

Huit ans plus tôt, jeune et excité, il n'avait pas réellement réfléchi la question. Mais vivre une Transition en tant qu'adulte – c'était différent. Adrian cherchait les mots capables de décrire ce qu'il éprouvait, mélange conflictuel d'excitation et de peur. Son corps allait changer. Au sens littéral. C'était génial ! Et il n'avait plus son mot à dire, la Transition était lancée, qu'il le veuille ou non.

Cela, en revanche, ce n'était pas génial du tout.

Les adolescents le vivaient peut-être mieux parce qu'ils n'avaient guère de contrôle sur leur vie. Mais Adrian, lui, était autonome et responsable. Il savait laver son linge en machine en séparant le blanc et les couleurs. Il mangeait du quinoa – parce que c'était bon pour sa santé. Il payait ses impôts. Il avait une assurance-vie. Il trouvait donc très dérangeant le fait que son corps échappe à son contrôle, même si c'était seulement pour la transformation initiale.

Tate posa son gant et s'assit sur ses talons, son regard inquiet posé sur Adrian. *Pourquoi ?* se demanda-t-il. Puis il comprit que Tate attendait probablement sa réponse. Sa bouche était aussi desséchée que le Sahara. Pourtant, il se lécha les lèvres et ânonna :

— Merci.

Tate se détendit et hocha la tête.

— Je vais te chercher de l'eau. Tu as beaucoup transpiré pendant que tu dormais. Tu as besoin de t'hydrater. Mais d'abord, tu dois t'asseoir.

Adrian grogna une protestation, mais quand Tate lui tendit la main, il l'accepta – et le laissa supporter tout son poids pour le mettre en position assise. Dès que Tate le lâcha, Adrian glissa sur le côté. Sans doute son compagnon l'avait-il prévu, car il passa derrière lui et l'attira contre sa poitrine solide et chaude, un bras autour de ses épaules pour le maintenir en place. Tate lui tendit une bouteille d'eau. Quand Adrian tenta de la prendre, ses bras tremblèrent. Alors, Tate présenta la bouteille à ses lèvres.

Au début, Adrian prit une gorgée prudente. Sa migraine était passée, mais elle avait été remplacée par une nausée sévère. Quand il vit que son estomac acceptait l'eau, il céda à sa soif et but goulûment, appréciant l'apaisement que le liquide froid offrait à sa gorge sèche.

Il en était à la moitié de la bouteille environ quand Tate la lui retira. Il émit un petit bruit déçu, puis une grimace parce qu'il avait tout d'un chat blessé.

— Tu boiras autant que tu voudras après la prochaine étape, d'accord ? Crois-moi, ta transformation sera plus facile si tu n'as pas l'estomac plein d'eau.

Ces paroles inquiétèrent Adrian, mais il était trop fatigué pour lui demander d'élaborer. Il espérait simplement se souvenir plus tard de réclamer à Tate cette histoire, qui paraissait intéressante. Pour l'instant, rester debout, même avec l'aide de Tate, réclamait toute son énergie.

Ce dernier se pencha pour lui parler doucement, son souffle caressant l'oreille d'Adrian.

— Le pire est passé, je te le promets.

— J'en doute, dit Adrian, soulagé que sa voix ait retrouvé de la vitalité.

Ce n'était plus un chat mourant, mais un crapaud irrité.

Tate émit un petit bruit de bouche encourageant. Rassuré, Adrian se blottit contre lui, appréciant la chaleur de la large poitrine contre les muscles endoloris de son dos et de son cou. De la sueur perlait sur sa lèvre supérieure et son front, cela le grattait, c'était agaçant. Il avait les bras si faibles qu'il doutait de réussir à les lever pour s'essuyer, aussi se résigna-t-il.

— C'est la vérité, insista Tate. Ta première transformation sera douloureuse, mais rien à voir avec l'agonie de la Transition, je te le garantis. Ton corps s'y prépare dès à présent. Et une fois que tu t'y seras habitué, cela deviendra plus facile. Si tu veux mon avis, quand de jeunes loups souffrent encore après dix ou douze transformations, c'est psychologique. Cela fait mal, c'est normal. Tous tes os se cassent, tous tes muscles se déchirent avant de se reconstituer avec une nouvelle structure. Nos connaissances en anatomie expliquent tout à fait que la transformation soit aussi stressante.

Adrian fit rouler ses épaules afin de soulager son cou crispé.

— Peuh ! protesta-t-il. *Ça fait mal, c'est normal*, c'est tout ce que tu trouves à dire ? Pour toi, un jeune loup peut donc exister sous ses deux formes, humaine et animale, dans une boîte jusqu'au moment où tu soulèves le couvercle pour prouver le contraire ?

— Le loup de Schrödinger ? Ça me plaît !

Tate s'approcha et se mit à lui masser le cou. Adrian se détendit sous ses doigts. Enchanté de l'approbation de Tate, il sourit, mais son expression changea vite quand il fut traversé par le premier spasme de sa transformation.

— Je pense que ça commence, haleta-t-il.

Il perdit le souffle à la seconde convulsion, assez violente pour briser tous ses os. Sa conscience se réduisit, il n'entendait plus que le battement affolé de son cœur et les sons produits par son corps qui se brisait pour changer de forme.

Pour la première fois depuis qu'il était entré dans cette chambre, il hurla à pleins poumons.

Chapitre Huit

TATE étendit le corps tordu d'Adrian sur le tapis et glissa sur le sol jusqu'à ce que son dos heurte le mur. Quand le jeune homme reprendrait ses sens, il lui en voudrait certainement d'avoir menti au sujet de sa Transition – ou du moins d'avoir menti sur la douleur qu'elle engendrait –, mais il gérerait les conséquences de ses actes le moment venu. Mieux valait affronter la Transition détendu, l'anxiété ne faisant qu'aggraver l'épreuve. Donc, il avait menti avec les meilleures intentions du monde. Adrian ayant été détendu au début de sa transformation, sa récupération serait plus rapide et sa douleur ultérieure moins intense.

Les choses s'arrangeaient avec le temps. Pour Tate par exemple, la transformation se déroulait désormais sans problème, presque en un clin d'œil, et il l'exécutait quand il le voulait. Cela faisait toujours mal, bien sûr, mais rien à voir avec l'agonie qui torturait tant Adrian et les autres jeunes loups qui faisaient ce soir leur première transformation. Avec l'expérience,

63

un loup apprenait à se contrôler. Et sa psyché jouait alors un grand rôle. Sur ce plan-là au moins, Tate n'avait pas menti.

Il gloussa en repensant à la plaisanterie d'Adrian concernant Schrödinger. S'il pouvait dire un truc pareil alors qu'il était à moitié fou de douleur et en pleine transformation, il devait être en pleine possession de ses moyens, non ? D'un côté, Tate espérait le découvrir, de l'autre, il s'inquiétait qu'un homme aussi intelligent et cultivé qu'Adrian soit trop perspicace. Peut-être même chercherait-il à s'immiscer dans ce passé que Tate tenait à garder caché. Certaines choses devaient rester enterrées et Adrian était du genre à mettre sens dessus dessous la petite vie bien tranquille que Tate s'était soigneusement construite.

Donc, pas question de laisser les choses aller trop loin. Tate s'en sortait très bien, il ne voyait pas pourquoi Diann s'en faisait pour lui. Il avait accepté sa connexion avec Adrian, il comptait en rester là. Oui, il y avait entre eux une certaine compatibilité physique, mais ce n'était pas pour autant qu'ils étaient destinés à former un couple éternel ! Ce soir, il aiderait Adrian à vivre sa Transition, ensuite, il reprendrait ses distances. C'était Kenya la conseillère d'Adrian et Harris pourrait partager une chambre avec lui.

Sur le tapis, Adrian laissa échapper un gémissement angoissé et se roula en boule. Aussitôt, le mur que Tate avait passé la soirée à ériger s'effondra. Il n'avait jamais supporté de voir souffrir un jeune loup, mais avec Adrian, c'était encore pire. Il *ressentait* sa souffrance jusqu'au fond de ses tripes, ce qui réveillait en lui d'anciennes blessures reçues bien des années plus tôt. Et du sang frais, métaphoriquement parlant, s'en écoulait encore. La Transition d'Adrian les bouleversait tout autant l'un que l'autre ce soir.

Tate resta à l'écart, bien qu'il soit tenté de s'accroupir sur le tapis pour prendre Adrian dans ses bras. Cela ne les aiderait ni l'un ni l'autre. À ce stade de sa Transition, le jeune homme n'était plus sensible à une intervention extérieure. Son corps était prêt pour la transformation en cours. Soit Adrian allait devenir un loup, soit il mourait d'épuisement en le tentant.

Ce qui n'arrivait pas souvent. Les rares décès étaient presque toujours dus à une source externe : chute de meubles qui n'avaient pas été verrouillés au plancher, hypothermie si la transformation avait lieu en extérieur. Certains jeunes loups fuyaient, enivrés par la soif de sang.

Tate frissonna et se maudit immédiatement. Cela n'arriverait pas à Adrian. La chambre était sécurisée et Tate veillait sur lui. Il ne connaîtrait pas les conditions atroces qu'il avait vécues à dix-neuf ans et tant mieux pour lui. D'ailleurs, Tate se refusait d'y penser. Évoquer un passé traumatisant n'apportait rien de bon. Et comment aider Adrian s'il pleurnichait sur son sort ?

Il examina d'un œil clinique la façon qu'avait Adrian de se tordre sur le sol. *Encore dix minutes, quinze minutes,* estima-t-il. Vingt au grand maximum. Et puis ce serait fait. Adrian aurait sa forme de loup. Épuisé, il perdrait sans doute connaissance pendant quelques heures. À l'aube, la transformation s'inverserait et il reprendrait forme humaine.

Du moins, c'était le processus habituel. Techniquement, les jeunes loups étaient capables de se transformer à volonté, mais par peur et inexpérience, ils préféraient retrouver forme humaine quand la lune se couchait. L'anxiété les poussait souvent à devenir agressifs, ce qui était un autre danger de cette première expérience. C'est pourquoi le Conseil des loups avait mis en place bien des années plus tôt le système des camps. Les jeunes loups étaient ainsi encadrés et surveillés, et leur Transition avait lieu dans un endroit adapté à leur émotivité irrationnelle, ce qui était pour tout le monde la meilleure solution. Livrés à eux-mêmes, ils pourraient se blesser ou attaquer ceux qui les entouraient.

La violence de leur réaction initiale s'estompait avec le temps, comme pour tous les traumatismes, car la mémoire savait se protéger. Au fur et à mesure que le jeune loup oubliait sa douleur et sa terreur, il parvenait à mieux contrôler ses transformations et elles devenaient plus faciles.

Kenya parlait souvent de considérer la douleur avec patience et de l'accueillir comme une vieille amie plutôt qu'une ennemie. Tate voyait les choses différemment. Pour lui, il fallait se résigner à ce qu'on ne pouvait pas éviter. Les deux philosophies étaient efficaces, l'important étant d'apprendre à un jeune loup à dépasser le blocage mental.

La Transition d'Adrian était l'une des plus extrêmes que Tate ait vues de toute sa vie. Et c'était logique. Les adolescents étaient toujours plus souples qu'un adulte, leurs os étaient encore malléables, leurs tendons et ligaments habitués aux étirements de poussées de croissance qui leur donnaient plusieurs centimètres de taille en plus en quelques semaines. Le corps adulte et bien musclé d'Adrian, lui, avait encaissé la transformation de plein fouet. Et la douleur avait été en conséquence.

Par chance, Adrian s'était évanoui au moment le plus intense.

Tate passa dans la salle de bain chercher une serviette. À la réflexion, il en prit plusieurs. Il fallait qu'il éponge l'eau qui s'était renversée quand

Adrian avait envoyé un bol valdinguer d'un coup de pied. Il nettoya le sol et jeta les serviettes humides dans le lavabo de la salle de bain, il s'en occuperait plus tard.

Pour le moment, il préférait ne pas quitter Adrian des yeux. C'était ridicule, bien sûr, la salle de bain était adjacente à la chambre et si quelque chose n'allait pas, il l'entendrait tout de suite. Mais dès qu'il s'éloignait d'Adrian, un étau lui comprimait la poitrine et une vibration résonnait dans ses os.

C'est probablement dû à la connexion, pensa-t-il, une excellente façon pour que deux loups restent à l'écoute l'un de l'autre pendant ce moment délicat. Pourtant, cela n'expliquait pas qu'il ait le cœur qui batte si fort chaque fois que la Transition relâchait un peu ses griffes et que le visage d'Adrian se détendait de soulagement.

Adrian était beau. C'était même le plus bel homme que Tate ait vu de toute sa vie. Et cette admiration ne provenait pas d'une longue période de chasteté. Au camp, il était constamment entouré d'adolescents et dans son Idaho natal, il y avait connu beaucoup de beaux spécimens. À l'université, il était encore trop choqué et à cran pour s'intéresser aux garçons, trop timide aussi pour chercher l'aventure. Un homme comme Adrian lui aurait paru venir d'une autre planète.

Arête de pleurnicher sur ton sort ! se répéta-t-il. *Tu es conseiller et psychologue, c'est pathétique !*

Et pourtant, n'était-il pas en droit de se plaindre ? Il avait subi une enfance si abusive qu'il en gardait des séquelles, un stress post-traumatique, des troubles de l'attachement, une anxiété chronique. Il était un cas d'école à lui tout seul : le rêve d'un psychiatre impatient de publier.

Adrian se redressa soudain, les yeux grands ouverts. Puis il s'effondra tout aussi rapidement alors que Tate se précipitait pour le rattraper. Il parvint à amortir sa chute de son propre corps, puis se maudit en réalisant qu'il venait de se mettre dans une situation dangereuse. Adrian s'apprêtait à se transformer, et même avec les drogues ingurgitées, la douleur et la confusion allait le rendre fou. Tate venait de se piéger sous un homme de quatre-vingt-cinq kilos qui serait d'ici peu doté de griffes acérées et de crocs pointus pour la première fois de sa vie.

Avant qu'il puisse se dégager du poids mort que représentait Adrian, ce dernier poussa un cri guttural et commença à se transformer. À présent, Tate ne pouvait plus bouger, cela ne ferait qu'augmenter ses risques de se blesser. Il se contenta de protéger son visage d'un bras, ferma les yeux et pria que tout se passe au mieux.

Il sentit le corps d'Adrian changer. Une fourrure rêche recouvrit une peau qui peu de temps auparavant avait été lisse et chaude, les membres se raccourcirent et se replièrent.

Tate avait du mal à respirer avec un tel poids sur la poitrine. Il fit de gros effort pour rester calme. Même s'il ne se contrôlait plus vraiment, Adrian aurait conscience de sa présence à travers leur connexion. Si le cœur de Tate battait trop vite, Adrian penserait à un danger, sans réaliser que le danger, c'était lui.

Il s'efforça donc de respirer de façon régulière, malgré sa position délicate. Son corps commençait à se détendre, après la première réaction paniquée au stress d'une agression imminente.

Adrian était agité de spasmes, sinon, il ne bougeait pas. S'était-il évanoui de choc ou d'épuisement ? Tate pouvait-il envisager de se libérer ?

Tate battit des paupières et ouvrit les yeux. Adrian était bien un loup, et comme Tate l'avait deviné et senti, il était recroquevillé sur la poitrine de Tate, endormi.

Mieux valait de ne pas toucher à un loup qui venait de se transformer, surtout la première fois, mais Tate ne pouvait pas rester dans cette position. Il bougea le bras qui avait protégé son visage, le glissant le long de son corps pour prendre appui contre le sol et tenter de déloger la masse assoupie du loup.

Avant même qu'il parvienne à s'accouder, un grognement fendit l'air. *Eh merde !* Le loup avait ouvert les yeux et le fixait, les babines relevées, un sourd grognement d'avertissement roulant dans sa gorge.

Merde de merde.

Tate avait été formé pour gérer ce genre de situation. C'était son métier, après tout. Il savait exactement quoi faire devant un loup nouvellement transformé alors que lui était sous sa forme humaine.

Déjà, il venait d'enfreindre la règle la plus élémentaire et la plus importante. *Ne pas établir de contact visuel.*

Un garou n'était pas vraiment un loup, même s'il en avait proportionnellement la forme. Il était beaucoup plus gros et plus grand. La magie du changement n'effaçait pas la masse corporelle initiale. Un homme de quatre-vingt-cinq kilos devenait un loup de quatre-vingt-cinq kilos.

En général, les loups conservaient aussi pendant leur transformation leur conscience, leurs pensées, leurs souvenirs – tout ce qui faisait d'eux un humain bien particulier. Il n'y avait qu'une seule exception : quand la soif de sang les aveuglait ! On disait alors qu'ils succombaient à la folie lunaire, ce qui arrivait bien plus souvent lors de la première Transition. Dans ces cas, les garous agissaient d'instinct comme leurs lointains cousins, les loups ordinaires. Toute personne rencontrée était une proie ou un ennemi.

En soutenant le regard d'Adrian, Tate venait d'agir en ennemi.

Il détourna immédiatement les yeux, mais le mal était fait. Adrian se leva et se remit maladroitement sur pied. Il rapprocha son museau du visage de Tate.

Ce dernier ne remua pas d'un cil, laissant Adrian le sentir et affirmer sa domination. S'il avait été lui-même transformé, le loup d'Adrian l'aurait reconnu comme un aîné et se serait soumis. Mais il était désormais trop tard pour risquer le coup, cela risquait de rendre Adrian encore plus agressif.

Bien que ses poumons douloureux réclament de l'oxygène, Tate n'osait pas respirer pour ne pas donner à Adrian une raison de penser à une menace.

Finalement, Adrian recula et Tate inspira en haletant. Il en eut un vertige de soulagement. Il savait qu'il aurait des bleus aux endroits où les pattes d'Adrian s'étaient appuyées sur sa poitrine, avec tout son poids derrière elles, mais il ne tenta pas de les frotter. Il se contenta de rester allongé, sans bouger, les muscles tendus, les membres frémissant de l'envie de se relever et de fuir.

Il ne put retenir un tressaillement quand Adrian pencha la tête vers lui et pressa le museau contre sa gorge. Son horreur se transforma vite en choc, car Adrian faisait levier pour soulever son visage.

Tate obéit, déconcerté. Adrian renversa la tête en arrière et exposa son cou à Tate. Les poumons vidés, Tate s'assit. Il avait compris ! Le loup d'Adrian venait de lui promettre qu'il ne lui ferait aucun mal. C'était la première fois qu'il voyait un loup récemment transformé agir de cette façon ! Il s'était préparé à une attaque, conscient d'avoir commis une grave erreur de jugement – deux même, une pour s'être laissé coincer et une autre pour avoir fixé le loup dans les yeux. Qu'il s'en sorte avec de simples bleus sur la poitrine et le souffle chaud du loup dans le cou et sur sa joue était… incroyable. Un véritable miracle !

C'est la connexion, pensa-t-il. Oui, probablement.

Il resta debout face au loup, jambes tremblantes. Puis il recula sans oser présenter son dos, malgré la conduite étonnante d'Adrian. Même si le loup semblait lucide, il pouvait encore se ruer sur lui en un clin d'œil.

Lorsqu'il sentit derrière lui un mur solide, il s'y adossa, soulagé, et osa enfin regarder Adrian. Les longues jambes paraissaient un peu maladroites, comme celles d'un jeune poulain nouveau-né ; la fourrure était belle et épaisse, elle s'effilocherait dès qu'Adrian irait courir dans les bois, parce que le loup comprendrait vite qu'il faisait beaucoup trop chaud l'été en Indiana pour garder un poil aussi dense. Le poil était d'un brun sombre, presque noir, une nuance différente du brun acajou des cheveux humains d'Adrian. Et sa coloration était uniforme, ce qui était anormal. Tate se demanda à quoi ressemblaient les loups de la famille d'Adrian. Avaient-ils tous une fourrure aussi brillante et magnifique, ou était-ce encore une autre spécificité d'Adrian ?

La fourrure de Tate était jaune ocre, plus claire au niveau du ventre. Jusqu'ici, il s'était peu soucié de son apparence, mais devant la splendeur d'Adrian, une vague de honte l'envahit. Que ce soit en tant qu'humain ou en tant que loup, Adrian le dépassait largement. Cette connexion était ridicule, une blague cosmique sans doute.

Il secoua la tête pour échapper à ses pensées dérangeantes et tenta de retrouver un semblant de contrôle sur la situation.

— As-tu soif ? demanda-t-il.

Adrian pencha la tête en réponse, sans bouger.

— Préférerais-tu t'étendre et dormir un peu ? insista Tate. Tu as un lit confortable qui t'attend.

Encore une fois, le loup n'eut aucun mouvement. Les yeux solennels et sombres suivaient le moindre geste de Tate, mais Adrian n'indiquait pas qu'il avait compris ni ce qu'il voulait.

— Je n'ai pas sous la main la nourriture qu'il te faudrait en ce moment, continua Tate. Seulement des barres énergétiques que j'emporte avec moi quand je vais courir. Pour manger, tu vas devoir attendre de reprendre ta forme humaine, j'en ai peur.

Le loup releva la tête et traversa la pièce vers Tate, le prenant par surprise. Tate se pressa contre le mur, se préparant une attaque. Elle n'eut pas lieu.

Arian d'arrêta juste devant lui et s'accroupit, son regard insistant levé vers Tate.

— Tu as faim ? haleta Tate.

Aucune réponse.

Il se mordit la lèvre un instant, ne sachant quoi faire. Puis une idée lui vint :

— Tu veux savoir comment te transformer en humain ?

Adrian poussa une sorte d'aboiement.

— Là, on joue un peu trop *Lassie*, marmonna Tate pour lui-même.

Jusqu'à ce jour, il n'avait jamais tenté une communication loup-humain. Et quand il courait avec des loups, aucun d'eux n'avait besoin de communiquer. La sensibilité de leur odorat suffisait à relayer les informations essentielles : peur, joie, douleur, faim, soif. Presque toutes les émotions ou sentiments forts avait un parfum. C'était également vrai pour les humains, mais leur nez moins sensibles ne le percevait pas. En principe en tout cas, car il sentait l'anxiété qui s'échappait par vagues d'Adrian. Soit cette émotion était assez forte pour que Tate la perçoive même en étant humain, soit c'était un autre effet de leur connexion.

En tout cas, il savait ne courir aucun danger, même avec un loup aussi proche de lui.

Il inspira un grand coup.

— D'accord, tu veux redevenir humain. Effectuer la transformation inverse, quoi.

Adrian bougea les pattes, comme s'il creusait le tapis. Comme s'il annonçait être prêt.

— Le problème, reprit Tate, c'est que tu ne peux pas encore le faire quand tu veux.

Adrian baissa la tête, déçu. Tate s'en voulut aussitôt. Seigneur, il gâchait tout ! C'était pourtant son travail de savoir quoi faire. Il avait su aider des centaines de jeunes loups à traverser exactement la même épreuve. Sans Adrian et ce lien entre eux, il serait actuellement occupé à surveiller un trio de jeunes loups en pleine Transition. Et il était certain qu'il s'en serait sorti cent fois mieux qu'avec ce pauvre Adrian.

Il tenta d'oublier ses émotions – et s'imagina les verrouiller dans une boîte mentale comme il le faisait quand il allait consulter un psy. Il devait être une toile vierge, un homme calme et concentré sur sa tâche pour aider Adrian. Pourquoi des visions de sa Transition ne cessaient-elles de faire irruption dans sa mémoire sans qu'il le veuille ? C'était troublant !

Il se laissa glisser le long du mur et s'assit sur le sol à côté d'Adrian. Il tendit la main, mais sans la poser sur la belle fourrure sombre du loup.

— Je peux te toucher ? demanda-t-il.

Adrian baissa la tête et la frotta contre le bras de Tate, l'invitant manifestement à poursuivre son geste inachevé. Tate le fit avec joie et caressa le crâne d'Adrian, ses doigts s'insinuant dans la fourrure dense. Et Adrian se détendit à son contact, comme Tate l'espérait.

Lui aussi se calmait, son stress se dissipant sous le plaisir d'avoir les mains dans la fourrure du loup.

— Repasser du loup à l'homme est un acte instinctif, expliqua-t-il. Laisse agir la nature. Si tu réfléchis trop, ce sera plus difficile pour toi. C'est comme respirer. Nous le faisons sans avoir à y penser, pas vrai ? Nous ne passons pas notre temps à nous dire : *il faut que je mette de l'air dans mes poumons, comment faire ?* Non, notre corps sait ce qui lui faut, il le fait, point final. Eh bien, la transformation, c'est pareil. Elle se produira quand tu en auras besoin.

Sa main glissa sur le dos du loup, entre les omoplates.

— Maintenant, reprit-il, le plus important pour toi est de te détendre. Si tu veux garder tes griffes et tes crocs cette nuit, c'est très bien. À l'aube, la lune te forcera à redevenir humain. Tu réagiras à son coucher comme tu as réagi à son lever, mais inversement. Si tu veux que cela se passe plus rapidement, pense simplement à toi en tant qu'humain... Détends-toi et laisse agir la nature.

Pendant un moment, Adrian ne bougea pas. Puis il poussa un long gémissement triste qui arracha à Tate un gloussement.

— Je sais, convint-il. C'est plus difficile qu'il y paraît. Mais c'est possible, je te le promets.

Adrian gémit encore, de façon plus menaçante. Tate cessa de le caresser jusqu'à Adrian presse son museau contre sa poitrine.

Il reprit ses mouvements et ajouta :

— Voulais-tu exprimer par ce son sceptique le peu de cas que tu fais de mes promesses ? Écoute, si je t'ai menti en prétendant que le plus dur était passé, c'était pour ton bien, je ne voulais pas que tu t'inquiètes et que tu te crispes, ce qui n'aurait fait qu'aggraver les choses. Aurais-tu préféré la vérité ?

Adrian grogna.

— Non, c'est faux, protesta Tate. Tu dis ça pour être contrariant. Quand tu maîtriseras ta transformation, tu deviendras loup à ton gré et ce sera de plus en plus facile et rapide. Regarde-moi, je suis encore humain alors que c'est la pleine lune, pas vrai ? C'est moi qui décide quand je me transforme.

Tate sentait l'attraction de la lune, mais c'était seulement une suggestion, pas un ordre auquel il ne pouvait pas résister. Adrian mettrait quelques semaines avant d'atteindre ce niveau de contrôle. En général, les jeunes loups commençaient à comprendre le processus lors de leur deuxième pleine lune, mais pas tous.

Du coup, Tate pensa à Ryan. Il aurait dû être avec lui ce soir. Avec un mois d'entraînement à son actif, la nuit était censée être plus facile pour Ryan que pour les autres de son groupe, mais son caractère emporté et trop impulsif restait un lourd handicap. Sans doute, il ne s'en sortirait pas mieux. Quel conseiller s'occupait de lui ? Probablement Harris. Avec un peu de chance, ils en étaient actuellement au même point que Tate et Adrian.

Ce dernier avait les yeux fermés, il ne bougeait plus, mais ses poils étaient tout hérissés et son corps vibrait presque de l'intensité de ses efforts. Tate n'intervint pas, même s'il était certain que la méthode serait inefficace. Après un moment, Adrian gémit et se donna des coups de patte sur le museau, visiblement vexé de son échec.

— Respire tranquillement et calme-toi, lui conseilla Tate, d'une voix basse et relaxante. Pense aussi aux sensations différentes que tu éprouves en étant loup. Les avais-tu imaginées avant ta Transition ?

Sans doute pas, mais Tate savait qu'en parler pousserait Adrian à se concentrer sur le sujet, ce qui l'aiderait à penser à autre chose qu'à sa transformation inverse et inciterait plus facilement son corps à suivre ses instincts.

— Respire, répéta-t-il, et réfléchis aux différences que tu ressens. L'air n'a pas le même goût, n'est-ce pas ? Concentre-toi sur ta respiration. Inspire par le nez et remplis tes poumons. Ta poitrine se dilate différemment en tant que loup qu'en tant qu'humain.

Il fit l'effort de ne pas caresser la fourrure d'Adrian pour ne pas distraire son attention. Il en avait envie, pourtant, il devenait addict au contact de cet épais pelage rêche sous ses doigts. Mais mieux valait ne pas troubler Adrian par d'autres entrées sensorielles.

Alors, il ferma les yeux, ce qui offrait à Adrian un peu d'intimité et l'aidait, lui, à se calmer. Son cœur tambourinait. Cette proximité était si troublante, si… intime. Il lui était difficile de s'isoler complètement, mais il fit de son mieux pour bloquer le son de la respiration rauque d'Adrian et ses gémissements de douleur. L'humeur du jeune loup restait étroitement liée à la sienne, et si Tate exposait l'inquiétude qu'il ressentait, Adrian la percevrait et s'affolerait sans doute. Ce qui rendrait sa transformation inverse presque impossible.

Des années d'autodiscipline et de formation permettaient à Tate de ralentir son rythme cardiaque s'il y tenait vraiment. C'était nécessaire si un loup tenait à contrôler ses transformations. Et cela, Tate l'avait voulu plus que tout. Rares étaient les loups capables de se transformer aussi rapidement et facilement que lui, mais il n'en tirait aucune fierté. Pour lui, cela avait été une nécessité. Il ne supportait pas sa vulnérabilité pendant la transformation. C'était une période charnière pendant laquelle un loup ne pouvait se défendre. Et cela, Tate ne l'acceptait pas.

— Ça a fonctionné ?

Tate ouvrit les yeux à la voix d'Adrian. Nom d'un chien, il avait repris sa forme humaine ! C'était un exploit ! Cela démontrait une énorme dose de discipline, surtout lors d'une première lune.

— Putain, Adrian, oui ! Tu l'as fait !

Adrian gloussa.

— Tu sembles surpris, croassa-t-il.

— Surpris ? Tu es loin du compte, je suis sidéré ! admit Tate. C'est rarissime qu'un loup arrive à le faire dès sa première lune, tu sais. Tu es génial !

Il tenait à ce qu'Adrian comprenne l'importance de ce qu'il avait accompli.

Le jeune homme était encore empourpré de la souffrance endurée pendant sa transformation, aussi Tate ne sut-il dire s'il rougissait également de ses compliments, mais la douce courbe de ses lèvres et sa façon de pencher légèrement la tête témoignaient de son embarras.

— J'ai simplement fais ce que tu m'as dit. Je me suis concentré sur ma respiration.

— Oui, mais je dis la même chose à tous les jeunes loups que j'assiste pendant leur Transition, et jusqu'à ce jour, personne n'avait réussi ton exploit avant le coucher de la lune, Adrian. Je suis fier de toi. Tu devrais l'être aussi.

Adrian poussa un soupir de plaisir, puis plissa le nez.

— Sauf que ça m'a encore fait un mal de chien !

— Reconnais quand même que c'était plus rapide que la première fois, remarqua Tate sans nier la véracité du reproche.

La transformation était toujours douloureuse au fil du temps, mais le corps s'y habituait. Il fallait apprendre à l'accepter et ne pas lutter à mauvais escient. Il en parlerait à Adrian et lui apprendrait à travailler avec la transformation et non contre elle. Mais ce n'était pas un sujet qu'il devait aborder dès ce soir.

Tate sentit ses joues brûler d'une rougeur coupable en réalisant qu'il parlait à Adrian sans le regarder dans les yeux. Le problème était qu'Adrian était nu et en sueur, et que Tate réagissait à une telle perfection dorée et scintillante. Il fallait que le jeune homme se rhabille le plus vite possible !

— Tu as probablement envie d'une douche, dit Tate d'une voix un peu haletante. La salle de bain a des savons sans parfum. La transformation trouble un peu ton odorat, aussi vaut-il mieux pendant un certain temps que tu évites les odeurs fortes ou entêtantes.

Pourquoi cette logorrhée verbale ? Que lui prenait-il ? En général, il savait rester calme et professionnel, aussi cette émotivité fébrile ne lui ressemblait-elle pas.

Il se redressa en disant :

— Je vais te faire chauffer l'eau.

Puis il se mordit la langue pour s'empêcher d'ajouter autre chose et quitta la pièce en courant presque. Une fois dans la salle de bain, il prit son temps en tripotant les robinets et en réglant la température de l'eau. Ce n'était pourtant pas la première fois qu'il entraînait un jeune loup épuisé sous la douche… Et jusqu'à ce jour, il n'avait jamais eu aucun problème. Il était vrai que ces autres douches avaient été bien moins gênantes, Tate n'était pas présent dans la salle de bain. Ce serait différent avec Adrian ce soir. La lune était encore haute dans le ciel, aussi allait-il devoir rester et surveiller Adrian. Le jeune loup avait accompli un exploit en réussissant à reprendre sa forme humaine, mais une relapse restait possible à tout moment. Cette fois au moins, il y aurait une porte entre eux. Une porte de verre, fragile et transparente, mais un obstacle donnant à Tate un moment pour choisir le bon geste.

Il déglutit péniblement. Avec un peu de chance, Adrian aurait envie d'une douche très chaude, ce qui mettrait de la buée sur la vitre et priverait Tate du spectacle décadent de ce corps somptueux sous le jet. Mais il n'avait plus besoin de cela pour fantasmer des semaines durant, pas après avoir admiré Adrian toute la soirée. Il voulait seulement éviter une torture supplémentaire à son subconscient.

Il ne se retourna pas quand Adrian entra dans la salle de bain d'un pas trébuchant et pénétra dans la cabine de douche. Malgré ses précautions, Tate tressaillit au gémissement pornographique qu'arracha au jeune loup la gifle de l'eau chaude sur sa peau sensibilisée. Il dut se mordre les doigts pour ne pas faire écho.

Il tourna le robinet du lavabo et s'aspergea de visage d'eau glaciale. D'ici quelques heures, la lune serait couchée et il s'empresserait d'envoyer Adrian dans un chalet situé loin, très loin du sien !

Chapitre Neuf

ADRIAN avait mal partout. Chaque partie de son corps était au supplice, de ses orteils à ses cheveux. Jusqu'à ce jour, il n'avait même pas réalisé qu'on pouvait avoir mal aux cheveux. Pourtant, c'était le cas.

Il aurait voulu se blottir dans un lit doux et chaud, et dormir. L'agonie de la Transition était derrière lui, ses souvenirs brumeux noyés dans un océan de douleur restaient flous. Tate était resté avec lui jusqu'au matin, ils avaient passé le temps en jouant aux cartes et en se faisant mutuellement la lecture. Adrian avait eu des idées bien plus amusantes pour « passer le temps », mais Tate avait gentiment esquivé ses tentatives maladroites de l'embrasser, aussi Adrian avait-il préféré ne pas insister.

Alors, quand il disait que *toutes* les parties de son corps lui faisait mal, ce n'était pas une licence littéraire. Son orifice naturel, épargné par la Transition, le brûlait d'une connexion non consommée. Il n'avait pas pu dormir pendant qu'il était aux prises à l'attraction de la lune et à son désir inassouvi, mais maintenant que le pire était passé, il se sentait comme une marionnette dont les fils avaient été coupés.

Il voulait *dormir*.

Malheureusement, cela ne lui serait pas possible avant que Tate ait réglé son différend avec la petite bonne femme qui s'était présentée à lui ce matin comme la directrice du Camp H.U.R.L. avant d'annoncer qu'il n'y avait aucun lit libre pour Adrian.

— Nous n'avons pas de protocole pour des cas semblables, déclara-t-elle, d'un vox grinçante qui agressait l'ouïe sensible d'Adrian.

— Je sais, déclara Tate. C'est bien pourquoi j'ai suggéré qu'il partage la chambre de Harris.

Il semblait fatigué, éteint. Adrian aurait voulu lui caresser la mâchoire et sentir sa barbe hérissée lui chatouiller la paume. Serait-elle aussi râpeuse qu'elle en avait l'air ? Tate avait des cheveux blond pâle et une barbe qui grisonnait déjà. Et Adrian était tenté d'y passer sa langue.

Seigneur, mais que lui prenait-il ? Perdait-il la tête ? Pourquoi pensait-il à *lécher* Tate ? Il poussa un gémissement penaud et se tapa la tête dans ses mains. La table poisseuse puait le sirop d'érable, mais Adrian s'en fichait. Il n'avait plus eu aussi sommeil depuis ses années universitaires, quand il passait sa spécialité. S'il ne trouvait pas un lit très vite, il finirait sans doute par pleurer comme une madeleine.

Oui, parce que l'insistance de Tate à le faire dormir dans la chambre d'un autre lui crevait le cœur. Et c'était une émotion liée à leur connexion. Une connexion que Tate refusait de toute évidence. *Pourquoi ?*

Tate s'était montré très gentil et patient au cours de la nuit, depuis la minute où il était venu rejoindre Adrian dans sa chambre. Bien que ses souvenirs soient assez confus, il se remémorait cependant une chaleureuse sensation de sécurité. Tate avait tenu son rôle, lui donnant le soutien dont il avait besoin pour traverser la Transition et l'horreur de sa première transformation.

La non-consommation de leur relation était un peu humiliante, certes, mais il ne pouvait lui en vouloir. Il avait su dès le début que le conseiller avait des réserves sur la question, puisqu'il avait surpris sa conversation privée avec Diann.

Tate gardait un visage impassible, mais Adrian lisait en lui comme dans un livre. Il percevait son battement de cœur frénétique qui trahissait sa détresse. Du coup, sa réaction fut instinctive et passionnée : son lien avec Tate le poussait à le protéger. Adrian plissa le nez et huma l'odeur de Tate, piquante et acidulée. Ses yeux s'en humectèrent. C'était la première fois que, en tant qu'humain, il détectait l'anxiété d'un autre, pourtant, il était absolument certain de son diagnostic. C'était très étrange.

Depuis son réveil ce matin, il ressentait une concentration qu'il n'avait jamais connue. Les odeurs dans l'air se différentiaient, chacune parfaitement distincte. Les sons qui l'avaient tant dérangé pendant la phase initiatrice de sa Transition existaient toujours, mais il s'en détachait plus facilement. Il n'appréciait pas les lumières vives, mais c'était pour lui une simple contrariété, pas un pic à glace planté dans son cerveau comme cela avait été le cas à l'hôpital d'Indianapolis.

Sans la voix exaspérante d'Anne Marie, Adrian aurait peut-être pu s'endormir sur la table du restaurant.

Il ouvrit les yeux en notant que le cœur de Tate s'emballait encore. Sans doute venait-il de rater un morceau important de la conversation.

— Vous plaisantez, j'espère ? grinça Tate.

Il parlait calmement, mais la violence sous-jacente de ses paroles hérissa la peau d'Adrian de chair de poule.

— C'est la solution la plus simple, répondit Anne Marie avec autorité.

— Pourquoi me forcer ainsi la main ? insista Tate, rageur.

— Il est évident que votre connexion est solide.

Adrian releva la tête pour dévisager les deux adversaires. Tate avait la mâchoire tellement serrée qu'Adrian craignait de voir ses dents se fêler.

— Non ! Nous ne l'avons pas consommé.

Elle plissa le nez.

— Je sais, cela se voit, même si je ne comprends pas votre obstination à refuser ce plaisir, vos raisons ne me regardent pas.

Tate leva les mains.

— Exactement ! Cela ne regarde que moi.

Anne Marie garda le silence, mais Adrian devina à son visage crispé qu'elle n'était pas contente. Elle changea de ton et devint si glaciale qu'Adrian dut réprimer un gémissement.

— Il reste avec vous, point final.

Adrian sentit les cheveux se hérisser sur sa nuque. L'Alpha avait parlé ; pour un loup, sa parole faisait loi. Pourtant, Tate renâclait. C'était impressionnant. Adrian, lui, se soumettait à Anne Marie, même s'il ne faisait pas officiellement partie de sa meute. Mais pas Tate. Sinon, il aurait baissé la tête, pas affronté son regard avec défi.

Adrian sentit un frisson de peur le traverser. Relation consommée ou pas, il devinait le danger que courait son compagnon et tous ses instincts lui hurlaient d'intervenir. Dans un geste inconscient, il posa la main sur le bras de Tate, simplement pour établir un contact physique. Du pouce, il caressa la peau douce au creux du coude.

Tate soupira, mais sans le repousser. Quand il baissa les yeux sur Adrian, la colère disparut de son visage pour faire place à l'inquiétude. Il se laissa tomber sur le banc et passa un bras autour des épaules tremblantes d'Adrian.

Ce dernier se pencha vers lui et ses lèvres lui frôlèrent la mâchoire. Sa peau sensible picota. *C'est presque aussi bon qu'un coup de langue, non ?* Un rire hystérique monta en lui.

— Merde ! souffla Tate. Ne t'inquiète pas, Adrian. C'est l'adrénaline de la Transition qui quitte ton système, tu es en manque, d'une certaine façon.

— Voilà pourquoi il vaut mieux que vous le surveilliez, insista Anne Marie. Votre lien est fort. Être séparé de vous ne fera que lui rendre les choses plus difficiles.

Plus difficiles ? Adrian n'y tenait pas du tout. Il était au bout du rouleau.

— S'il te plaît, marmonna-t-il dans le cou de Tate.

Une fois encore, le conseiller soupira, mais presque imperceptiblement cette fois. Si Adrian n'avait pas été collé à lui, il n'aurait rien entendu.

— Bien sûr, céda-t-il.

Il parlait tout naturellement, comme s'il ne venait pas d'affronter une Alpha en refusant de se soumettre à un ordre direct.

Le soulagement d'Adrian fut si violent que la tête lui tourna. Un lit. Il avait enfin un lit et bientôt, il pourrait dormir. Il fit un gros effort pour se relever, instable, mais déterminé. Une vague de chaleur explosa dans ses reins et remonta le long de sa colonne vertébrale, et sa peau picota douloureusement. Ses sens explosèrent soudain et l'odeur sucrée du sirop sur le la table lui donna la nausée.

La pièce bougeait autour de lui.

Adrian tomba la tête en avant sur la table.

Chapitre Dix

— **OUI,** persifla Anne Marie, je constate que votre relation est totalement platonique.

Du sol où il était assis, la tête d'Adrian posée sur les cuisses, Tate lui jeta un regard noir. Adrian lui avait flanqué une peut bleue en commençant une transformation avant de s'évanouir au beau milieu du restaurant. Dans l'affolement, Tate s'était laissé aller à dire des bêtises – peut-être même avait-il appelé Adrian « bébé » ? –, mais pouvait-on l'en tenir pour responsable, vraiment ? De toute évidence, Anne Marie ne comptait pas l'oublier de sitôt. Par chance, Adrian, lui, n'avait rien entendu.

— Je ne m'étonne même pas que vous trouviez ça drôle, grinça-t-il.

Il accepta la couverture que Diann avait couru lui chercher et enroula Adrian dedans. Juste avant de s'évanouir, le jeune homme s'était mis à trembler, aussi Tate avait-il contacté Diann pour une auscultation d'urgence. Elle lui avait affirmé que tout allait bien et Tate lui faisait confiance. En toute logique, il savait que les spasmes d'Adrian étaient un effet secondaire des hormones de sa Transition et de la chute de son taux d'adrénaline dans son sang, ce n'était pas une crise d'épilepsie, mais il avait tout de même préféré le mettre au chaud.

— Ce n'est pas *la situation* que je trouve drôle, déclara sèchement Anne Marie, mais votre ridicule refus de l'accepter.

Diann les regarda tous les deux avec désapprobation.

— Tout cela est très sérieux, intervint-elle. Anne Marie, si ça ne vous dérange pas, j'aimerais parler en tête à tête avec Tate ?

Ce dernier espérait presque qu'Anne Marie refuserait. Il ne tenait pas vraiment à écouter un sermon de la part de Diann, et si elle préférait ne pas parler devant la directrice, c'était probablement ce qu'elle lui destinait. Bien entendu, toujours contrariante, Anne Marie hocha la tête et quitta le restaurant.

Diann attendit que la porte se referme pour prendre la parole :

— Vous pouvez parler du règlement et prendre autant de distance avec lui que cela vous chante, Tate, vous ne changerez rien à ce qui se passe : la connexion que vous partagez est bien plus profonde qu'une simple aide de Transition. Surtout s'il n'y a pas eu consommation…

Elle s'interrompit pour esquisser un petit sourire d'excuse et ajouta :

— C'est comme un conte de fées !

Non ! S'il vous plaît, ne dites pas ça, supplia Tate en son for intérieur. Il avait senti la force de son lien avec Adrian dès qu'il est entré dans la chambre d'hôpital, à Indianapolis, mais il avait tout fait pour l'ignorer. Il refusait de croire au destin. L'idée qu'un loup ait une âme sœur quelque part, un compagnon spécifique pour former un couple idyllique était… absurde ! La Transition entraînait un déchaînement des hormones, dont les sexuelles, d'où les nombreuses liaisons et aventures pendant cette période de mutation, et voilà. Ce n'était pas plus compliqué que ça !

— Les liaisons de Transition ne sont dues qu'aux endorphines ! affirma-t-il en espérant que s'il le répétait assez souvent, il finirait par y croire. Cela disparaît très vite !

— L'amour aussi, aboya Diann.

Elle inspira un grand coup pour se calmer. Lorsqu'elle reprit la parole, elle avait la voix avec laquelle elle s'adressait aux patients récalcitrants.

— Certaines connexions de Transition sont solides. Et toutes les relations ne sont pas prédatrices. Vous avez trente-deux ans, Tate. Il vous reste encore tant à découvrir ! Ne laissez pas la peur de ce que vous avez vécu affecter le reste de votre vie.

Il déglutit difficilement. Étant enfant, il était le plus jeune fils d'un Alpha abusif, égoïste et aveuglément persuadé que les garous étaient en droit de suivre leur instinct. Donc se montrer des êtres cruels, plus loups qu'humains. Tous les soirs autour d'un feu de camp, d'affreuses histoires sur des garous ayant mal tourné étaient données en exemple de ce qui *devrait être*. Même les gentilles histoires étaient déformées pour en tirer une morale déviante. Et le père de Tate détestait tout particulièrement les obligations nées de la dévotion des garous ayant eu la chance de connaître l'amour. Le jeune Tate avait cru ce qu'il entendait. Une fois majeur, il avait vécu sa Transition, il avait eu des partenaires – au pluriel. Il était un des fils de l'Alpha, c'était donc son dû, comme pour ses frères. Quant à ses sœurs, elles avaient été données en mariage à des loups plus âgés, des êtres mesquins que leur père avait choisis pour elles. Deux des frères aînés de Tate avaient fondé des familles avec des filles à peine pubères.

Refusant de mener cette vie, Tate avait quitté la meute dès qu'il l'avait pu. Pendant dix ans, il s'était construit un monde sécurisé, aseptisé. Et voilà que tous ses efforts étaient réduits à néant.

Dégoûté, il sentit une nausée lui tordre l'estomac. *Il n'est pas seulement des neurotransmetteurs et des hormones*, se répétait-il, mais s'en souvenir en présence d'Adrian lui était difficile.

— Je sais que c'est difficile à entendre, insista Diann gentiment. Mais c'est la vérité. Accompagnez-le dans votre chalet. Il va bien. Il a simplement épuisé toutes ses réserves d'énergie après cette nuit difficile. Il se réveillera affamé dans quelques heures.

Tate ne voulait pas d'Adrian dans son chalet, mais il ne supportait pas davantage l'idée de s'en séparer. Son instinct lui hurlait de le protéger, de le garder à proximité, surtout quand il était dans un tel état de faiblesse et de vulnérabilité.

— Je passerai le voir à l'heure du déjeuner, dit encore Diann. S'il est trop déshydraté, il aura peut-être besoin d'une intraveineuse. S'il se réveille entretemps, faites-le boire, cela ne pourra que lui faire du bien.

Soudain, Tate s'inquiéta :

— Vous ne croyez pas qu'il serait mieux à l'infirmerie ?

Diann eut un sourire narquois.

— Et vous l'y laisseriez tout seul ?

— Bien sûr, si c'était pour son bien, répondit-il, le regard hautain.

Il n'ajouta pas qu'il resterait au chevet d'Adrian inconscient, mais le sourire accentué de Diann lui indiqua qu'elle avait parfaitement compris sa position sur la question.

— Si son état s'aggrave, nous en viendrons peut-être là, déclara-t-elle. Mais pour l'instant, il ne s'agit que d'une grosse fatigue. Et je suis certaine qu'il préférera dormir dans votre chalet plutôt qu'à l'infirmerie.

Tate soupira et se résigna à l'inévitable. Il ne pouvait plus nier que sa connexion avec Adrian était exceptionnellement forte. Dans ce contexte, Adrian récupérerait plus vite dans un endroit imprégné de l'odeur de Tate, loin de personnes qu'il pourrait considérer comme une menace. C'était donc la solution la plus sûre pout le monde, et il ne pouvait mettre en péril la sécurité des autres – campeurs, ceux qui travaillaient au camp et même Adrian.

Il se leva, enroula Adrian plus serré encore dans sa couverture et le souleva.

— Je ne suis pas… commença-t-il. Vous vous trompez sur ce qui nous unit. Il n'y a rien entre nous, en tout cas, pas ce à quoi vous pensez !

Il jeta un regard dur à Diann. Elle baissa la tête devant lui. Elle ne connaissait pas tous les détails de son passé, mais il lui avait révélé suffisamment de son enfance au fil des ans pour qu'elle comprenne qu'il n'était pas prêt à s'engager dans une relation, sérieuse ou pas.

— La seule chose qui compte, déclara-t-elle simplement, c'est que vous le mainteniez en bonne santé. Pour le reste, nous en parlerons plus tard.

Il y avait dans sa voix une note butée et Tate comprit que la discussion était repoussée, pas oubliée. Il se retint de protester pour ne pas retarder le coucher d'Adrian. Même s'il ne voulait toujours pas de ce dernier chez lui, il était pris au piège désormais, il ne pouvait plus y échapper. D'ailleurs, le poids d'Adrian commençait à lui arracher les bras, alors, autant bouger. Il remonta la tête d'Adrian plus haut sur son biceps et avança vers l'escalier.

— Il n'y a rien à dire, affirma-t-il catégoriquement. Dès que cette putain de connexion se dissipera, tout reviendra comme avant.

Diann passa devant lui et monta les marches la première, sans même prendre la peine de regarder par-dessus son épaule pour s'assurer qu'il la suivait.

— Il me faudrait une heure pour analyser cette simple phrase, déclara-t-elle à mi-voix.

Une fois en haut de l'escalier, elle tint la porte ouverte. Tate veilla à ce qu'Adrian ne risque pas de se taper la tête ou les jambes au chambranle et dépassa Diann sans faire de commentaire.

— En parlant d'installation… commença-t-elle.

— Je ne parlais de rien du tout ! grogna Tate.

Il allongea sa foulée en traversant l'infirmerie.

Diann continua comme s'il n'avait rien dit :

— … Anne Marie a-t-elle déjà fait apporter les affaires d'Adrian dans votre chalet ? Il n'avait pas grand-chose, d'ailleurs. Il va falloir que nous lui trouvions une tenue de rechange et des articles de toilette.

Une possessivité inconnue s'empara de Tate.

— Il empruntera les miennes !

Diann le fixa avec reproche.

— Il lui faut des affaires, Tate. Il avait sans doute pris une chambre dans un hôtel d'Indianapolis, c'est là qu'il a dû laisser sa valise. Je vais demander à Anne Marie de contacter son Alpha pour savoir comment récupérer cette valise et la faire envoyer au camp.

La jalousie de Tate se calma. Cela ne le gênait pas qu'Adrian porte ses propres affaires, bien sûr, ce qu'il ne voulait pas, c'était le voir dans des habits emprunté à un autre homme du camp. Le seul parfum qu'Adrian devait porter, c'était le sien. Et ce n'était pas seulement sa possessivité inexplicable qui parlait, car il doutait fort qu'Adrian accepte l'odeur d'un autre que lui.

Diann l'avait suivi jusqu'à la porte de l'infirmerie.

Tate s'arrêta soudain pour la fixer dans les yeux.

— Croyez-vous que ce soit aussi grave que je le pressens ?

Elle lui offrit un petit sourire.

— *Grave* ? Sans doute, mais la gravité n'est pas un malheur, Tate, c'est même tout le contraire.

Il serra les dents. De toute évidence, Diann était comme Anne Marie. Avaient-elles toutes les deux perdu la tête ? C'était grave dans le sens… catastrophique ! Adrian était un jeune loup. Et l'un de leurs campeurs ! Une relation avec lui était totalement inappropriée, même si Tate mettait de côté ses réserves professionnelles, ce que son corps avait déjà fait de lui-même hier. Peu à peu, son esprit se faisait aussi à cette idée. Alors, d'où venait la panique qu'il ressentait ? De ses préoccupations persistantes ou de la rapidité avec laquelle une simple connexion censée aider la Transition se transformait en un lien plus solide ?

84

— Je ne suis pas d'accord, déclara-t-il sans mâcher ses mots.

Diann secoua la tête.

— Ça suffit à présent, allez le mettre au lit, prenez une douche relaxante et dormez. Vous en avez bien besoin ! La situation vous paraîtra peut-être plus claire une fois que vous serez reposé.

Tate ouvrit la porte et se dirigea vers son chalet, avec Adrian dans les bras.

Ce fut en arrivant à sa porte qu'il réalisa que finalement, tout lui paraissait parfaitement naturel. Comme si la véritable place d'Adrian était avec lui, chez lui.

Merde, il était mal barré !

Chapitre Onze

ADRIAN avait la bouche si sèche que ses lèvres étaient hermétiquement fermées. Et sa langue était tout enflée. Se réveiller dans cet état devenait une habitude alarmante.

Il se redressa et se frotta les yeux, puis cligna des paupières pour effacer la brume du sommeil. Ensuite, il regarda autour de lui. La chambre, meublée de façon spartiate n'était pas celle où il s'était réveillé après sa Transition. Que s'était-il passé ? Comment s'était-il retrouvé ici ? Et où était-il ?

Il baissa les yeux et souleva le drap entortillé autour de sa taille. Il portait un tee-shirt tout simple un peu trop large aux épaules et sur la poitrine. Et un pantalon de pyjama en coton écossais rouge qui ne lui appartenait pas.

Il se souvenait de s'être habillé différemment ce matin, aussi était-il évident qu'il s'était passé quelque chose. Mais quoi ? Il regarda une fois encore autour de la pièce pour s'assurer qu'il était seul, puis il tira sur le col de son tee-shirt et le flaira. L'odeur propre et fraîche lui humecta la bouche de rosée. C'était une odeur réconfortante – aiguilles de pin et fumée de bois.

L'odeur de Tate.

Adrian repoussa le drap et sortit prudemment du lit. Il se sentait vacillant et fatigué, mais plus lui-même qu'il ne l'avait fait depuis des jours. Le brouillard qui l'avait hanté semblait s'être levé, et à part une douleur persistante – et presque agréable ! – dans les muscles et les articulations, il se sentait plutôt bien. Il avait faim et soif, jamais il n'avait eu aussi faim et soif de sa vie. Sinon, il était en grande forme !

La chambre où il se trouvait avait une salle de bain attenante dont la porte était entrouverte. Adrian décida de commencer par-là ses explorations. Il ouvrit le robinet du lavabo et baissa la tête pour y boire directement, ingurgitant l'eau douce et froide jusqu'à ce que sa bouche s'assouplisse et que la douleur de sa gorge se calme. Une fois sa soif étanchée, il prit de l'eau dans ses mains jointes et s'en éclaboussa le visage. Il s'essuya avec une des serviettes pliées sur le comptoir.

Rafraîchi, il se sentit à nouveau humain. Cette idée qui le fit rire tout seul. En vérité, il n'était pas humain, il ne l'avait jamais été. Il lui faudrait un certain temps pour s'y habituer. Serait-il encore la brebis galeuse de la famille maintenant qu'il pouvait comme les autres rejoindre la meute sous sa forme de loup ?

Seigneur, sa famille ! Il fallait qu'il appelle sa mère. Et sa sœur ! Toutes les deux devaient s'inquiéter pour lui à l'heure actuelle. Depuis combien de temps ne leur avait-il pas parlé. Depuis son réveil à l'hôpital, c'était… un jour plus tôt ? Ou deux ?

Sa mémoire avait des trous et c'était aussi douloureux qu'une dent cariée. Il était arrivé quelque chose, Adrian en était certain, mais quoi ? Il ne parvenait pas à souvenir, c'était inquiétant.

Un coup sec retentit à la porte de la chambre. Il sortit la tête de la salle de bain à temps pour voir Tate entrer et jeter un œil autour de lui.

— Ah, tu es debout, parfait ! dit Tate, l'air ravi.

Adrian bomba le torse – métaphoriquement parlant – devant cette approbation.

Puis ses questions lui revinrent à l'esprit et il les balança toutes sans prendre le temps de les trier :

— Où suis-je ? Comment suis-je arrivé là. Je suis chez toi ? C'est ton chalet ? Que s'est-il passé ? Quel jour sommes-nous ?

Tate leva les mains pour interrompre ce flot de paroles.

— Du calme, du calme, une question à la fois. Comment te sens-tu ?

Il poussa complètement la porte et entra dans la pièce. Adrian remarqua tout de suite qu'il s'était changé.

— Ça va, répondit-il, en agitant la main avec désinvolture. Que s'est-il passé ? Pourquoi étais-tu si inquiet à mon sujet ? Combien de temps cela fait-il que je dors ?

Tate traversa la pièce et ouvrit un placard, révélant un frigo miniature comme celui qu'avait eu la chambre sécurisée du sous-sol de l'infirmerie. Il en sortit une bouteille remplie d'un liquide d'un bleu lugubre, dévissa le bouchon et la tendit à Adrian, qui l'accepta machinalement.

— Je m'inquiète parce que tu as eu une Transition particulièrement éprouvante. Ensuite, tu as commencé une autre transformation au restaurant avant de tomber dans les pommes. Tu étais épuisé. Bois, c'est du *Gatorade*, déclara-t-il en désignant du menton la bouteille que tenait Adrian. Ça t'évitera peut-être une autre intraveineuse.

— Une autre intraveineuse ? Comment ça ?

Adrian baissa les yeux sur sa bouteille et en sirota une gorgée. C'était sucré – *trop sucré !* –, mais pas mauvais. Il but davantage.

— Nous sommes lundi. Tu as dormi non-stop pendant près de vingt-six heures. Pour l'essentiel, tu es resté là, mais au bout de douze heures environ, Diann t'a fait revenir à l'infirmerie pour te surveiller. Elle a accepté que tu reviennes chez moi à condition de te poser une intraveineuse, tu souffrais d'une déshydratation sévère. Elle t'a aussi alimenté de cette façon.

En entendant le mot « alimenté », l'estomac d'Adrian se manifesta bruyamment. Gêné, il posa la main dessus.

Tate eut un petit rire.

— Tu as faim, c'est bon signe ! déclara-t-il. Je vais te faire apporter un plateau pendant que tu prends une douche. Je t'ai préparé des vêtements de rechange dans la commode, en principe, ils devraient t'aller. Diann t'a prévu une brosse à dents. Sinon, utilise tout ce qu'il te faut dans ma salle de bain. Ta valise ne devrait pas tarder à arriver, l'hôtel d'Indy a promis de la faire suivre. C'est ta famille qui les a prévenus en parlant d'une urgence médicale pour justifier ta disparition.

Aussi confus et désorienté qu'il se sente, Adrian n'en fut pas moins ravi à l'idée d'utiliser les produits de toilette de Tate. Il avait vu juste, il se trouvait bien dans le chalet de ce dernier. En revanche, il regrettait que les draps, fraîchement lavés, ne portent pas le parfum de Tate.

En vérité, la chambre où il avait dormi devait être une chambre d'appoint. Bien que déçu, il fit l'effort de le cacher. Être avec Tate lui paraissait parfait et naturel, mais il aurait voulu être dans sa chambre, dans son lit, pas dans une chambre destinées aux invités de passage.

Mais il avait encore les idées troublées, aussi était-il possible que son raisonnement manque de cohérence.

— Il faut que j'appelle chez moi, déclara-t-il. Sais-tu où est mon téléphone ?

D'un mouvement du menton, Tate désigna la commode. Effectivement, Adrian reconnut son appareil.

— Tu avais ton téléphone sur toi quand tu es tombé dans la rue à Indianapolis, dit Tate. Mais pas ton chargeur. Tu as de la chance, Harris en a trouvé un compatible dans les objets oubliés ou perdus par nos campeurs qui n'ont pas été réclamés. Anne Marie, c'est la directrice du camp, tu lui as été présenté hier, mais je ne suis pas certain que dans ton état, tu t'en souviennes... Bref, elle a déjà donné de tes nouvelles à ton Alpha, mais je suis certain que ta mère sera soulagée d'entendre ta voix.

Tate recula vers la porte et ajouta :

— Je te laisse passer ton appel. Je dois retourner à mes cours. Ça ira, tu n'as besoin de rien ? Diann passera bientôt te voir et Harris ou un d'autre t'apportera un plateau. Je reviens dans deux heures. Tu as tous les numéros utiles du camp sur le comptoir de la cuisine. Appelle Diann ou Kenya si tu as besoin de quoi que ce soit.

Tate paraissait pressé de s'enfuir, son sourire se crispait. Et Adrian ne comprenait pas sa réaction, surtout après la joie sincère qu'il avait manifestée en le trouvant éveillé. Que se passait-il ?

— Tate ? Est-il arrivé quelque chose ?

Adrian fit une pause, essayant de trouver les mots justes.

— Un problème peut-être, reprit-il. Tu parais tellement... anxieux.

Tate se figea sur le pas de la porte. Puis il se retourna lentement, le visage marqué de culpabilité.

— Je préfère que tu en parles avec Kenya, Tate. Ce sera elle ta conseillère pendant ton séjour ici.

Le cœur d'Adrian s'emballa.

— Oh, mon Dieu ! Tu disais que j'ai commencé à me transformer au restaurant ! Aurais-je... blessé quelqu'un ?

— Non ! Non, rien de tel. Tu n'as même pas été jusqu'au bout de ta transformation. Tout s'est arrêté dès que tu t'es évanoui.

— Alors pourquoi es-tu si pressé de partir ? J'ai craint de t'avoir attaqué ! Je ne me souviens de rien, tu sais, ni ce qui s'est passé au restaurant ni comment je suis arrivé ici, ni bien sûr ce que j'ai fait entre temps.

Tate ferma les yeux pendant un bref instant, puis il recula d'un pas et s'adossa contre la porte.

— J'ai un peu de mal à gérer notre situation, reconnut-il.

Ce qui n'explique pas grand-chose, pensa tristement Adrian.

— Nous avons formé un lien pendant ta Transition, poursuivit Tate. Mais il est plus fort que ce à quoi je m'attendais. Ce que je ressens pour toi dépasse ce que je sais des attachements de ce genre. J'ignore ce qui se passe de ton côté, mais du mien, c'est très intense. C'est aussi… dérangeant. Je m'inquiète constamment pour toi, pour ta santé, pour ce que tu ressens. Et cela n'a pas disparu ce matin, je continue à ne penser qu'à toi, voilà. Je ne sais pas encore ce qui se passe, mais je te promets que je vais y réfléchir.

Adrian *sentait* sur sa langue l'anxiété de Tate. Il comprenait donc très bien ce qu'il ressentait, puisqu'il avait les mêmes sensations. Bien entendu, il n'avait jamais connu d'autre lien de Transition, aussi ne pouvait-il pas comparer. Mais Tate avait raison : ce lien était plus fort, plus intense, plus intime. Son corps tout entier était connecté à celui de Tate, à son battement de cœur, à son odeur, à ses humeurs. Il ne pensait qu'à lui, c'était une véritable obsession.

En ce moment même, Adrian aurait dû se poser des questions sur sa transformation récente, ou être impatient de téléphoner à sa mère, son Alpha, afin de rassurer sa meute. Il y pensait, certes, mais sa priorité, c'était le mal-être de Tate. Et ce n'était pas normal.

Toujours préoccupé par les changements des dernières vingt-quatre heures dont il ne gardait pas un souvenir très net, il demanda d'un ton prudent :

— Et si tu me racontais tout en reprenant par le début ? Je me rappelle vaguement ma Transition et ma première transformation, puis nous avons parlé, lu et joué aux cartes. Que s'est-il passé après le petit-déjeuner au restaurant ?

Tate prit une longue inspiration, comme s'il avait besoin de rassembler ses forces.

— Rien. Vraiment. Tu étais épuisé après ta Transition et quand tu as failli te transformer, ton corps a dû sentir que tu n'en avais l'énergie. Alors, tu t'es écroulé, inconscient. Diann est venue t'ausculter et elle a exigé que tu te reposes. Elle a aussi a parlé de déshydratation, d'où cette intraveineuse qu'elle t'a posée par la suite.

Adrian hocha la tête, il comprenait d'où venait cette petite douleur au creux de son coude.

— Ai-je été mis sous sédatifs ?

— Non. D'après ce que tu as dit à Diann, tu dormais très mal ces derniers temps, tu étais au bout du rouleau, voilà tout.

Adrian rassembla son courage pour répéter la question à laquelle Tate avait soigneusement évité de répondre.

— Si tout va bien, pourquoi es-tu si impatient de filer ?

Tate garda le silence un si long moment qu'Adrian finit par croire qu'il cherchait un mensonge plausible.

— C'est à cause de cette connexion, déclara enfin Tate. Elle me met mal à l'aise.

Adrian se recroquevilla sous le choc et le chagrin. Bien sûr ! Tate ne voulait pas de lui, il l'avait annoncé depuis le début et rien n'avait changé.

— Je vois, murmura-t-il.

Tate grogna et se passa une main dans les cheveux, les laissant tout ébouriffés.

— Cela n'a rien à voir avec toi…

Adrian l'interrompit en levant la main.

— Pitié ! Épargne-moi cette vieille excuse éculée ! J'ai compris, j'ai même très bien compris. Tu ne veux pas de lien avec moi et tu te sens coincé, piégé. Je suis désolé, je n'ai rien demandé non plus ! Si je pouvais te libérer, je le ferais dans la minute ! Mais c'est impossible ! Alors, aie au moins la décence de ne pas me baratiner que je ne suis pas ton genre ou que nous ne sommes pas compatibles. Ce n'est pas le premier rejet que je subis, Tate, je m'en remettrai ! Tu ne me retrouveras pas pendu à ta poutre à ton retour !

Tate déglutit, sa pomme d'Adam bougea sur sa gorge, et il détourna les yeux.

— Nous sommes compatibles. C'est bien le problème. Et je suis terriblement attiré par toi, plus que je l'ai été de toute ma vie. Et c'est encore un problème. Parce que cela me fait peur. Je ne veux pas de relation solide, c'est peut-être lamentable de ma part, mais c'est ainsi. J'ai mes raisons, d'accord ? Je déteste cette situation, ça me ronge. Tu as vécu une épreuve éprouvante, tu n'as pas besoin en plus d'avoir un homme brisé sur le dos !

Pourquoi n'as-tu pas établi une connexion avec un type normal, hein ? Je porte la poisse, je suis terriblement désolé.

Il avait parlé à toute vitesse, si vite qu'Adrian était encore en train de chercher à suivre. Tate se pensait brisé ? Pourquoi ? C'était aussi la première fois qu'il avouait être attiré par lui ! Et tout cela pour conclure que c'était une erreur et qu'Adrian aurait-du choisir quelqu'un d'autre ? Et ces raisons dont il parlait, ces raisons qui le poussaient à refuser une relations, quelles étaient-elles ?

Adrian avait des soupçons... il avait grandi en écoutant des histoires merveilleuses sur les Couples de la Lune, il avait toujours espéré trouver un compagnon de cette manière et vivre avec lui une belle histoire romantique. Une fois devenu adulte, déçu par son humiliante non-Transition à dix-neuf ans, il avait renoncé aux contes de fées et s'était endurci pour devenir réaliste et un peu cynique. Les Couples de la Lune, avait-il décidé, n'étaient qu'un mythe pour inciter les garous à copuler entre eux et garder intact le pool génétique.

Et si ce n'était pas le cas ?

Adrian n'était pas encore totalement remis, son cerveau avait encore des ratés au redémarrage, mais il voyait combien cette conversation était pénible pour Tate.

— Je ne comprends pas très bien, admit-il. Mais ce n'est pas grave. Va faire ce que tu as à faire, je vais téléphoner à ma famille. Je te dis à ce soir, d'accord ?

Tate lui jeta un regard hésitant.

Adrian lui sourit.

— Tate, je me débrouillerai très bien tout seul. Je parlerai à Kenya après avoir appelé ma mère.

Tate se redressa.

— Très bien ! Elle t'expliquera mieux que moi ce qui se passe. J'ai des cours tout l'après-midi, mais je passerai voir Kenya après le dîner, nous pourrions peut-être discuter dans son bureau, en terrain neutre, qu'en dis-tu ?

Adrian trouvait la perspective terrifiante, mais il garda son opinion pour lui. Si Tate préférait ne pas parler ici, maintenant, c'était son droit. C'était sa maison, après tout. Et Adrian n'était qu'un « invité ».

Un étau lui serra la poitrine quand il envisagea son départ, dans quelques jours, ou quelques semaines, peu importait, cela viendrait trop tôt.

Il faudrait qu'il parle à Kenya de cet attachement si soudain et si définitif qu'il éprouvait envers Tate.

Ce dernier frappa ses jointures contre le chambranle et adressa un signe de tête à Adrian, puis il disparut dans le couloir.

Figé, raide comme une pierre, Adrian ne bougea pas avant d'entendre la porte d'entrée claquer sur lui. Ensuite seulement, il s'assit lourdement sur le lit défait.

Il avait besoin de nourriture, réalisa-t-il. Il devait aussi appeler chez lui et donner de ses nouvelles à sa mère, Prendre une douche, s'habiller et explorer le chalet à la recherche de quelque chose à manger. Avoir des projets, mêmes minimes, l'aida à se sentir mieux. L'oppression qui lui comprimait la poitrine se relâchant un peu, il put se lever pour aller chercher son téléphone sur la commode et passer ce qui allait être l'un des appels les plus intéressants de sa vie, il en était certain.

ADRIAN haïssait les cabinets de psys, mais celui de Kenya différait de tous ceux qu'il avait connus jusqu'à ce jour. Il était plus… accueillant. Kenya elle-même ne ressemblait pas du tout aux six ou sept thérapeutes qu'Adrian avait consultés avant elle. Tous avaient cherché à lui ouvrir le cerveau afin de comprendre pourquoi il n'avait pas eu la Transition normale d'un loup.

Certes, il aurait préféré être ailleurs, mais il n'avait pas à lutter – ou du moins, pas trop – contre son envie de fuir le plus loin possible. Et puis Kenya faisait partie du programme que proposait le camp, et Adrian savait avoir besoin de parler de ce qu'il traversait. Prétendre le contraire serait absurde.

Il fut d'autant plus surpris quand Kenya, au lieu d'aborder son état, lui parla d'abord de Tate.

Elle le fit asseoir dans un confortable fauteuil et commença :

— Tate m'a donné la permission de partager avec vous une partie de son passé. En temps normal, je suis tenue à la confidentialité concernant ce que me révèle un patient, mais là, le cas est différent. Tout ce que vous me direz aujourd'hui restera entre nous, sauf si vous me donnez des instructions contraires. Et vous n'y êtes pas du tout obligé, Tate le sait très bien.

Elle se pencha, posa une main sur le genou d'Adrian et le serra gentiment, avant de le lâcher et de se redresser. Elle sortit un cahier et prépara un crayon.

— C'est également valable concernant votre Alpha, enchaîna-t-elle. Que ce soit bien clair pour vous, d'accord ?

— Oui, merci.

— Bien, parlons de vous à présent. Je serai votre conseillère pendant votre séjour ici, ce qui signifie que vous pouvez venez me voir dès que vous avez une question, un souci ou un problème de tout ordre, pas forcément concernant votre Transition. Comment vous sentez-vous aujourd'hui ? Vous avez connus une série de changements importants et beaucoup dormi parce que vous étiez épuisé. Éprouvez-vous une certaine désorientation ? De la frustration peut-être ?

Si Adrian se sentait très frustré, cela n'avait rien à voir avec sa Transition.

— Je me fais petit à petit à tous ces changements, répondit-il de façon mécanique, réponse qu'il avait déjà donnée à tous ceux qui lui avaient posé la même question au cours des dernières heures.

Il avait passé d'innombrables appels après celui de sa mère.

— Adrian, déclara sévèrement Kenya. Cela fait beaucoup à absorber, j'en suis consciente. Vous, un adulte, voilà que vous retombez dans un stade pubertaire. La Transition a perturbé votre vie deux fois, d'abord il y a huit ans, quand vous n'avez pas suivi le processus habituel, et maintenant, quand vous avez réussi votre transformation. Que vous soyez perturbé est tout à fait normal, naturel et même sain.

Elle croisa les mains sur ses genoux et le regarda en attendant sa réponse.

— Eh bien, je ne suis pas perturbé d'avoir enfin vécu ma Transition, non, c'est seulement…

Sa voix se cassant, il lui fallut un moment pour se calmer et reprendre le fil de son explication :

— C'est seulement qu'à dix-neuf ans, j'attendais ce moment avec impatience. Quand cela n'a pas fonctionné, j'ai fini… j'ai mis longtemps, mais j'avais fini par en faire mon deuil. Je m'étais résigné à être humain.

— Et voilà que tout a été bouleversé à nouveau.

Il acquiesça.

— Oui, mais dans le bon sens, j'en suis ravi. Plus encore que je ne saurais l'exprimer ! C'est seulement… tout est devenu compliqué. Et ma relation avec Tate, eh bien, je ne la comprends pas très bien, alors cela me complique encore les choses.

— Qu'en a dit votre Alpha ?

La conversation d'Adrian avec sa mère s'était bien passée. Pour utiliser une expression humaine, elle était « aux anges » qu'il ait passé sa Transition. Adrian était certain qu'elle organisait déjà une fête mémorable pour célébrer son retour à Portland et son nouveau statut. Pour la rassurer que sa transformation s'était passée dans les meilleures conditions possibles, il avait dû parler de sa connexion avec un loup rencontré au camp, mais pour une raison qu'il ne comprenait pas trop, il n'avait pas mentionné le nom de Tate. Il n'avait pas non plus évoqué la force du lien qu'il partageait avec son Compagnon de Lune.

Au début, il s'était dit qu'il avait seulement cherché à éviter à sa mère une anxiété indue, mais en vérité, il n'était pas encore prêt à partager Tate avec le monde extérieur, aussi protégeait-il le secret même de son existence. C'était encore trop nouveau et trop important. Et comme il ne savait pas comment allait évoluer leur relation, il ne tenait pas à en parler à sa mère. Sinon, il était certain qu'elle aurait voulu tout savoir.

Et Adrian ignorait ce qui allait se passer à présent.

Peut-être Kenya le savait-elle ?

— Je ne lui ai pas parlé de Tate. Va-t-il nous rejoindre ? demanda-t-il.

Il chercha autour de lui s'il voyait une horloge. Il n'en trouva pas. Le bureau du Kenya était décoré en tons doux, avec des meubles à la fois élégants et confortables. Mais pas d'horloge en vue.

— Oui, il a prévu de nous rejoindre d'ici peu. Il veut d'abord nous donner un peu d'intimité afin que je vous mette au courant. C'est bien normal. Vous devez connaître le passé de Tate, mais il déteste en parler. Il a connu une enfance…

Pendant qu'elle cherchait ses mots, Adrian retint son souffle.

— … eh bien, son enfance n'a pas été belle et ensoleillée comme la vôtre, la mienne, ou celle de la plupart des gens.

Adrian avait eu une enfance merveilleuse entre des parents aimants, et une mère Alpha. Il avait grandi entouré de camarades de jeu, ses frères, sœurs, cousins et cousines dans une maison toujours pleine de rires. Il avait été scolarisé chez lui au niveau primaire par son père qui était enseignant, et n'était entré à l'école qu'en secondaire, dans une école privée très sélective.

Kenya le regarda droit dans les yeux et enchaîna :

— Tate a grandi dans l'Idaho.

Et alors ? se demanda Adrian. Il fouilla dans sa mémoire, ne trouva rien et secoua la tête.

— Après sa Transition, reprit la psychologue, Tate a abandonné sa famille et sa meute. Il lui a fallu quelques lunes pour rassembler les ressources nécessaires, mais dès qu'il l'a pu, il est parti. Depuis, il est seul. Je l'ai rencontré quelques mois après qu'il a quitté l'Idaho. Il était étudiant et je donnais – je donne toujours – des cours de psychologie à l'Université de l'Indiana.

Elle sourit quand Adrian parut étonné. Puis son expression s'assombrit et elle reprit le cours de son récit :

— C'est un sujet très délicat, voyez-vous. J'aimerais que vous ne jugiez pas Tate différemment après avoir entendu ce que je vais vous révéler, aussi difficile que ce soit. Il est autonome, indépendant, et il s'est donné beaucoup de mal pour en arriver là où il est aujourd'hui. Le Dr Tate Lewis est très différent du jeune garçon effrayé que j'ai connu autrefois, dit-elle sans cacher sa tendresse et sa fierté. À dix-neuf ans, il était encore Tatum Bodkin, un gamin qui ne cessait de regarder par-dessus son épaule en craignant que son passé le rattrape.

Bodkin ? C'était un nom familier, même si Adrian n'arrivait pas à se souvenir où il l'avait déjà entendu. Pourtant… cela lui paraissait important.

— Je suppose que vous connaissez la famille Bodkin ? insista Kenya.

— Vaguement, je reconnais le nom, mais cela ne me dit pas grand-chose.

— Le père de Tate est l'Alpha qui…

Cette fois, Adrian se souvint.

— Oh, merde ! s'exclama-t-il, le souffle coupé. Ne me dites pas que Tate faisait partie de ce groupe de fanatiques qui prône la libération des garous ?

Leur donner le nom de « groupe » était un euphémisme, il s'agissait davantage d'une secte et le Tribunal des loups les surveillait avec suspicion.

— Tate, non, absolument pas, déclara Kenya, catégorique. Mais sa famille, oui, c'est bien pourquoi il ne veut plus rien avoir à faire avec elle. Il a coupé tous ses liens avec son Alpha, son père. Il s'est échappé peu de temps après sa Transition pour entamer une nouvelle vie. Il a même officiellement changé de nom à vingt et un ans. Et je l'ai aidé pour les formalités légales. Il n'a plus de famille, exactement comme il l'a voulu.

L'Alpha Bodkin et sa meute étaient tristement connus parmi les loups. Ils occupaient un immense complexe tentaculaire et secret dans l'Idaho rural, et d'après le peu qu'on savait d'eux, ils étaient contre la loi du Secret qui régissait les garous et considéraient comme un droit de vivre au grand jour et d'exposer leur véritable nature. Mis à part l'isolement de leur complexe, ils ne cachaient pas leur existence. Ils vivaient comme des loups et se déplaçaient sous leur forme animale quand ça leur chantait. Et d'après ce qu'Adrian avait entendu, c'était la plupart du temps. Par chance, ils vivaient en autarcie sans aucun contact avec le monde extérieur.

Ils étaient la version loup du Croquemitaine. On disait aux enfants : « si vous n'êtes pas sages, vous finirez en Idaho ! ». Adrian avait encore entendu sa sœur menacer de la sorte son fils de huit ans la semaine précédente.

— Je ne comprends pas, lâcha Adrian. Tate paraît tellement normal !

Il regretta ses paroles à peine lui avaient-elles échappé, et la honte l'envahit. On aurait cru entendre la réponse classique du voisin d'un tueur dans un film policier de série B.

— Il est normal, aboya sèchement Kenya.

Elle cligna des yeux et secoua la tête.

— Désolée de vous parler comme ça, Adrian, se corrigea-t-elle. Ce n'est pas très professionnel de ma part. Mais j'éprouve un sentiment très protecteur envers Tate, voyez-vous.

— Et j'en suis très heureux. Vous avez été là pour lui quand il a eu besoin d'être écouté, entouré et assisté.

Elle sourit.

— C'est exact. Et j'espère que vous serez également là quand il aura besoin de vous. Tate et vous partagez un lien très fort qui va bien au-delà d'une simple connexion de Transition. Je pense qu'il en est conscient, et cela lui fait peur. Son père est un détraqué, Adrian. Il a tellement perverti tout ce qu'il y a de merveilleux dans la culture et le folklore des loups que Tate ne parvient plus à faire le tri, aussi préfère-t-il tout rejeter d'emblée afin de ne pas prendre de risques. Il garde de lourdes séquelles de son enfance. Surmonter un tel traumatisme est un processus long et difficile. Il faut être fort pour défier l'idéologie issue de son éducation, mais parfois, même la plus forte volonté a des ratées.

Adrian sentit l'orgueil lui réchauffer la poitrine. Ainsi, Tate était spécial ! Cela, il s'en doutait déjà, même s'il avait jusqu'ici ignoré à quel point il l'était.

— Qu'y a-t-il donc eu dans son éducation qui lui rende cette situation si difficile ?

Kenya se pencha en avant.

— Ne pensez-vous pas que c'est une conversation que vous devriez avoir directement avec lui ?

Adrian soupira. Bien entendu, c'était plus logique. Il devrait entendre ces aveux de la bouche de Tate. Mais ce dernier avait été si mal à l'aise tout à l'heure, en en parlant… Le loup d'Adrian gémissait à la perspective de causer du chagrin à Tate.

— Vous disiez que notre lien sortait l'ordinaire, reprit Adrian. Tate le pense aussi. Pourquoi est-ce arrivé, à votre avis ? Est-ce à cause des bizarreries de mon horloge biologique ? Sa connexion avec moi est-elle différente à cause de mon âge avancé ? .

Elle eut un petit rire.

— Vous trouvez votre âge « avancé » ? Vous n'avez que vingt-huit ans !

Malgré la gravité de la situation, Adrian ne put retenir un sourire. Kenya était une femme charmante avec laquelle il se sentait en confiance.

— Vous savez très bien ce que je voulais dire !

— Je ne sais pas – et personne ne sait – pourquoi votre corps a choisi d'attendre huit ans de plus que la normale pour se transformer, mais je doute fort que votre lien avec Tate soit lié à votre âge. Nos loups cherchent d'instinct des loups compatibles pour former un couple, c'est une nécessité biologique qui assure la survie de notre espèce…

Alarmé, Adrian leva la main pour l'interrompre.

— Waouh ! Attendez, ne nous emballons pas ! Nous n'en sommes pas à la survie de notre espèce. Je vous rappelle que Tate et moi sommes tous les deux des *hommes* ! J'ai peut-être connu une Transition anormale, mais cela ne m'a pour autant doté d'un utérus !

Un petit rire dans son dos le fit sursauter. Adrian se retourna et vit Tate à la porte, l'air perplexe.

Il croisa les bras, s'adossa au chambranle et déclara :

— Continue, continue ! Je suis très intéressé par tes conclusions anatomiques, Adrian ! Un utérus ? Vraiment ?

Kenya pinça les lèvres.

— Ah, vous vous méritez tous les deux !

À ces mots, Tate perdit son sourire. Il se redressa et entra, refermant la porte derrière lui.

— Je ne dirais pas ça, marmonna-t-il.

— J'expliquai à Adrian le caractère biologique de notre recherche d'un Compagnon pour assurer la Transition, insista Kenya.

Elle haussa un sourcil en regardant Adrian, et lorsqu'il ouvrit la bouche, elle le coiffa au poteau en ajoutant :

— Et comment cela nous pousse à trouver un partenaire compatible et à créer un lien très fort avec celui qui est notre parfait complément.

Eh bien, c'est un soulagement ! pensa Adrian.

— Alors, je ne pondrai pas un bébé par le cul ?

Kenya éclata de rire et Tate eut un hoquet horrifié.

— Un bébé par le… ? Nom d'un chien, Kenya !

Elle s'essuya les yeux et fit un effort pour recouvrer sa respiration après son fou rire.

— Pourquoi as-tu tant de mal à y croire, Tate ? Je ne parle pas d'une grossesse chez un mâle, bien évidemment, mais de ce lien. Pourquoi refuse-tu l'idée même que deux loups puissent être le parfait complément l'un de l'autre, bien assortis de tempérament et de comportement, et attirés physiquement l'un par l'autre ? Est-ce si difficile à admettre ? Qu'en pensez-vous Adrian ?

L'ambiance du bureau changea, devenant plus tendue, plus lourde.

Adrian jeta un coup d'œil à Tate avant de répondre.

— Eh bien non.

— En plus, ce n'est pas si rare que ça, vous savez. Certains loups restent ensemble après avoir partagé un lien de Transition et leur connexion ne fait que se renforcer au fil du temps. Bon nombre de mariages viennent d'une rencontre entre adolescents !

Sceptique, Tate ricana.

— Voyons, Kenya, cela n'a rien à voir ! Ces relations durent des années, alors qu'Adrian et moi serons séparés d'ici quelques semaines. En fait, je m'étonne même que notre connexion ait survécu à sa Transition, le lien aurait déjà dû se rompre.

Et ce n'est pas le cas, pensa Adrian. Il avait conscience de la présence de Tate, comme un écho dans sa tête, affaibli parfois, mais toujours présent. Et il devinait ce que Tate ressentait, ses sens étaient accordés aux siens.

Actuellement, Tate était agité, son odeur était plus amère, son cœur tambourinait. En vérité, Tate était terrifié. Adrian avait le goût âcre de sa peur sur la langue.

Autre chose… enterré là, bien profondément, perdu au milieu des autres signaux neurochimiques de colère et d'angoisse, mais présent dans l'esprit d'Adrian : Tate était aussi excité et… plein d'espoir ?

— De quoi as-tu peur ? lâcha Adrian.

Une fois encore, il regretta d'avoir parlé trop vite en voyant les yeux de Tate s'écarquiller et son odeur s'épaissir.

— Tu n'as rien à craindre de moi, tu sais, s'empressa-t-il d'expliquer. Je ne compte pas te forcer à accepter un lien que tu refuses, Tate. Tu ne me connais pas très bien, j'en suis bien conscient, mais je ne suis pas un monstre, j'espère que tu le réalises.

— Il ne s'agit pas de *forcer* quiconque, insista Kenya. Et Tate le sait, Adrian, il ne vous craint pas. Bon, Tate c'est à toi de tout lui expliquer désormais, pas à moi. Je suis certaine que tu ne tiens pas à le bouleverser inutilement.

Ce préambule inquiéta fortement Adrian. Et plus encore, l'expression sinistre de Tate.

— Pas la peine… commença-t-il.

— Si, trancha Tate. C'est nécessaire. Notre connexion dépasse le simple lien de Transition, tout le monde le dit, toi et moi, mais aussi Kenya et Diann.

Il paraissait prêt à vomir. Adrian aurait voulu l'empêcher de parler, mais c'était impossible. Aussi se força-t-il à rester immobile.

Du doigt, Kenya désigna à Tate le canapé, mais il secoua la tête. Il la toisa du regard un très long moment. Kenya finit par soupirer.

— D'accord, dit-elle. Adrian, que savez-vous des Couples de la Lune ?

Ce n'était pas du tout la question qu'il attendait. Il en avait entendu parler, bien sûr, comme tout le monde. C'était pour un loup le plus beau des contes de fées : l'amour au premier regard. D'après les légendes transmises de générations en générations, ces loups étaient bénis par la lune et très heureux ensemble. Mieux encore, leur descendance avait plus de chance que la moyenne de connaître le même sort. Les Couples de la Lune semblaient se raréfier à l'époque moderne. Aussi peu à peu, la rumeur avait couru qu'au fond, ils n'existaient pas.

C'était le Rasoir d'Occam : l'explication la plus simple était généralement la bonne.

Adrian répondit les yeux fixés sur le visage impassible de Tate.

— Je connais les histoires. Mais ce ne sont que des contes pour enfants, non ?

— Moi, j'y crois, déclara Kenya avec gravité. Oh, la plupart de ces histoires ont probablement été modifiées et embellies, mais j'ai déjà vu des Couples de la Lune se former. Bien sûr, vous pourriez me dire qu'il s'agissait simplement d'un couple ordinaire et très amoureux. D'accord, c'est possible, mais il y a une composante particulière qui change tout : ce couple est étonnamment bien assorti, ou même pour user d'un terme désuet, c'est *un couple parfait*. Ils se reconnaissent d'instinct au premier regard, ils tombent amoureux rapidement et le lien qu'ils partagent leur permet de sentir les émotions de l'autre.

Elle secoua tristement la tête et ajouta :

— Exprimé ainsi, cela parait puéril, je vous l'accorde. Mais ça existe, vous le vivez actuellement. Sinon, comment expliquer que vous sachiez ce que pense Tate ? C'est rarissime, personne ne peut entrer dans la tête de Tate quand il est aussi verrouillé, vous si. Il doit bien y avoir une explication : je vous en ai proposé une. Voilà ! C'est l'amour !

Tate s'étrangla à moitié, les joues écarlates, mais il garda le silence.

Adrian n'avait aucun argument logique susceptible d'expliquer la façon dont son attirance pour Tate avait explosé d'un coup, dès que Tate était entré dans sa chambre à Indianapolis. Ce n'était pas du tout son genre d'avoir de tels engouements. Au contraire, il aimait prendre son temps, apprendre à connaître un éventuel partenaire. Il était donc totalement désarçonné.

Que Tate soit dans le même état lui procurait une satisfaction perverse, mais également une excitation grandissante qui lui enflammait les tripes. Quand même ! Un Couple de la Lune ? C'était difficile à avaler.

Il regarda Tate, qui, les yeux baissés, semblait apprendre par cœur le dessin du carrelage.

— Est-ce cela qui te met en colère, Tate ? demanda-t-il, la gorge serrée. Tu as la sensation d'être pris au piège avec moi ?

Tate releva brusquement la tête.

— Comme je te l'ai déjà dit, cela n'a rien à voir avec toi. C'est simplement que… cette situation m'est odieuse !

— Parce que tu partages un lien avec moi, s'entêta sèchement Adrian. J'en ai assez que tu m'envoies des signaux conflictuels. Parle franchement ! Kenya affirme que tu ressens la même chose que moi. Pourtant, tu t'y refuses, tu refuses notre lien. Que veux-tu que je fasse ? Je n'ai aucune idée !

— Tu n'as rien à faire, merde ! explosa Tate. Ce n'est pas ton problème. C'est le mien. Et je ne veux pas que cela gâche ton expérience au Camp H.U.R.L.

Tate avait donc enfin trouvé sa langue. Dommage qu'il ne l'ait pas utilisée pour dire ce qu'Adrian aurait voulu entendre.

La colère l'envahit.

— Tu racontes n'importe quoi et tu le sais, cracha-t-il. Si notre lien est tellement fort, tellement rare, espères-tu vraiment que tout s'arrangera comme par miracle quand je partirai à la fin du mois ?

En voyant Tate serrer les dents, Adrian se délecta de sa colère... qu'il ressentit à travers le lien. *Parfait ! Qu'il s'énerve !* Il préférait savoir qu'il réagissait, cela le rassurait que Tate soit aussi impliqué dans ce conflit émotionnel qu'il l'était lui-même.

— Penser à ton départ me rend fou, admit Tate.

Cette brutale franchise coupa le souffle – et la parole – à Adrian. C'était inattendu.

— C'est ce que tu attendais de moi ? insista Tate. Je te veux, oui, je me sens mal dès que je m'éloigne de toi, oui. Et alors ? Nous ne sommes pas seulement des loups, esclaves de nos instincts animaux, nous sommes aussi des êtres humains capables de réfléchir et de maîtriser nos pulsions !

La peau d'Adrian s'enflamma aux mots de Tate. Tout l'oxygène de la pièce semblait avoir disparu.

— Prenez un moment, déclara Kenya, avec calme.

Adrian voulait plus qu'un moment. Ses paumes le démangeaient et sa peau semblait s'être rétrécie sur ses muscles raidis. Il avait du mal à respirer, malgré ses efforts haletants. Il perdait le contrôle.

La voix de Kenya lui parvint de très loin... comme s'il était sous l'eau. Brumeuse et indistincte, plus un souvenir que des paroles émanant d'une femme assise juste devant lui.

— Adrian, c'est parfaitement normal. Vous avez traversé beaucoup d'épreuves, aussi bien physiques qu'émotionnelles. Vous apprendrez à mieux vous contrôler avec le temps. Acceptez la transformation, elle sera plus facile.

Des frissons de chaleur jaillirent sa colonne vertébrale, comme des couteaux qui se glissaient dans sa chair et la déchiraient. Ses muscles furent agités de spasmes et l'accoudoir du fauteuil auquel il s'accrochait cassa avec un claquement sec.

— Ne résistez pas, cela ne fera que rendre votre transformation plus pénible.

Le conseil paraissait excellent, mais Adrian ne parvenait pas à le suivre. Comment faire ? Il ne résistait pas, pas consciemment, du moins. C'était plutôt... la transformation qui lui résistait.

Une vague d'agonie l'envahit, puis une autre, et une autre… elles lui tombaient dessus avec une fréquence croissante. S'il avait su comment tout arrêter, il l'aurait fait.

La sueur lui coulait dans les yeux, ça le piquait, aussi cligna-t-il furieusement des paupières pour tenter d'améliorer sa vision. À la prochaine étape, son dos se vouta, il tomba de son siège sur le sol. La fraîcheur du carrelage contre sa joue l'aida un peu à reprendre conscience. Il préféra se concentrer sur cette sensation agréable que sur la douleur qui le martyrisait.

Il parvint alors à respirer de façon lente et régulière. La douleur s'atténua un peu, toujours présente, mais moins oppressante. Il ne parvenait toujours pas à bloquer sa transformation et à reprendre sa forme humaine. Sans doute était-il condamné à laisser le processus aller jusqu'au bout. Ce n'était pas encore le cas, bien que des griffes aient jailli au bout de ses doigts et que des poils rêches sortent sur ses bras. Il était coincé entre les deux états… dans les limbes.

Il devina un mouvement, tourna péniblement la tête et vit Tate se coucher à côté de lui. Son expression était tendue et Adrian sentit son inquiétude.

Pourtant, quand il parla, c'était d'un ton calme, presque taquin :

— Que cherches-tu au juste, Adrian ? À établir un record ? Tu veux avoir le plus grand nombre de transformations durant les premières vingt-quatre heures après ta Transition ?

Adrian essaya de sourire à cette vanne boiteuse, mais il ne put produire qu'un rictus. La proximité de Tate avait atténué son anxiété et sa douleur, mais il restait toujours coincé à mi- transformation. Et la sensation n'était pas très confortable.

— Je tiens à étudier ce qu'il ne faut pas faire, grinça-t-il, sans desserrer les dents.

Tate lui offrit un sourire forcé.

— J'ai tout de suite vu que tu étais un perfectionniste. Bon, tu viens sans doute de découvrir qu'au-delà d'un certain point, on ne peut plus retourner en arrière, d'accord ? Tout au début, c'est possible, mais tu es déjà trop loin, tu vas donc devoir te transformer jusqu'au bout. Désolé, je n'ai rien de plus rassurant à te dire que cette fameuse citation : *le seul moyen de traverser l'enfer est de continuer à avancer.*

Adrian sentit craquer tous les os de son bassin.

— C'est de Churchill, haleta-t-il.

— Bien sûr. Maintenant, cesse de résister à ta transformation et laisse-la venir.

Adrian voulut protester qu'il ne résistait pas, mais il ne put ouvrir la bouche parce que sa mâchoire pesait au moins cinquante kilos. Et son crâne allait exploser sous la pression, c'était insupportable.

— Rappelle-toi que pour retrouver ta forme humaine, tu t'es concentré sur tes sensations différentes... Fais la même chose en tant que loup. Rappelle-toi l'acuité de ton odorat, de ta vision. C'était génial, non ? Pense à toutes les nuances que rate ton nez humain.

Tate se tut et inspira un grand coup. Adrian le regardait, les paupières mi-closes, très lourdes, son attention rivée sur lui.

— La fumée sent le bois de cheminée, continua Tate. Tu devrais même savoir de quel chalet elle provient. Les feuilles tombent des arbres dans les bois et fanent sur place, sens leur différence, leur situation... chaque changement de saison a une odeur particulière en constante mutation. Au printemps, tu découvriras le renouveau, l'éclosion des bourgeons et des fleurs. C'est d'une incroyable vibration !

Adrian ferma les yeux et écouta la voix de Tate. Pour le moment, il ne sentait que la puanteur de sa peur liée à sa transformation qui s'attardait autour de lui, mais l'air avait d'autres nuances qui lui parvenaient à présent... par exemple, les relents du nettoyant à base de pin utilisé pour nettoyer le sol, très différents de la véritable odeur des pins de la forêt qui flottait derrière la fenêtre.

Adrian se lécha les lèvres, cherchant d'autres goûts. Tate avait raison : avec l'odorat d'un loup, une odeur devenait une expérience à part entière. Elle ne naissait pas vraiment sur sa langue, mais plutôt dans le fond de sa gorge. Il captait l'humus en décomposition sur le sol de la forêt que Tate avait mentionné, faible et puissant à la fois. L'odeur de Kenya remplissait son bureau, sans doute y travaillait-elle depuis des années. Adrian pouvait même dire quelle était sa place préférée : le fauteuil situé près de la fenêtre, c'était là que son odeur était la plus concentrée, même si elle ne s'y était pas assise aujourd'hui.

Il cligna des yeux et les ouvrit. Kenya était partie. Adrian voulut fléchir les jambes, n'y parvint pas et baissa les yeux. Il constata avec surprise que sa transformation était complète. Il sursauta en voyant que son pantalon de survêtement emprunté était tout déchiqueté. Sans doute le tee-shirt avait-il connu le même sort.

— Tu te sens mieux ?

Tate semblait un peu essoufflé, comme s'il avait aussi souffert des affres de la transformation. Incapable de parler, Adrian poussa le museau sous le menton de Tate.

Ce dernier eut un petit rire.

— Et si nous retournions dans mon chalet ? Une fois que nous serons au calme, tu décideras ce que tu veux faire : rester loup un moment ou reprendre ta forme humaine.

Il se leva et sourit à Adrian, toujours étendu sur le sol.

— Bien sûr, ajouta Tate, tu peux aussi te transformer sans attendre et me suivre à poil, c'est toi qui vois.

La nudité était un concept humain, un loup ne s'en souciait pas, mais Adrian ne tenait pas à exposer ses bijoux de famille devant tout le camp, aussi se redressa-t-il prudemment pour tenter quelques pas trébuchants. Il était aussi maladroit qu'un loup la nuit de sa Transition et il en fut chagriné. Il fallait qu'il revoie sa façon d'envisager la marche, décida-t-il. Quand ses pattes glissèrent sous lui et qu'il s'affala, il fut heureux que son nouvel état dissimule le fard qu'il aurait piqué étant humain. Malgré tout, le glapissement aigu qui lui échappa lui donna envie de se tapir sous le canapé pour cacher son embarras.

— Il faut un certain temps pour s'y habituer, le consola Tate. Attends, je vais t'aider.

Avec une curiosité croissante, Adrian regarda Tate faire passer son tee-shirt au-dessus de sa tête et détacher son jean. Quand il réalisa que Tate avait l'intention de se déshabiller complètement, il détourna les yeux pour lui donner un peu d'intimité. Lorsqu'il tourna à nouveau la tête, un magnifique loup fauve se dressait devant lui. Ébloui, Adrian le fixa éperdument, mais pour une fois, Tate ne paraissait pas s'en soucier. Il resta immobile pendant qu'Adrian lui tournait autour. Le loup de Tate était plus mince qu'Adrian s'y serait attendu, mais il semblait fort et solide. Sa fourrure fauve avait des mèches ensoleillées, comme celles des cheveux de Tate, et Adrian en fut enchanté.

Tate glapit pour attirer son attention, mais il fallut encore un long moment à Adrian pour se remettre de cette vue magnifique.

Ils ne pouvaient pas communiquer avec des mots, mais ils n'en avaient as besoin, et Tate parvint à lui enseigner comment se déplacer sous sa forme lupine. Après quelques maladresses, Adrian prit enfin confiance en lui et parvint à traverser la pièce presque aussi souplement que Tate. La porte était fermée, mais Tate actionna avec son museau un levier qu'Adrian n'avait pas encore remarqué. *C'est fort astucieux*, décida-t-il. *Et une véritable nécessité.*

Peu après, les deux loups côte à côte trottaient sur le sentier gravillonné qui passait devant le bureau de Kenya. Les petites aspérités auraient certainement meurtris des pieds humains, mais les pattes d'un loup n'en souffraient pas.

Tate avait la même foulée longue et souple que sous sa forme humaine et Adrian dut accélérer le pas pour ne pas se faire distancer. Il avait parcouru ce même trajet une demi-heure plus tôt, mais en tant que loup, c'était une expérience totalement différente. Il était constamment distrait par la variété de parfums et de sons qui lui parvenaient, s'arrêtant même parfois pour tenter de les analyser. Lorsqu'il arriva enfin à la porte du chalet, Tate l'attendait sous le porche, les yeux brillants d'amusement, la tête légèrement penchée.

Adrian le trouva adorable.

Que les Compagnons de Lune existent ou pas en dehors des contes de fées importait peu, le lien entre Tate et lui était bel et bien une réalité. Adrian le sentait même se renforcer à chaque heure qu'ils passaient ensemble. Et cela lui plaisait, il était prêt à tout pour vivre cette relation à fond, même s'il avait peu d'espoir qu'elle mène à une fin heureuse. Comment serait-ce possible alors que Tate refusait avec une telle passion un attachement à long terme ?

Comme dans le bureau de Kenya, Tate ouvrit son chalet en poussant un levier de son museau, puis il disparut à l'intérieur. Adrian le suivit. *Je suis amoureux*, pensa-t-il. *Fou amoureux.*

Même si ce n'était certainement pas la meilleure des idées, il ne pouvait faire autrement : Tate le fascinait.

Chapitre Douze

ADRIAN semblait heureux de demeurer un loup, aussi Tate n'insistait-il pas pour reprendre forme humaine depuis leur retour au chalet. Pourtant, il aurait volontiers pris une bière, et comme il avait besoin de ses mains pour la décapsuler, il lui faudrait bientôt se transformer.

Si Adrian le regardait faire, ce serait une bonne façon pour lui de comprendre le processus. Il aboya donc pour attirer son attention et se transforma juste après. Puis il se dirigea vers sa chambre, nu, Adrian sur ses talons. Le loup s'arrêta à la porte de la pièce, conscient sans doute de ne pas avoir la permission d'envahir l'espace privé de Tate. Même un humain l'aurait compris, mais pour un loup, la notion de « territoire » était encore plus importante.

À travers leur connexion, Tate sentit croître l'anxiété d'Adrian aussi se dépêcha-t-il de s'habiller pour le rejoindre au plus vite.

Il retrouva Adrian dans le couloir devant sa porte, très agité. Il se pencha et caressa la fourrure épaisse du loup pour le rassurer. Il s'attarda sur la tête, sachant que son odeur apaiserait son compagnon.

Enfin détendu, Adrian le suivit dans le couloir pendant que Tate se rendait dans la cuisine pour cette bière dont le besoin devenait oppressant. Il sentait bien qu'Adrian acceptait sans trop se poser de questions ce concept absurde des Couples de la Lune.

Et sans doute croyait-il naïvement que leur connexion était une bénédiction. C'était faux. C'était la pire des catastrophes ! Cela finirait très mal, c'était évident, mais plus Tate passait de temps avec Adrian, plus cette certitude lui paraissait un simple détail sans importance. Même s'il finissait le cœur brisé, il était prêt à en payer le prix, parce que lutter devenait au-dessus de ses forces. Jamais il n'avait désiré un homme autant qu'il désirait Adrian. Du coup, ses bonnes résolutions fondaient comme neige au soleil.

Il fit sauter la capsule de sa bière. Il en proposa également une à Adrian et rit de le voir cacher sa tête dans ses pattes. Il ne lui en voulut pas, il comprenait sa réaction. À l'exception peut-être de la première fois, un loup gardait ses sentiments humains, mais pour lui, les choses étaient plus simples. Si Adrian avait à faire le tri dans ses pensées, autant qu'il reste loup un moment, cela l'aiderait à les décanter.

En revanche, Tate ne voulait absolument pas réfléchir à la question. D'où cette bière thérapeutique !

— Reste loup aussi longtemps que tu veux, Adrian. Si tu as besoin de moi pour ta transformation, fais-le-moi savoir.

Il récupéra ensuite un livre sur la table basse et s'installa sur le canapé pour lire. Un chapitre plus tard, Adrian se redressait, le poil hérissé, les babines relevées, la tête tournée vers l'entrée du chalet.

Peu après, on frappait à la porte.

Tate posa la main sur le cou du loup avant d'aller ouvrir. Il savait déjà, à l'odeur, que c'était leur dîner.

Il trouva Diann sur le seuil, un lourd un panier de pique-nique entre les mains. Elle le fit passer à Tate en disant :

— Kenya a dit que vous préféreriez rester tranquilles, mais je ne tiens pas à ce que vous mourriez de faim !

Si Tate avait souvent reçu des plateaux-repas du restaurant, c'était la première fois qu'il avait un panier. Il l'accepta, un sourcil levé. Le panier était vraiment très lourd et un tintement à l'intérieur indiquait de la vraie vaisselle, pas du plastique.

— N'y avait-il pas un buffet tacos prévu au menu ce soir ?

— Oui, justement la cuisine était en plein chaos, aussi n'ai-je pas voulu les déranger, prétendit-elle, les yeux pétillants d'amusement.

Il secoua la tête.

— Ben voyons !

— Profitez bien de ce petit repas, ajouta-t-elle avec un clin d'œil avant de tourner les talons.

Certain qu'elle allait filer retrouver Kenya et discuter avec elle des suites probables de son coup monté, Tate soupira et referma la porte. Adrian était étalé sur le tapis, les oreilles dressées, les yeux fixés sur lui.

Tate posa le panier sur la table basse.

— C'était Diann, expliqua-t-il. Elle nous a apporté de quoi dîner. Si tu as faim, il va falloir que tu te transformes. Sinon, je te garderai une assiette pour plus tard.

Il se pencha et commença à déballer le contenu du panier. L'odeur du pain chaud se répandit dans la pièce, faisant grogner son estomac. Ainsi, Diann était récemment passée au marché. Elle leur avait préparé un assortiment de fromages et un pot de confiture bio à la rhubarbe et aux bleuets que Tate appréciait tout particulièrement – faite « à l'ancienne » dans une ferme de Bloomington.

Et comme il s'y attendait, il trouva une bouteille de vin et des verres.

Il sentit un changement dans l'odeur d'Adrian et se retourna à temps pour assister à sa transformation. Le front moite de sueur et un rictus douloureux aux lèvres, Adrian n'en paraissait pas moins très fier de lui. Il le confirma en pompant du poing, une fois qu'il eut vérifié qu'il avait réussi son coup.

— Au poil !

— Et à poil, confirma Tate, pince-sans-rire. Va t'habiller pendant que j'installe notre pique-nique.

Dès qu'Adrian tenta de faire un pas, il vacilla et se rattrapa au dossier du canapé.

— Eh merde !

— Tu es presque au point, le consola Tate en riant. Il y a juste l'atterrissage que tu ne maîtrises pas complètement. Je te mets sept sur dix.

Adrian éclata de rire.

— Ça viendra !

— Je n'en doute pas. Où veux-tu manger au fait, ici ou devant la télé ? J'ai Netflix.

Adrian grimaça.

— Je ne suis pas en état de supporter la télé, avoua-t-il piteusement.

— Bien sûr, aucune importance.

Tate s'en voulut d'oublier constamment qu'Adrian était encore un jeune loup qui s'habituait à son nouvel état. Par certains côtés, il était tellement à l'aise que Tate lui parlait comme à un conseiller, pas comme à un campeur.

Tout frissonnant, Adrian disparut dans le couloir qui menait à la chambre d'amis. Tate alluma un feu dans la cheminée. En cette fin d'été, les journées étaient souvent étouffantes, mais les soirées étonnamment fraîches, d'autant plus que le camp était niché au milieu de la forêt.

Quand Adrian revint après avoir enfilé un pantalon de pyjama de Tate et un tee-shirt usé par les lavages, il paraissait remis. Il sembla apprécier de trouver un feu crépitant et un repas préparé sur une nappe posée sur le tapis.

Pourtant, il s'arrêta à l'embrasure de la porte, comme s'il hésitait à entrer dans la pièce.

— C'est encore…

Il s'interrompit sans terminer sa phrase.

Tate haussa les épaules.

— Un message ambigu, oui, je sais, convint-il. Je ne cesse de te le répéter, cela n'a rien à voir avec toi. C'est moi. Je suis… compliqué. Je suis attiré par toi, je l'ai été dès mon premier regard posé sur toi, bien avant cette connexion. Et c'est bien mon problème. Je ressens une irrésistible envie de m'occuper de toi et je mentirais en disant que je ne te désire pas. Mais je refuse de céder à des pulsions biologiques, je ne veux pas agir comme un animal en rut, sans réflexion, sans jugement cognitif ! J'aurais trop la sensation d'avoir perdu mon libre arbitre !

Adrian se laissa tomber sur le tapis et accepta le verre de vin que Tate lui tendait.

— Je comprends, mais tu viens aussi de dire que ton attirance pour moi existait avant que la lune se lève, avant que nous formions ce lien particulier lié à ma Transition. Dans ce cas, pourquoi dis-tu que notre connexion est purement biologique ? Peut-être n'a-t-elle fait qu'amplifier ce que tu ressentais déjà ?

C'était logique, bien entendu, mais cela ne calmait pas les insécurités profondément enfouies dans la psyché de Tate. Pourtant, Kenya et Diann avaient raison sur un point : il ne fallait pas qu'il laisse son passé définir son avenir. Il y avait bien trop longtemps qu'il se cachait !

— Tu as sans doute raison, admit-il.

Il sirota son vin et fit la grimace. Diann aimait les vins doux.

Adrian vérifia l'étiquette de la bouteille.

— C'est de l'hydromel. C'est fait avec du miel. Moi, j'aime bien.

Tate reposa son verre et récupéra sa bière. Même chaude, il la préférait à l'hydromel.

— Tu aimes les vins doux, alors. Quoi d'autre ? Parle-moi de toi.

Malgré leur rencontre dramatique et le lien qu'ils partageaient, Tate ne savait quasiment rien sur Adrian, à part ce qu'il avait trouvé sur Google en tapant son nom durant le trajet retour d'Indianapolis, alors que le patient dormait sur la banquette arrière de la camionnette. Soudain, il lui paraissait important de connaître sa couleur favorite ou son sport préféré. Parce qu'Adrian était un sportif, Tate en était certain : il l'avait vu nu. Prenait-il de la crème dans son café ? Aimait-il seulement le café ?

Adrian ramassa l'assiette que Tate lui avait préparée et mordit dans un morceau de fromage.

— J'aime tous les vins, pas seulement les doux, répondit-il. Et j'aime la bière, mais la forte, pas la blonde.

Tate n'ayant que des blondes dans son réfrigérateur, il fut tenté de se ruer dans sa voiture pour passer à la supérette la plus proche et faire un stock de bières brunes et ambrées. C'était dû au lien, pas vrai ? Ce besoin écrasant de faire plaisir à Adrian, de le rendre heureux ?

— En fait, je bois peu, ajouta Adrian, désinvolte. Et question nourriture, j'aime tout. Je ne suis pas difficile.

— Moi, je mange le plus souvent au restaurant du camp, mais si tu préfères, je peux faire des provisions et te laisser cuisiner ici.

La cuisine de son chalet n'avait servi que cinq fois depuis qu'il avait emménagé, mais l'idée de manger en toute intimité avec Adrian lui plaisait beaucoup.

Ce dernier éclata de rire.

— Si je ne suis pas difficile question nourriture, c'est essentiellement parce que je ne cuisine pas. Ma meute est importante, alors il y a toujours une âme dévouée qui m'invite à dîner, ce qui m'évite de risquer le scorbut en ne mangeant que des céréales tout seul dans ma cuisine.

D'après ses recherches, Tate savait qu'Adrian était l'un des quatre enfants d'une Alpha les plus en vue du pays. En plus de gérer sa meute, Sandra Rothschild siégeait au Tribunal des loups et menait d'une main de fer un important cabinet dans lequel Adrian travaillait également.

Sur le papier, Adrian et Tate venaient de deux planètes différentes. Adrian avait connu une enfance merveilleuse, du moins d'après ce que Tate avait lu sur internet. Il savait mieux que personne combien il fallait se méfier des certaines informations trouvée sur le net, mais dans ce cas précis, il espérait que ce soit la vérité. Il avait des sentiments pour Adrian, des sentiments ridicules et peut-être induits par un lien qui bouleversait sa biologie, mais des sentiments tout de même, aussi voulait-il croire qu'Adrian avait été heureux. Et qu'il n'avait pas enduré son calvaire.

Il vida ce qui restait de sa bière. En général, il ne parlait jamais de son enfance, mais ce soir, c'était différent. Parce qu'Adrian était différent.

— Je n'ai jamais appris à cuisiner, déclara-t-il. Mon père considérait que c'était une tâche réservée aux femmes.

Adrian secoua la tête.

— Une déclaration de ce genre provoquerait une émeute dans ma meute !

Justement ! Et c'était en partie ce qui retenait Tate de trop s'impliquer avec Adrian. Il était évident qu'Adrian et lui n'avaient pas reçu la même éducation. Étant fils d'Alpha, Adrian devait occuper une place importante dans sa meute.

— Quand j'ai tourné le dos aux miens, reprit-il, j'ai été obligé de désapprendre beaucoup de choses. Je savais que beaucoup étaient fausses et mauvaises, mais jusqu'à ce que je m'échappe, elles m'avaient semblé naturelles.

— Cela n'a pas dû être facile pour toi ! s'exclama Adrian.

Sa compréhension spontanée fut pour Tate un grand soulagement. Il avait craint d'être jugé et méprisé.

— C'est Kenya qui a dû m'apprendre à laver mon linge, admit-il. Parmi bien d'autres choses. J'étais pathétique.

Adrian se pencha pour le regarder dans les yeux.

— Ne dis pas ça ! Tu n'étais pas pathétique. Tu as été incroyablement courageux de partir comme ça, tout seul ! J'ai du mal à l'imaginer.

Si Adrian n'était pas le premier à le lui dire, il était le premier que Tate croyait. Comment aurait-il pu douter de la sincérité de ses paroles alors qu'il sentait vibrer à travers leur connexion la fierté et l'admiration que son compagnon éprouvait pour lui ?

Il se jeta sur lui et le serra dans ses bras. Puis il l'embrassa.

La bouche d'Adrian avait un goût sucré – à cause de l'hydromel qu'il venait de boire. Cela ne dérangeait pas du tout Tate, enivré par la saveur unique d'Adrian. Il s'en délecta et approfondit le baiser, sa langue glissant dans la bouche de son compagnon. Il l'embrassa sans plus penser à rien pendant un long moment avant de reculer à contrecœur.

Avant d'aller plus loin, il devait en dire plus sur son compte à Adrian. Et il n'était pas encore tout à fait prêt à parler.

Adrian nicha sa tête dans le cou de Tate le temps de retrouver son souffle.

— Je ne me plains pas du tout, comprends-le bien, mais je croyais que... tu ne voulais pas consommer notre relation. Tu as changé d'avis ? J'aimerais simplement savoir où nous en sommes.

Tate pressa sa joue sur les cheveux d'Adrian.

— Je veux y aller doucement, mais tu es irrésistible, alors, oui, j'ai changé d'avis.

TATE inspira avant de stabiliser sur une seule main le plateau qu'il venait d'aller chercher au restaurant afin de pouvoir frapper de l'autre à la porte de la chambre d'Adrian. Le service du petit-déjeuner finirait bientôt et Tate ne voulait pas qu'Adrian soit privé de subsistance parce qu'il avait fait la grasse matinée.

Ils s'étaient couchés tard la veille au soir, ils avaient longuement parlé après leur pique-nique impromptu. En partant chercher le petit-déjeuner ce matin, Tate n'avait pas eu le cœur de le réveiller. Son compagnon ayant annoncé qu'il n'était pas difficile concernant ce qu'il ingurgitait, Tate lui avait rapporté un peu de tout : thé, café, œufs, bacon, rouleau à la cannelle, fruits frais et yaourt. Un de ces plats lui ferait certainement plaisir, non ?

Il entendit le lit grincer et un instant plus tard, Adrian ouvrit la porte, le visage encore rougi de sommeil, une marque de drap sur la joue, ses cheveux noirs tout hérissés. Il était à croquer ! Tate dut se mordre la langue pour s'empêcher de le dire à haute voix.

Adrian cligna des yeux comme un hibou.

— Tate ?

Tate se rendit alors compte qu'il restait planté bêtement à le dévisager. Il tendit son plateau à Adrian, dont le regard troublé et confus se baissa sur lui.

— C'est ton petit-déjeuner, expliqua Tate.

Adrian recula pour le laisser entrer. Tate pénétra dans la chambre et déposa le plateau sur la commode.

— Il vaut mieux que tu ne sautes pas de repas dans ton état actuel, ajouta-t-il. Ton métabolisme est encore tout chamboulé. Chaque transformation te fait brûler une quantité folle de calories.

Adrian bâilla.

— Quelle heure est-il ?

— Un peu plus de dix heures.

Tate retourna vers la porte pour laisser Adrian déjeuner tranquillement, mais une main sur son bras le fit s'arrêter net.

— Dis-moi, Tate, c'est normal que je sois aussi fatigué ?

Tate comprit que d'ordinaire, Adrian ne devait pas dormir autant. Il ajouta cette pépite d'information au dossier mental qu'il constituait sur son compagnon, dossier qui ne cessait de s'épaissir depuis hier.

— Oui, bien sûr, c'est ton corps qui s'adapte.

La plupart des campeurs faisait la grasse matinée, mais était-ce dû à leur Transition ou à leur jeune âge, Tate ne s'était jamais vraiment posé la question. Rares étaient ceux qui prenaient leur petit-déjeuner, sauf les jours où ils avaient des cours de bonne heure. En fait, les jeunes loups se contentaient souvent d'un café pris à la va-vite et d'une barre protéinée qu'ils mangeaient en se rendant en classe.

Ce n'était donc pas un hasard que le petit-déjeuner soit le repas préféré de Tate. Il avait toujours été un lève-tôt, mais il appréciait surtout de manger dans une atmosphère calme, sans bruit et sans foule autour de lui. Cette perspective faisait beaucoup pour l'inciter à se lever à l'aube presque tous les jours. Avant de revenir au chalet avec le plateau d'Adrian, il avait fait un footing, pris son petit-déjeuner et assisté au cours de yoga de Blake.

Adrian passa une main sur son visage et étudia le plateau. Son gémissement devant le café était digne de figurer dans un film porno.

— L'élixir magique ! marmonna-t-il.

Il prit la tasse à deux mains et huma la vapeur qui s'en échappait.

— Comme je ne savais pas ce que tu aimais, j'ai pris un peu de tout.

— Merci ! C'est parfait !

Le sourire reconnaissant d'Adrian donna à Tate une faiblesse dans les genoux. Au sens littéral. Il vacilla et dut s'appuyer au chambranle la porte. Il n'avait jamais eu réaction semblable auparavant. Merde, il ignorait même que cela pouvait arriver !

Adrian plongea une cuillère dans le yaourt.

— En général, je mange peu le matin, mais là, je suis affamé.

— Ça aussi, c'est normal.

Très vite, Tate détourna les yeux et fixa la fenêtre. L'image d'Adrian léchant la cuillère avec une expression extatique venait de se graver dans sa mémoire et créait des ravages avec sa libido. Il était excité depuis qu'il avait aperçu Adrian au saut du lit, et après le baiser de la nuit dernière, il n'en fallait pas beaucoup pour ranimer son désir inassouvi.

Adrian semblait bien en avance sur les autres loups en termes d'interprétation des signaux, aussi Tate doutait-il que son intérêt soit passé inaperçu. Par chance, Adrian eut la délicatesse de ne pas faire de réflexion. Tout comme Tate était assez adulte pour ne pas commenter qu'il sentait tout aussi distinctement l'intérêt sexuel qu'Adrian lui portait.

— Cela prendra peut-être quelques mois, mais peu à peu, ton appétit redeviendra normal, se contenta-t-il de dire. Il faut simplement que tu manges quand tu en perçois le besoin, ton corps saura te prévenir qu'il a besoin d'énergie. Plus tu te transformeras, plus tu auras à compenser la dépense calorique.

Adrian ayant avalé sa bouchée, Tate osa lui jeter un coup d'œil. Il mangeait du bacon à présent, c'était moins risqué que le jeu de la cuillère pour sa tranquillité d'esprit.

— Tout le monde ne cesse de me répéter que tout rentrera dans l'ordre d'ici les prochains mois, déclara Adrian, avec une légère moue. Mais comment ? Est-ce uniquement biologique ou ai-je un certain contrôle ? Puis-je accélérer le processus ?

— Tu le contrôleras de mieux en mieux au fil du temps, reconnut Tate. Parfois, c'est aussi une question de timing. La Transition ne dure pas que les trois jours de la pleine lune, il faut un bon mois pour que toutes hormones se remettent en place. Tu as réussi tes transformations, ton corps a subi toutes les phases de la Transition, mais intérieurement, d'autres changements minimes, mais importants continuent à se produire dans tes os, tes tendons, tes cellules. Et tout cela réclame beaucoup d'énergie, d'où ta fatigue chronique et ton appétit. Tu peux aussi avoir des sautes d'humeur, des troubles du sommeil, divers maux et douleurs, un peu comme pendant une très forte poussée de croissance chez un adolescent.

Sans lâcher son précieux café, Adrian appuya une hanche contre la commode.

— Mais que puis-je faire pour contrôler ces variations ? insista-t-il. C'est quand même possible, non ?

— Oui, absolument. C'est une des raisons de ton séjour ici. Nous avons des cours six jours par semaine pour aider les jeunes loups à mieux comprendre les changements physiologiques qu'ils subissent après la Transition et leur apprendre à les contrôler. D'autres pour leur expliquer comment se fondre dans le monde humain, adoucir le traumatisme de la transformation, prendre soin d'un corps qui est devenu plus fort, plus puissant.

Adrian s'éclaira.

— Quand puis-je commencer les cours ?

— Dès que tu te sentiras prêt.

Adrian posa sa tasse sur le plateau et ouvrit la commode, dont il sortit un autre survêtement de Tate. Sa valise n'avait toujours pas été livrée et Tate, qui appréciait de voir son compagnon dans ses affaires, ne s'en plaignait pas.

Il avait découvert que sentir son odeur sur Adrian était une nouvelle forme de torture, mais également un réconfort. C'était comme si une partie de lui restait avec Adrian toute la journée, comme un cocon protecteur.

— Je serai prêt dans cinq minutes ! lança Adrian.

Tate consulta sa montre.

— La session du matin a déjà commencé, mais tu pourras assister aux cours de cet après-midi, si ça te dit. Finis ton petit-déjeuner. Tu as largement le temps.

Adrian sembla pris dans un dilemme comique entre son envie de se sustenter et son désir de ne rien manquer.

— Mange ! insista Tate. Tu ne peux pas te permettre de sauter des repas, je te l'ai déjà dit.

Il fut très satisfait de voir qu'Adrian se soumettait à son autorité et se remettait à manger ses œufs.

— Bien, reprit Tate. Je vais devoir te laisser. J'ai des cours à donner d'ici dans vingt minutes. Ça va aller ? Je reviendrai te chercher pour déjeuner vers midi trente. Tu assisteras ensuite à mon cours de quatorze heures sur les réseaux sociaux.

Adrian s'étouffa avec un morceau de croissant qu'il venait de fourrer dans sa bouche.

— Les *réseaux sociaux* ? répéta-t-il, incrédule.

— Bien sûr, confirma Tate. Il faut vivre avec son temps. Les médias représentent un terrible risque que les humains découvrent le secret de notre existence. N'oublie pas que ces jeunes loups sont encore des adolescents inconscients. Leur premier instinct est souvent de raconter tout ce qui leur arrive sur leur compte Instagram, photos à l'appui ! Je me demande souvent si leurs petits cerveaux sont complètement formés ! Ils ne réfléchissent absolument pas avant d'agir à la portée de leurs actes ! Pendant que nous les tenons captifs ici, nous leur rappelons encore et encore l'importance du secret et son implication dans les moindres gestes de la vie quotidienne.

Adrian gloussa.

— Je n'ai pas de compte Instagram.

— Twitter, alors, plaisanta Tate. D'après les jeunes, ça craint presque autant que Facebook. C'est pour les vieux ringards !

Lui-même n'était sur aucun réseau social, ce qui à première vue pouvait paraître un handicap chez un enseignant chargé de donner des cours sur le cybermonde. Mais justement, si Tate évitait les médias, c'était parce qu'il était conscient du danger qu'ils représentaient. Surtout pour quelqu'un comme lui qui fuyait un passé dangereux. Il n'en parlait jamais dans ses cours, mais la conviction qui l'animait le rendait particulièrement convaincant sur le sujet qu'il traitait.

Adrian le regardait avec un amusement à peine voilé.

— J'ai quand même du mal à t'imaginer apprendre aux ados à gérer les médias sociaux.

— Ce n'est pas *du tout* ce que je leur apprends ! protesta Tate. Je leur explique surtout comment éviter que leurs indiscrétions provoquent la chute de la civilisation garou !

Adrian reprit du café et haussa un sourcil.

— La chute de la civilisation ? Rien que ça ?

Dits comme ça, les termes paraissaient grandiloquents et exagérés, mais il était absolument impératif que les jeunes loups comprennent qu'une simple photo devenant virale risquait de déclencher une avalanche irréversible. Une fois le loup sorti du puits... ou plutôt du bois, dans le contexte, aucun retour en arrière ne serait possible. Mieux valait donc être trop prudent que pas assez.

— Je t'assure que les médias sociaux sont une menace constante, insista Tate. Il suffirait qu'un loup poste une stupidité, qu'un visiteur tombe dessus, comprenne qu'il y a un problème et la diffuse sur d'autres réseaux, et ce serait la fin de notre secret.

Quelques catastrophes du genre avaient déjà pu être évitées de justesse. Le Tribunal des loups avait une équipe de relations publiques dont le seul rôle était de suivre ce que les jeunes garous postaient par sur internet.

— Je tiens absolument à assister à ce cours cet après-midi, déclara Adrian.

— Mais pourquoi ? Tu viens de me dire que tu n'utilisais pas les réseaux sociaux ?

Adrian sourit, ce qui fit pétiller ses yeux. Le cœur de Tate s'emballa aussitôt. *Non, mais franchement, d'où vient cette réaction de midinette ?*

— Parce que j'aimerais te voir devant une classe parlant avec un grand sérieux en usant des mots comme *tweet* et *hashtag*.

Tate secoua la tête.

— J'ai changé d'avis. Ne viens pas à mon cours, tu vas me distraire.

C'était presque un flirt, bien que Tate ait peu d'expérience dans ce domaine. C'était grisant ! À la fois ludique et naturel. Jamais Tate n'avait tenu ce genre de conversation avec les hommes attrayants qu'il avait déjà fréquentés. Il s'amusait beaucoup en ce moment, face à Adrian dans la chambre d'ami de son chalet à raconter des bêtises à un jeune loup récemment transformé dont le rire ensoleillé montait plus vite à la tête qu'un vieux whisky.

Je suis baisé, complètement baisé, pensa-t-il.

— Tu ne parviendras pas à me décourager, le taquina Adrian. Je serai même au premier rang. Béat devant mon professeur.

À ces mots, une nouvelle vague de chaleur traversa Tate et il dut baisser la tête pour cacher ses joues écarlates.

— Je reviendrai te chercher pour le déjeuner, se contenta-t-il de dire. À moins que tu préfères sortir te promener et explorer un peu les environs.

En relevant les yeux, il vit Adrian esquisser un lent sourire heureux. Sans doute avait-il senti que Tate appréciait leur conversation. Et le bonheur d'Adrian, que Tate percevait, produisait en lui une étrange réaction en chaîne : il était heureux parce qu'Adrian était heureux, et le bonheur du jeune homme amplifiait le sien. Maintenant qu'il avait cessé de résister à la connexion qui les reliait, il ne pouvait plus nier qu'elle dépassait tout ce qu'il avait connu… même si la simple évocation des termes « Couple de la Lune » continuait à le faire frémir d'angoisse.

— J'irai voir Anne Marie pour lui demander de me laisser utiliser un ordinateur dans son bureau afin de vérifier mes mails, déclara Adrian. Puisque je serai absent du cabinet un long moment, j'ai des dispositions à prendre.

Avait-il donc toutes les qualités ? En plus d'être attirant et drôle, voilà qu'il s'avérait en plus être sérieux et consciencieux ? Et le cœur de Tate – le traître ! – chantait « Alléluia ! »

118

— Inutile d'aller voir Anne Marie, déclara-t-il. Mon portable est à ta disposition. Tous les chalets ont une bonne connexion Wi-Fi, tu devrais pouvoir te connecter sans problème. Il est sur le bureau de ma chambre, mais si tu préfères travailler ici ou sur la table du salon, fais comme tu veux.

Tate imagina soudain Adrian étendu sur le lit de sa chambre, sa peau bronzée se détachant sur la housse de couette blanche, ses yeux foncés reflétant la lumière de l'écran de l'ordinateur. Le problème était que cette vision n'était pas seulement sexy, sinon Tate ne se serait pas senti aussi coupable. Non, elle était surtout familiale, domestique, celle d'un couple aimant.

Et cela, Tate n'avait pas le droit d'en rêver, parce que lien ou pas, Adrian partirait d'ici quelques semaines. Ils passaient du bon temps ensemble, mais Tate n'avait aucun droit sur Adrian, il ne devait pas l'oublier.

Cette idée le calma plus rapidement et plus efficacement qu'une douche froide. Pourquoi perdait-il du temps à rêvasser alors qu'un groupe de campeurs l'attendaient ?

Lui aussi avait du travail, lui aussi était censé être sérieux et responsable

— J'y vais, annonça-t-il, rembruni. Je serai de retour pour le déjeuner. J'espère que tu auras pu t'avancer dans ton travail, mais prévois bien que ton absence durera au moins un mois. Prends un congé, c'est le plus sage. Tu n'as vraiment pas besoin de stress supplémentaire en ce moment.

Chapitre Treize

ADRIAN déjeuna donc au restaurant et ce fut pour lui une aventure. Pour commencer, Tate était venu le chercher, comme promis. Il l'avait également escorté jusqu'au restaurant, mais suite à une urgence avec un campeur, il n'avait pas pu rester avec lui. Abandonné dans une salle pleine de parfums étrangers, il s'était senti d'humeur mitigée, avec un million de distractions qui ne cessaient d'attirer son attention. C'était un peu comme manger dans la cafétéria d'un centre commercial bondé, mais avec une nourriture nettement meilleure. Il n'aurait jamais imaginé trouver un chef de cuisine de classe internationale dans un camp au fond des bois ! Il se souvenait que Tate lui en avait parlé le premier jour, mais il avait cru à une plaisanterie. Pas du tout. Le chef de cuisine du camp avait une formation hautement reconnue – en tout cas, même Adrian reconnaissait ce nom, et comme il n'avait rien d'un gourmet, c'était tout de même une référence.

Comme si son âge n'était pas déjà un handicap suffisant, Adrian avait constaté ne rien avoir d'adéquat à porter. Une fois encore, Tate l'avait dépanné. Il n'avait pas encore reçu sa valise, mais même quand ses affaires arriveraient, elles ne correspondraient pas du tout à sa situation au camp. Il avait prévu des costumes et des chemises pour des réunions de travail, pas des tenues décontractées pour faire du yoga ou se promener dans les bois.

Tate étant plus musclé que lui, ses tee-shirts s'ajustaient aux larges épaules d'Adrian et flottaient partout ailleurs, tout comme le pantalon de survêtement. Adrian n'était pas très à cheval sur ce qu'il portait, mais c'était quand même la première fois qu'il se présentait au restaurant en survêtement. En fait, il doutait même d'en avoir dans sa garde-robe ! Il courait en short et vivait en pantalon et chino le reste du temps.

En regardant autour de lui, il se sentit vieux : tous les gamins qui l'entouraient étaient à la pointe de la mode ! Jeans de créateurs et chemises branchées ? C'était un choix qui paraissait risqué – sinon ruineux – alors que les jeunes loups ne contrôlaient pas encore leurs transformations. Adrian n'osait pas penser au nombre de vêtements de Tate qu'il avait lui-même déchiquetés ces derniers temps. Il se sentait très coupable.

Bref, il était différent et où qu'il aille, tous les yeux se fixaient sur lui. Il l'avait constaté dès qu'il s'était aventuré dans le camp.

Il avait vécu la même chose à l'école secondaire, d'après les souvenirs qu'il en gardait. Les autres campeurs l'avaient contourné dans les couloirs pour se regrouper à quelques-uns. Et au restaurant, ils considéraient certaines tables comme un territoire conquis.

Ils n'étaient probablement qu'une trentaine au camp pendant cette session, mais ils formaient déjà un parfait microcosme de la société des garous.

C'était facile d'identifier le groupe des futurs Alpha : ceux qui avaient le pas assuré, la tête haute et une assurance authentique. D'autres jeunes, les plus agressifs, les plus bruyants, les plus brutaux, toujours les premiers à rire d'une erreur ou se moquer d'un plus faible, restaient en général ensemble, rassemblés autour d'un meneur qui jouait à l'Alpha sans l'être vraiment. Les autres campeurs évitaient leur table. Il y avait enfin les discrets, calmes et un peu apeurés, qui regardaient souvent vers la table des futurs Alphas pour se repérer. Ils grandiraient pour devenir les loups omégas « les abeilles ouvrières » comme les appelait parfois Adrian. Quand il utilisait ce terme chez lui, sa mère le giflait derrière la tête, mais sans le reprendre verbalement – elle savait bien qu'il disait vrai. L'obéissance à l'Alpha de la meute s'inscrivait dans l'ADN d'un loup ordinaire, mais les omégas lui étaient encore plus soumis que la moyenne. Leur dévouement était parfois du fanatisme et franchement, Adrian trouvait cela effrayant.

Parfois, il se demandait quelle serait sa place dans la meute lorsqu'il rentrerait chez lui. Il ne serait pas une abeille ouvrière, de cela au moins, il était certain. Le Transition n'avait pas réveillé en lui le désir de mener, mais pas davantage celui de se soumettre. Il ne se sentait pas plus connecté à son Alpha ou à sa meute qu'auparavant, quand il n'était qu'un simple humain. Et c'était un peu inquiétant.

Les loups vivaient en meute parce que le nombre leur offrait la sécurité et que leur biologie leur donnait la mentalité qui correspondait à cette hiérarchisation. Adrian avait la chance que sa meute soit également sa famille, mais cela n'était pas toujours le cas. Parfois, ce qui maintenait une meute soudée était le magnétisme de l'Alpha. Et cela, Adrian ne l'avait pas ressenti en tant qu'humain et il ne le ressentait toujours pas après sa Transition. Il aimait sa meute, mais sans cette connexion magique qu'il avait lue dans les livres. Être loin de son Alpha devrait presque être une douleur physique, Adrien n'éprouvait qu'une légère nostalgie tout à fait supportable. Il en avait l'habitude, en plus, cela lui arrivait naguère chaque fois qu'il partait en voyage d'affaires.

Son cours avec Tate commençait dans quelques minutes, pourtant il intercepta Kenya qui sortait du restaurant.

— Kenya ? Puis-je vous poser une question ? Je n'en ai pas pour longtemps.

Elle s'arrêta et lui offrit un gentil sourire.

— Bien sûr, Adrian. Mais si c'est trop intime, je me réserve le droit de le reporter à notre session ultérieure. D'accord ?

— D'accord, acquiesça-t-il. C'est juste… je me demandais… je suis censé ressentir un lien très fort avec ma meute, non ? D'après ce que j'ai lu, mon Alpha devrait me manquer beaucoup plus. Au déjeuner, j'ai entendu une conversation entre deux campeurs qui justement éprouvaient cette sensation de déchirement. Moi, pas du tout.

Gêné, il tira sur un fil qui dépassait de l'ourlet de son tee-shirt emprunté et demanda en baissant la voix :

— Vous croyez que c'est normal ? Peut-être que ça viendra plus tard ?

Kenya posa une main sur la sienne et l'empêcha d'arracher le fil. Il afficha aussitôt un air coupable.

— Il n'y a pas de normal, commença-t-elle dit, d'un ton patient.

Si elle avait espéré l'apaiser par cette platitude, c'était un échec. Il se crispa, au contraire. Il voulait la vérité, pas des mots vides qui n'expliquaient rien. Il était au camp pour apprendre à contrôler sa Transition et reprendre le fil de sa vie, pas pour qu'on lui tienne la main en lui disant de ne pas s'inquiéter, parce que tout finirait bien.

— Mais la plupart des loups le ressentent, non ? Pourquoi pas moi ?

— Adrian, il n'y a pas de « bonne » façon d'être un loup. Chacun est différent ! Peut-être ne serez-vous jamais totalement connecté à votre meute. Peut-être également que cela vous arrivera seulement quand vous la retrouverez, quand vous formerez avec elle de nouveaux liens en tant que loup. Et peut-être…

Elle s'interrompit, les sourcils froncés, puis elle secoua la tête. Adrian se pencha vers elle.

— Peut-être *quoi* ?

— Eh bien, c'est peu probable, alors je ne voudrais pas vous paniquer.

Cela n'arriverait certainement pas, surtout maintenant qu'elle l'avait prévenu.

— Si, je veux savoir ! insista-t-il.

Kenya soupira.

— J'ai lu quelque part que les Compagnons de la Lune avaient parfois un lien moins fort avec leur meute suite à leur totale implication dans leur couple, mais j'ignore si cette théorie est véridique ou pas. Adrian, soyez patient, n'essayez pas d'aller trop vite. Le « normal » est une notion très vague pendant une Transition, surtout dans votre cas. D'après Diann, vous êtes physiologiquement très en avance sur les autres loups de cette session, c'est également vrai quant à votre contrôle sur vos transformations. Peut-être êtes-vous également différent sur ce point.

— Si je suivais le même processus accéléré, n'aurais-je pas dû m'attacher à ma meute en avance plutôt qu'en retard ?

— Je ne sais pas, avoua Kenya.

Adrian aurait voulu se mettre en colère contre elle, pensant peut-être qu'elle ne lui disait pas tout, mais il sentait sa frustration. Comment en vouloir à Kenya de ne pas avoir toutes les réponses, alors qu'il n'avait suivi aucune des phases habituelles pour sa Transition ?

— Je vous prie de pardonner mon agressivité. J'avoue que je me sens plutôt stressé. Je déteste cette sensation de perdre tout contrôle sur ma vie !

Elle lui posa une main rassurante sur l'épaule.

— Je le comprends très bien. Et vous vous en sortez bien mieux que vous semblez le réalisez. Je suis certaine qu'à la prochaine lune, vous aurez tout intégré et que vous serez prêt à rentrer chez vous. Et Adrian, croyez-moi, je ne dis pas cela pour vous passer de la pommade, je le pense vraiment. Et cette certitude que j'éprouve à votre égard alors qu'il y a tant d'inconnues dans votre équation, c'est bien la preuve de la confiance que je vous porte, non ? Tout ira bien !

— Merci.

Il déglutit pour tenter de faire passer la boule qu'il avait dans la gorge. Il cligna rapidement des yeux. Il ne comprenait pas d'où lui venaient ces larmes inattendues.

L'une d'elles coula sur sa joue. Il l'essuya un peu gêné et s'excusa :

— Je ne sais même pas pourquoi je pleure !

Kenya lui frotta le dos.

— Ce sont les hormones, dit-elle, d'un ton clinique. Franchement, je suis surprise de vous trouver aussi équilibré. Regardez autour de vous !

— Quoi donc ?

Elle ôta la main de son dos et lui désigna le restaurant qui se vidait.

— Ne voyez-vous pas que tous ces jeunes loups sont complètement déboussolés ? insista-t-elle. Il faut être patient et attendre que votre corps se soit habitué aux modifications de la Transition.

Il soupira.

— Ce n'est pas amusant !

— Je suis bien d'accord, avec vous ! convint-elle. Encore un petit conseil avant que je vous laisse partir. Ne vous laissez pas bloquer par Tate. Il a la tête aussi dure que du granit. Si vous le voulez, il va vous falloir être encore plus entêté que lui !

— **ASSIS !** cria Tate. Pour que nous pussions commencer sans perdre de temps.

Le cours avait lieu dans une petite salle de conférence-amphithéâtre. Il n'y avait que quinze élève, mais au bruit qu'ils faisaient, on aurait cru qu'ils étaient le double. Fidèle à sa promesse, Adrian s'installa au centre de la première rangée, juste devant le bureau de Tate.

Pendant le temps que mirent les autres à s'installer et à se taire, Adrian regarda autour de lui. Si les bâtiments paraissaient rustiques de l'extérieur, l'intérieur était à la pointe de la technologie. De toute évidence, le camp ne lésinait sur aucune dépense pour son entretien et son matériel. Du coup, Adrian s'inquiéta sérieusement de la facture qui l'attendait. À son arrivée, il avait signé aveuglément son dossier, épuisé par le trajet et pleinement conscient qu'il n'était pas en position de négocier. Cela lui avait semblé raisonnable sur le moment. À présent, il regrettait son empressement. Une nuit au Camp H.U.R.L. devait coûter plus cher que dans une suite au Four Seasons !

Tate tapa dans ses mains. Le claquement retentit comme un coup de tonnerre dans la petite salle. Adrian sursauta et retint une grimace. Peut-être s'était-il placé trop près, finalement. Son audition allait-elle désormais rester aussi sensible ? Comment les autres faisaient-ils pour s'y habituer ?

Tate surveilla sa classe d'un regard calme et attentif.

— Maintenant que tout le monde est prêt, commençons. Je suis certain que vous vous demander pourquoi vous êtes là aujourd'hui…

— Pour parler des réseaux sociaux ! intervint une fille assise quelques rangées derrière Adrian. C'est marqué sur le programme.

Elle paraissait sceptique. Adrian ne put retenir un sourire quand il devina le gémissement réprimé de Tate. Leurs yeux se croisèrent et… un frisson descendit le long de sa colonne vertébrale. Pauvre Tate ! Cela ne devait pas toujours être facile pour lui de gérer ces adolescents !

Tate secoua la tête.

— Bravo, Brittany ! Je constate que vous savez lire ! Et j'entends cette même réponse éculée à chaque nouvelle session, aussi vous comprendrez qu'elle ne me fasse plus rire depuis longtemps ! Je vais effectivement vous parlez des réseaux sociaux.

Un ricanement sardonique éclata derrière Adrian. Il se tourna pour regarder un garçon avec de longues dreads assis au dernier rang.

— Je ne vois pas ce qu'un vieux peut nous apprendre ! lança-t-il avec mépris.

Adrian avait dit la même chose, mais sur le ton de la plaisanterie. L'adolescent, lui, cherchait la confrontation. Adrian sentit son agressivité monter, sa peau s'enflammer. Il chercha désespérément à se contrôler – ce n'était pas le moment de se transformer !

Refusant de mordre à l'appât, Tate resta très calme.

— Eh bien, Ryan, je suis ravi que vous ayez posé la question ! dit-il comme si la condescendance de Ryan lui avait totalement échappée.

Il avait un tel naturel qu'Adrian commença à se détendre. Il respirait mieux. Ses démangeaisons s'estompèrent.

— Je sais bien, enchaîna Tate, que vous savez tous utiliser les réseaux sociaux, mais ce que je vais vous apprendre, c'est de le faire de manière responsable.

— De quel droit ? protesta Ryan. Vous n'êtes ni administrateur ni censeur que je sache ? Si je veux montrer ma queue en ligne, j'ai le droit, non ?

Cette fois, Adrian ne se retourna pas, il resta concentré sur Tate, qui s'était à peine raidi.

— Je me fiche complètement des photos de votre queue, Ryan, vous pouvez les monter à qui vous voulez, c'est votre problème.

Adrian s'interrogea : Tate subissait-il souvent de tels manques de respect. Oui, sans doute… Comment pouvait-il les accepter ? Après à peine une heure en compagnie de ces sales gosses au restaurant, il éprouvait déjà des envies de meurtre : il les trouvait odieusement bruyants, mal élevés, indisciplinés. Jamais il n'aurait pu faire le métier de Tate !

— La seule chose qui compte pour moi, poursuivit Tate, c'est le Secret des loups, la sécurité de notre communauté. Et si vous agissez contre nos lois, ce n'est pas moi que vous affronterez, ce sera votre Alpha et le Tribunal des loups.

Tate arqua un sourcil et fixa Ryan.

— D'après ce que j'en sais, ajouta-t-il, c'est une expérience assez déplaisante. Il arrive d'ailleurs qu'un contrevenant n'aille pas jusqu'au tribunal parce que son Alpha l'a déjà mis en charpie !

Ricanements et chuchotements s'étaient tus et un silence inquiet planait dans la salle. Tate avait une voix mesurée, mais ferme. Adrian doutait qu'un seul de ces jeunes ait déjà assisté à un procès ou à une punition, mais c'était son cas. En plus d'être l'Alpha de tout le Nord-Ouest du Pacifique, sa mère siégeait au tribunal de la Côte ouest. Adrian savait très bien les sentences qu'encouraient les garous qui bravaient la loi et franchement, il ne souhaitait à personne un tel châtiment.

— Le Secret est une loi absolu, insista Tate. Il est interdit d'exposer notre société, même par bêtise ou inadvertance ! Vous pourriez prendre un selfie à la pleine lune sans remarquer qu'un de vos cousins se transforme en arrière-plan. Cette photo vous enverra en cellule comme celle du loup qui a délibérément posté ses griffes. Ce sont des cas réels ! Je vais vous distribuer les dossiers de ces affaires à lire pour ce soir.

126

Il y eut des gémissements et des grognements dans la classe. Sans en tenir compte, Tate sortit de sa sacoche une pile de dossiers reliés et demanda à la fille assise à côté d'Adrian de les distribuer.

— Je veux que vous lisiez au moins les quatre premiers cas pour que nous puissions en parler en classe demain. Il est vital que vous preniez à cœur votre responsabilité quant à ce que vous postez sur les réseaux sociaux.

Son regard alla chercher celui de Ryan :

— Comme je le disais, Ryan, vous faites ce que vous voulez de votre pénis. Moi, ce qui me préoccupe, ce sont vos griffes et votre fourrure. Et le Tribunal sera du même avis. Pour votre Alpha, en revanche, j'ai comme un doute. Je sais bien qu'il faut *que jeunesse se passe*, comme on dit, mais ça m'étonnerait beaucoup que votre père apprécie votre façon de le faire ! Enfin, vous réglerez ce détail avec lui !

La classe éclata de rire et Adrian sentit la fureur muette de Ryan, coincé au fond de la salle. Il avait été surpris que Tate prenne ainsi le perturbateur à partie, mais sans doute son compagnon savait-il jusqu'où il pouvait aller. Après tout, il avait l'habitude.

Adrian l'espérait en tout cas. Le père de Ryan était un éminent Alpha de New York. S'il était contrarié, il pouvait causer beaucoup de problèmes à Tate.

Ce dernier consacra vingt minutes à parler des différents réseaux sociaux et autres plates-formes médiatiques, donnant un aperçu des risques spécifiques que chacun présentait. Bien que peu concerné par le sujet, Adrian absorbait la moindre de ses paroles, tout en le fixant sans vergogne.

— Maintenant, indiqua Tate, vous allez vous séparer par petits groupes pour parler de votre future et différente approche des médias sociaux. Allez-y et choisissez ce que vous voulez. Il n'y aura pas de compte-rendu, vous pouvez travailler en ligne si vous préférez une approche pratique.

La classe se dispersa immédiatement. Adrian hésita. Devait-il s'en aller ou se chercher un groupe susceptible de l'accepter ? Mais pourquoi l'aurait-il fait ? Il n'avait aucune chance de s'attirer des ennuis en ligne. Il avait été sincère en disant à Tate que les médias sociaux l'intéressaient peu. Il avait des comptes Facebook, Twitter et Snapchat, mais il ne les utilisait que pour communiquer avec ses amis proches et ses frères et sœurs.

Il allait aussi sur Grindr. Mais il ne comptait pas modifier son profil pour parler de sa fourrure, de sa récente addiction à la viande saignante, ou d'ajouter à sa biographie son nouveau hobby : les ballades au clair de lune à quatre pattes. Grindr lui servait à une autre type d'addiction, passagère mais régulière : le sexe.

Et ce n'était pas pour autant qu'Adrian postait des photos du sien, comme Ryan l'avait suggéré.

— Adrian, reste un moment, s'il te plaît, j'ai à te parler.

À ces douces paroles de Tate, Adrian poussa un soupir de soulagement. Il se demanda pourtant si Tate voulait réellement lui parler ou s'il agissait ainsi pour lui épargner une conversation de groupe qui promettait d'être atrocement difficile.

Tate parla comme s'il s'excusait :

— Je te promets que la plupart des choses que tu apprendras au camp te seront profitables au final. Demain matin, tu auras une autre session de groupe avec la révision des règles imposées par le Tribunal et la politique générale des garous, ce que tu connais sans doute déjà par cœur vu la position de ta mère. Dans l'après-midi, les cours porteront sur Garouter dans la communauté. Nous aurons une autre session sur les médias sociaux en fin de semaine, mais nous passerons bientôt aux autres risques d'exposition.

Adrian fut traversé d'un frisson à l'idée qu'il aurait tous les jours la possibilité de passer l'après-midi avec Tate. Peu importait le sujet des cours, ce qui comptait pour Adrian, c'était de s'asseoir face à son professeur et le boire des yeux.

— Garouter dans la communauté ? Est-ce le titre officiel indiqué sur le programme dont cette fille a parlé ?

Tate eut un grand sourire qui exposa toutes ses dents.

— Brittany est très scolaire. Nous n'avons pas de « programme » proprement dit, plus un récapitulatif afin d'expliquer à nos campeurs le déroulement de leur séjour.

Il fronça les sourcils et enchaîna :

— Tu aurais également dû recevoir le tien de notre équipe d'accueil.

Adrian leva les yeux au ciel.

— Je ne suis pas vraiment entré au camp par les voies normales. Personne ne te reprochera de ne pas m'avoir fait un discours de bienvenue et une visite des lieux, Tate.

Ce dernier eut un sourire d'excuse.

— Lors de ton prochain cours en petit groupe, tu apprendras avec Quinn les bases de la relaxation et de la concentration. C'est une fille super ! Elle a un don pour la méditation guidée et je vais souvent me remettre à niveau à une de ses sessions.

— Parfait. Il se trouve que mon agenda est relativement calme, ces jours-ci.

C'était vrai, mais seulement à moitié. Adrian aurait dû se trouver à Portland occupé à des réunions pour préparer les budgets. Même si tout s'était bien passé sans lui, il aurait un bon mois de travail ensuite pour utiliser ces informations et établir sa projection chiffrée des trimestres à venir. Le matin même, il avait suivi les conseils de Tate et annoncé une absence de durée indéterminée, mais il n'avait pas l'option de court-circuiter son cerveau pour autant et de lui faire oublier ses récents projets professionnels. De plus, il restait frustré par la façon dont Tate alternait le chaud et le froid quant à l'avenir de leur relation. Finalement, la méditation lui paraissait une bonne idée dans son état.

— C'est normal d'avoir tellement d'énergie et d'être épuisé ? s'enquit-il.

Tate émit un petit bruit de bouche compatissant.

— Bien sûr. Et c'est pourquoi nous recommandons à nos campeurs de faire de l'exercice physique aux deux sessions quotidiennes programmées matin et soir.

Il jeta à Adrian avec un regard étrange, puis ajouta :

— Le thème de ce soir sera SoulCycle[3], mais si ce n'est pas ton truc, Harris et moi allons habituellement courir au crépuscule. Viens avec nous si tu préfères dépenser ton énergie dans les bois plutôt qu'en salle.

Toutes sortes d'images érotiques envahissant son esprit, Adrian les repoussa avant de répondre :

— D'accord, si je trouve un short. J'espère que ma valise finira par arriver aujourd'hui !

Il baissa les yeux sur les vêtements empruntés qu'il portait.

Tate eut un éclat de rire tonitruant.

— En fait, tu n'auras pas besoin de vêtements. Harris et moi nous transformons toujours avant d'aller courir. Cela ne risque rien tant que nous restons dans les limites du complexe, le coin est pratiquement désert. Et le crépuscule nous donne une protection de plus contre les regards indiscrets.

Adrian rougit. Bien sûr, ils couraient sous leur forme de loup.

Conscient de son embarras, Tate lui posa une main sur l'épaule et s'empressa d'ajouter :

---

3 Entreprise de fitness basée à New York qui propose des cours de cyclisme en salle dans quinze États américains, au Canada et au Royaume-Uni.

— Hé, c'est un grand changement pour toi ! Cela fait huit ans que tu vis à cent pour cent comme un humain. Pourquoi aurais-tu dû penser d'office que nous allions nous transformer ? Ne t'inquiète pas, tu t'intègreras. Donne-toi juste un peu de temps pour te faire à ton nouvel état.

Adrian déglutit pour tenter de faire passer la boule qu'il avait dans la gorge. Encore une fois, il était le jouet de ses émotions. Par chance, il réussit cette fois à se reprendre sans fondre en larmes comme cela lui était arrivé précédemment.

Il s'éclaircit la gorge pour retrouver sa voix.

— Bien sûr. J'ai une question, cependant.

— Je suis tout ouïe.

— Garouter, ça existe comme mot ?

Tate éclata de rire.

— Tu m'as déjà posé des questions sur Google+ !

Adrian sourit.

— Google+, c'est tangible, garouter, pas du tout.

— Quel autre mot voudrais-tu que j'emploie ? Lupiner ?

La mère d'Adrian employait souvent le mot loup, mais Adrian préférait éviter de s'attarder sur la partie animale de leur biologie. Peut-être cette reluctance était-elle en partie due à ses insécurités après sa non-Transition à l'âge de dix-neuf ans, mais quelle qu'en soit la raison, il ne pouvait que reconnaître son aversion fortement enracinée pour le mot « loup ». Il préférait nettement « garou ».

— Pourquoi ne pas simplement dire loups-garous ? C'est ainsi que nous désignent la plupart des humains.

Tate fit claquer sa langue.

— Individuellement, nous sommes effectivement des loups-garous – même si je grince un peu des dents en pensant à toutes les inepties que les humains mettent derrière ces mots –, mais quand je chercher à faire rentrer un peu de responsabilité dans des crânes adolescents, j'aime penser à notre communauté dans son ensemble, cela donne plus de poids à mes propos. Quel nom donner à tous les loups-garous ? Humains, humanité, loups-garous... Je ne vois pas.

Adrian pinça les lèvres et réfléchit. Il ne trouva pas non plus. Mais le concept défendu par Tate lui parut raisonnable.

— D'accord, d'accord, si j'ai une idée géniale, je t'en ferai part.

Tate s'inclina avec un sourire moqueur.

— Et je t'en serai grandement reconnaissant.

130

Il se redressa, consulta sa montre et ajouta :

— J'ai un moment de libre avant mon prochain entretien. Veux-tu que je t'accompagne dans la salle de méditation de Quinn ? Cela me permettra de te la présenter. J'aurai aussi le temps d'assister aux premières minutes du cours. J'en ai bien besoin ! J'ai les idées embrouillées.

Adrian savait qu'il n'aurait aucune chance de méditer si Tate restait avec lui, mais ce n'était pas pour autant qu'il comptait se priver du plaisir de sa compagnie.

Qui cherchait la zénitude, de toute façon ?

— Bien sûr ! Excellente idée ! Je te suis !

Chapitre Quatorze

Deux semaines plus tard

MÊME entouré de gens, Tate avait passé des années seul. À son arrivée au Camp H.U.R.L., il avait été chargé de surveiller les chalets des campeurs, mais plus maintenant. N'étant plus le dernier membre en date du personnel, c'était à un autre qu'incombait cette tâche ingrate de mettre au pas une meute d'adolescents.

Tate aimait le calme. Il aimait également faire ce qu'il voulait sans avoir la charge ou la responsabilité d'autrui. Il avait grandi dans le complexe de son père et passé ses nuits dans un dortoir en compagnie d'autres mineurs de sexe mâle, il n'avait jamais connu la moindre intimité.

Pire encore, les autres étaient également des espions qui ne le quittaient jamais des yeux, quoi qu'il fasse. Si Tate oubliait de rendre à temps le livre qu'il avait emprunté au bibliobus, son père était mis au courant dans l'heure.

Il avait fini par se trouver une cachette dans le grenier à foin. Là au moins, il était tranquille et seul pour lire ou simplement réfléchir.

Il s'attendait donc à trouver pénible de partager son chalet avec Adrian, mais pas du tout. Et ce constat le troublait bien davantage que l'idée de partager son espace de vie avec un intrus. Parce qu'Adrian n'était pas un intrus, Adrian ne le gênait pas. Pas le moins du monde. Tate aimait l'avoir chez lui.

Ils vivaient ensemble depuis deux semaines et logiquement, il aurait dû être prêt à grimper aux murs. Ce n'était pas le cas. Au contraire, il avait hâte le soir de retrouver son chalet et quelqu'un à qui parler. Il était obsédé par la façon dont leurs deux odeurs se mêlaient dans l'atmosphère. C'était à la fois enivrant et rassurant. Pour la première fois depuis qu'il y vivait, le chalet était confortable et accueillant.

Adrian et lui étaient d'accord sur presque tout : ils avaient les mêmes goûts sur la nourriture, sur la façon d'occuper leur temps libre, sur leurs thèmes de discussion. Adrian s'était glissé dans la trame routinière de Tate avec une facilité déconcertante. C'était le colocataire idéal, ce qui aurait dû être une bonne chose.

Et cela ne l'était pas. Bien au contraire. Parce qu'en plus des vannes idiotes que les deux hommes partageaient, en plus de leur franche camaraderie, il y avait aussi des regards brûlants et des échanges sensuels qui faisaient hurler le loup de Tate – et se recroqueviller tout le reste de son être.

— Raconte-moi encore ta petite crise quand tu as constaté qu'il ne rebouchait pas le tube de dentifrice ! plaisanta Kenya.

Tate, assis par terre, lui lança un regard noir.

— Ne me traite pas comme un gosse ! aboya-t-il.

Il prit conscience, bien entendu, que sa réaction et son ton de voix étaient atrocement puérils !

— Si tu veux mon avis, Tate, tu cherches les raisons les plus absurdes pour te prouver qu'Adrian et toi n'avez aucune chance de vous accorder.

En réponse, il lui jeta à la tête la chaussette roulée qu'il avait à la main. Elle s'en empara d'un geste preste, la déplia et l'examina.

— Merci ! Justement, je la cherchais ! s'écria-t-elle sur un ton triomphant.

Elle sortit de son panier la seconde chaussette et les noua ensemble avant de les ranger.

Tate continua à fouiller le panier à la recherche d'autres chaussettes solitaires.

— Rappelle-moi pourquoi j'ai accepté de t'aider à plier ton linge ? demanda-t-il, sans interrompre sa tâche.

— Parce que tu étais en pleine crise existentielle et que je t'ai rappelé mon conflit d'intérêt : je ne peux pas te conseiller vu que ton partenaire est mon patient.

Oubliant les chaussettes, Tate s'allongea sur le tapis de Kenya.

— Je ne fais pas une crise ! protesta-t-il.

— Je te l'accorde, admit-elle. Tout va très bien et tu ne sais pas le gérer. Tate Lewis, comment peux-tu refuser le bonheur alors qu'il te mord les fesses ? En fait, je crains que tout soit de ma faute ! J'aurais dû te pousser à sortir au lieu de te laisser t'enterrer au camp et devenir un ermite !

Il roula sur le côté pour la fusiller du regard.

— Je ne suis pas un ermite !

— Tu ne quittes jamais le complexe, c'est la définition même d'un ermite ! Le Camp H.U.R.L. est devenu ton ermitage...

Elle fronça les sourcils et enchaîna :

— Je me demande si on peut dire ça comme ça. Ermitage ? Avec un H ou pas ? Hermitage ? *Hermitude* ? Non, ce serait plutôt attitude *ermitique*. Ou alors *ermitopathie* ? En fait, j'aime bien ermitage, je vais te faire graver une plaque et l'accrocher au mur extérieur de ton chalet : *ermitage de Tate*.

Il grogna et se frotta le visage à deux mains.

— De toute façon, tu n'aurais eu aucune influence sur mon comportement, Kenya. Je suis adulte et autonome, je fais ce que je veux.

— Bien sûr, mon chou, dit-elle d'une voix sirupeuse.

Si elle avait été plus près, Tate était certain qu'elle lui aurait tapoté la tête... ou la main.

— Si tu es tellement adulte, insista Kenya. Vas-y, attaque ! Drague-le, fais quelque chose, agis en homme !

Tate ne put retenir un sourire. Il était venu voir Kenya parce qu'il avait besoin de lui parler. Il ne cherchait pas la psy, mais l'amie. Et Kenya était son amie depuis plus de dix ans.

Lorsqu'il était arrivé à l'Université d'Indianapolis, elle avait d'abord été sa conseillère. Sentant peu après l'avoir rencontré qu'il était un garou, elle l'avait pris sous son aile. Pour un loup, se retrouver isolé dans une grande ville était parfois dangereux, mais les cités universitaires avaient des statuts à part. Une chance pour Tate ! La notion de territoire était faussée par le va-et-vient constant des étudiants qui, de par la nature même de leurs études, se retrouvaient tous à l'écart de leur meute. Bien entendu, peu étaient dans le même cas que Tate : seul après une rupture définitive.

Dès sa première année à UI, Tate avait suivi un des cours de Kenya en psychologie. Peu après, elle l'avait reçu en privé et interrogé, annihilant ainsi ses projets de rester incognito pendant tout son cursus. Rétrospectivement, il comprenait que son plan avait été stupide. Pour commencer, n'importe quel garou, élève ou professeur, l'aurait illico repéré à l'odeur, mais aussi, il avait passé sa Transition depuis quelques mois à peine. Il avait grandement besoin de soutien et de conseils, et n'en avait reçu aucun de sa meute. S'il connaissait les principes de base pour contrôler ses transformations, c'était parce qu'il les avait appris tout seul, par tâtonnements. Il n'aurait pas tenu deux lunes sur un campus universitaire s'il s'était retrouvé piégé dans sa chambre avec un colocataire désemparé sans endroit pour sortir et courir.

Kenya s'était chargée de tout arranger. Dès qu'il lui avait avoué ne plus avoir de meute, elle en avait tiré ses conclusions et adapté son comportement en conséquence. Elle savait d'où il venait et ce à quoi il avait échappé. Devenue son mentor, elle s'était montrée envers lui à la fois maternelle et amicale. Tate se demandait souvent ce qu'il serait devenu sans elle. En tout cas, il ne serait certainement pas ici, allongé dans un tas de chaussettes à se plaindre de ses choix de vie. C'était grâce à l'ingérence de Kenya qu'il avait une vie à déplorer et elle ne manquait aucune occasion de le lui rappeler. Étonnamment, elle ne l'avait pas encore fait aujourd'hui. Sans doute le gardait-elle pour plus tard afin d'asséner à Tate un *coup de grâce*[4]. Il devait avouer que c'était une réplique efficace et létale.

Il n'imaginait pas avoir ce genre de conversation avec une autre que Kenya. Il n'était à l'aise qu'avec elle – et Adrian, mais ce dernier étant justement la raison pour laquelle il était plus angoissé encore qu'une chanson de Taylor Swift, ce n'était donc pas le meilleur confident qui soit sur le sujet.

Tate ne niait plus que sa connexion avec Adrian était spéciale. Entre leur étonnante entente et la façon dont ils étaient synchro, prétendre que leur lien n'existait pas aurait été vain. Et le nom qu'ils donnaient à cette « relation » comptait peu – connexion, lien, autre, quelle importance ? En fait, Tate se sentait à peu près apte à accepter cette relation, mais la notion de Couple de la Lune ? Non, impossible.

---

4 En français dans le texte original.

C'était pour lui un territoire nouveau. Effrayant. Il savait bien que ce qu'il vivait avec Adrian ne ressemblait en rien aux relations atroces, abusives et manipulatrices qu'il avait connues étant enfant. Pourtant, il ne pouvait pas oublier dix-neuf ans de conditionnement.

— Je disais simplement qu'il est loin d'être parfait ! D'accord, il a aussi de qualités, il a sorti la poubelle hier. Même moi, je ne fais pas ça ! Nous avons des équipes chargées de la voirie, non ?

Kenya fit claquer sa langue.

— Tu plaisantes ? Tu es le seul chez qui ils passent chercher les poubelles ! Nous autres sommes obligés de gérer les nôtres tout seuls comme des grands.

Tate se redressa pour lui jeter un regard sidéré.

— Pourquoi ai-je droit à un traitement de faveur ?

— Tu leur fais de la peine à vivre tout seul. Tu vois, cela a des avantages d'être l'ermite du camp ! L'équipe de *maintenance* – et non pas de *voirie* ! – est chargée de nettoyer le parc et les espaces publics. Si je ne me trompe pas, ton chalet n'en fait pas partie.

— Effectivement, maugréa Tate.

Il se laissa retomber sur le dos, les yeux fermés, et fut aussitôt enseveli sous les chaussettes. Il rouvrit les yeux et constata que Kenya venait de lui vider son panier sur la tête. Dressée au-dessus de lui, elle riait. Elle cala son panier vide sur sa hanche et enchaîna :

— Il est parfait pour toi ! Et pour la première fois de ta vie, tu es heureux et tu profites de l'existence. Comment peux-tu hésiter alors que tu as la solution idéale à portée de main ? Qu'est-ce que tu attends ?

Elle s'arrêta net et redevint grave.

— Oh, mon Dieu ! reprit-elle d'une voix changée. Tu attends... qu'il s'en aille !

— Il partira de toute façon ! cria Tate.

Il écarta les chaussettes et se releva. Conscient d'être totalement ridicule, il se sentait abandonné. C'était tout de même lui qui allait rester sur le carreau, pas vrai ? Et puis, en période de crise, l'esprit ne restait pas logique et s'accrochait aux détails les plus irrationnels. Tate refusait la notion même d'attachement suite à une enfance où il avait été négligé et maltraité. Ce n'était pas si simple de se remettre d'un traumatisme aussi enraciné !

Il se frotta les yeux et ajouta :

— Il *doit* partir. Il a une vie, une famille.

136

— Je sais. Toi aussi tu as une vie, ici-même. Mais êtes-vous tellement certain, l'un et l'autre, que ces « vies » dont vous parlez tant valent que vous leur sacrifiez tout ? Sans rompre la confidentialité qui me lie à mon patient, je peux te dire qu'Adrian est un solitaire. Tu le sais déjà, j'en suis certaine. Il t'en a parlé, il me l'a dit. Il fait de gros efforts pour ne pas te bousculer, mais il veut davantage de toi que ce que tu lui donnes. Quelques baisers et des conversations ne suffisent pas à construire un couple, Tate.

Ce dernier trouvait très difficile de parler à Kenya sans tenter de lui arracher des informations concernant Adrian. Et il se sentait redevenu un ado : *Ooh, Adrian parle de moi ?*

Bien sûr, cela n'avait rien d'étonnant qu'Adrian parle de lui à sa psy. En vérité, Tate devait être le principal sujet de leurs échanges ! Lui était constamment obsédé par Adrian, pourquoi le contraire ne serait-il pas vrai, surtout si…

Non, Tate refusait d'y penser !

Et puis Adrian ne lui avait pas caché ses sentiments… jusqu'au jour où Tate avait exprimé son inconfort quant à l'idée même d'une relation sentimentale. Par la suite, Adrian n'avait plus abordé le sujet.

Et même cette discrétion rendait Tate fou ! Il n'aimait pas en parler, mais il ne supportait pas de *ne pas* parler. Pire encore, ce lien entre eux semblait se renforcer même quand aucun des deux ne cherchait délibérément à l'attiser. Et cela, c'était ce qui le terrifiait le plus. Il ne pouvait pas se mentir : s'il avait une relation avec Adrian, ce serait du sérieux. Les Compagnon de Lune ne se contentaient jamais d'un plan cul ou d'une vague relation épisodique. Aussi Tate préférait-il ne pas y penser. Sans y parvenir…

Même s'il ne prononçait pas le mot fatidique – *mariage* – son engagement vis-à-vis d'Adrian serait tout aussi total. Avec Adrian, Tate rêvait d'aller jusqu'au bout. Seule sa peur le retenait encore.

« Tout ou rien » ? D'instinct, il aurait préféré « rien ».

Il traversa la pièce et s'effondra dans le seul fauteuil qui n'était pas encombré de linge pas encore plié.

— Cela ne sert à rien, déclara-t-il. Je refuse une relation qui a déjà une date de péremption.

— Tu exagères, protesta Kenya. Beaucoup de gens vivent des relations longue distance. Vous trouveriez des opportunités pour vous retrouver je ne sais où à travers le pays. Tu pourrais aussi quitter le camp et chercher du travail ailleurs, recommencer une nouvelle vie. Tu utilises cet endroit comme une béquille, Tate. Tu ne t'accompliras jamais complètement si tu t'obstines à te cacher ici.

Tate se vexa. Il ne se *cachait* pas au Camp H.U.R.L., il y travaillait. Il appréciait son poste, l'endroit, la compagnie. Il était enfin en paix avec lui-même. Du moins l'avait-il été avant l'irruption d'Adrian dans sa petite vie bien rangée. Maintenant, il rêvait d'un avenir différent, d'un avenir avec Adrian, d'un avenir où il utiliserait son diplôme pour aider concrètement les gens au lieu de faire du babysitting pour de riches adolescents caractériels au moment leur Transition.

Au fil des années, Tate avait apporté un véritable soutien à certains campeurs, il le savait. Les conseillers comptaient beaucoup pour ceux qui avaient un réel besoin d'aide. Ces cas-là étaient rares. Pour un Ryan, il y avait deux douzaines de Brittany, des jeunes qui venaient passer leur Transition et apprendre à contrôler leurs transformations… et considéraient le camp comme une villégiature au cœur des bois.

C'était pour eux que le complexe avait un studio SoulCycle ! Dans un coin paumé de l'Indiana, au milieu de nulle part, un centre ultrasophistiqué de plusieurs millions de dollars avec un studio SoulCycle et un professeur de Pilates !

Tate décida qu'il menait une vie ridicule.

Il reprit après un très long silence :

— Je ne peux pas être certain qu'il sera d'accord.

Kenya posa son panier et vint le serrer dans ses bras. Son étreinte fut à la fois brutale et rassurante.

— Tu doutes de tout, mon pauvre Tate, d'Adrian, de toi. En vérité, tu ne sais même plus ce que tu veux. Et cela, à la rigueur, je peux l'admettre, cela arrive à beaucoup de gens. En revanche, tu ne dois pas fermer les portes sous prétexte que tu as peur de découvrir ce qu'il y a de l'autre côté. Adrian et toi êtes dans le même bateau. La moindre des choses serait que tu lui en parles, tu lui dois bien ça. Peut-être découvriras-tu que vous avez des peurs en commun. Peut-être est-il aussi affolé que toi à l'idée de former un Couple de la Lune. Adrian t'est destiné, Tate, que tu e veuilles ou non. C'est à toi de décider quelle sorte de relation vous aurez ensemble, mais quand je vous regarde tous les deux, je vois vibrer en vous un bonheur qui ne devrait pas être gaspillé.

Tate baissa la tête et inspira un grand coup. Comme des larmes lui piquaient les yeux, il les chassa du revers de la main. Il devenait très émotif

138

ces derniers temps, comme autrefois, durant sa première année universitaire, quand il se sentait complètement perdu sans sa meute.

Peut-être s'était-il trompé en croyant que Kenya était la confidente idéale en ce moment précis. Ils partageaient trop de souvenirs, et parler avec elle faisait parfois remonter à la surface des souvenirs qu'il aurait préféré garder enterrés.

— Je vais tout lui dire, décida-t-il soudain.

— Il est déjà au courant, répondit gentiment Kenya.

Elle lui parlait comme à un patient nerveux et agité.

Devant son air éberlué, elle précisa :

— C'est toi qui m'as demandé de le prévenir ! Il sait qui tu es, Tate. Pas seulement qui tu étais, mais *qui tu es* aujourd'hui. Adrian te voit avec bien plus de lucidité que tu ne le fais.

La gorge serrée, il se dirigea vers la porte.

— Trouver un Compagnon de Lune est une étape importante pour un loup, marmonna-t-il.

— Je sais. Et Adrian le sait également. Un lien aussi fort est rare, Tate. Il ne devrait pas être rejeté.

— J'ai… j'ai tellement de doutes, Ken. Je ne t'ai pas tout raconté de ce que j'ai vécu étant enfant. Cela m'a laissé des… séquelles. Du coup, j'ai vraiment du mal à accepter la réalité des Couples de la Lune. Pour toi, c'est un conte de fées devenu véridique, pour moi, c'est un constant rappel de ce qu'il y a de plus vil et de plus tordu dans le monde.

Il secoua la tête, refusant de s'expliquer davantage, puis il ajouta :

— Je vais tout dire à Adrian, y compris ces détails que je t'ai épargnés. Je ne peux pas m'engager plus avant avec lui sans qu'il sache tout de moi.

— Très bien, dit-elle. Fais-le, va lui parler.

Il leva les yeux et reçut de plein fouet le sourire maternel qu'elle lui offrait parfois. Et comme d'habitude, il se sentit aussi fier qu'un enfant devant l'approbation de sa mère. Du moins, le supposait-il, vu qu'il avait rarement connu cette sensation étant enfant. Dans sa meute, les parents appliquaient le proverbe : *qui aime bien châtie bien*. En clair, ils distribuaient plus facilement les coups de trique que les compliments.

Encore un détail qu'il devrait expliquer à Adrian avant de pouvoir aller plus loin. Sa vie adulte était basée sur des non-dits et il lui serait difficile de les démonter et de s'afficher tel qu'il était vraiment.

Devant son silence, Kenya comprit son malaise.

— Tu es bien plus que ton passé, déclara-t-elle avec chaleur. Et un magnifique avenir s'ouvre devant toi si tu te donnes une chance de l'accepter. Sois enfin heureux, Tate. C'est ce que nous te souhaitons tous. Si tu fais ta vie avec Adrian, tant mieux. Si ce n'est pas le cas, eh bien, tant pis, ce n'est pas la fin du monde à condition que ce soit ton choix, pas une idée tordue comme quoi tu ne mérites pas ta chance.

À ses mots, Tate sentit une nausée lui tordre l'estomac. Quoi qu'il ait fait et accompli depuis qu'il avait quitté sa meute, il restait tout au fond de lui le petit garçon effrayé qui se cachait dans un grenier à foin pour lire en paix.

— Je vais lui parler, dit-il sans conviction.

— Vas-y tout de suite, sinon, tu vas encore changer d'avis !

Vexé, Tate lui lança un mauvais regard.

Elle se contenta de rire en secouant la tête.

— Je te connais trop bien, Tate Lewis. Je sais comment fonctionne ton adorable petit cerveau.

En fait, elle avait raison. S'il se donnait le temps, il trouverait des arguments pour changer d'avis et ne pas parler à Adrian. C'était le cycle dans lequel il s'était enfermé depuis leur rencontre.

Le problème, c'était que ses arguments se défendaient tout à fait. Mais les contre-arguments ne manquaient pas non plus de bon sens.

Il regarda par la fenêtre et vit Harris qui l'attendait.

— J'attendrai demain, déclara-t-il. Ce soir, je vais courir, j'en ai besoin. Et Adrian est un couche-tôt.

Tate, lui, était un oiseau de nuit. Adrian affirmait qu'en temps normal, c'était également son cas, mais depuis sa Transition, il dormait beaucoup plus qu'avant. Il était en général couché quand Tate revenait de son footing du soir, probablement épuisé par les changements physiques et hormonaux que son corps peinait encore à assimiler. Tate espérait qu'Adrian pourrait bientôt les accompagner régulièrement. Pour le moment, il n'était venu que deux fois et Tate avait profondément apprécié ces deux courses.

Kenya émit un petit son déçu, mais sans chercher à le retenir.

— Je compte te soumettre à la question demain au petit-déjeuner ! l'avertit-elle au moment où il passait la porte.

Chapitre Quinze

ADRIAN frappa du poing son oreiller. Il savait bien que c'était un geste puéril et inutile, mais il n'avait pas d'autre idée pour exprimer sa frustration. Il ne s'était pas senti aussi mal dans son corps depuis la puberté, ce qui était après tout logique. Il vivait actuellement une seconde puberté, celle des loups. Son problème, c'était qu'il n'avait pas dix-neuf ans, comme tous les autres de son espèce, mais vingt-sept. Et un adulte qui avait excessivement besoin de sommeil ou se réveillait grincheux le matin, c'était totalement ridicule.

Au cours des deux dernières semaines, il avait appris à gérer ses hyper-sens pendant la journée, mais la nuit, cela lui était encore presque impossible. Même un rai de lumière du couloir passant sous sa porte suffisait à l'alerter. Et bien entendu, il se réveillait avec le soleil tous les matins. Il avait tenté de compenser en se couchant plus tôt, mais le seul résultat de ses efforts avait été qu'il passait des heures à se tourner et à se retourner dans son lit.

Il avait aussi pensé que courir avec Tate et Harris l'épuiserait physiquement et serait un bon préambule à un endormissement rapide, ce qui était le cas autrefois, quand il était à cent pour cent humain. Encore une erreur ! Courir en tant que loup ne faisait que l'exciter et l'empêchait de dormir.

Il y avait tout de même un léger mieux. Une semaine plus tôt, il aurait tué pour le peu de sommeil dont il profitait actuellement. Donc, ce n'était probablement qu'une question de temps et il retrouverait bientôt son sommeil habituel. À la perspective de dormir huit heures d'affilée, il en eut les larmes aux yeux.

Et puis, il dormait beaucoup mieux quand Tate était au chalet, même dans la chambre d'à côté. C'était pourquoi cela ne le gênait pas vraiment que Tate le réveille en revenant de son footing vespéral. Adrian se détendait en sachant son compagnon sous le même toit que lui, et le bruit apaisant de l'eau qui coulait dans la douche lui permettait en général de reprendre son sommeil interrompu.

Pas ce soir, cependant. Tate avait été aussi discret qu'une souris d'église en revenant. Adrian s'était pourtant réveillé d'un sommeil agité. Étendu dans son lit, les yeux au plafond, il avait écouté la douche, mais au lieu de se détendre comme à son habitude, il avait fantasmé sur le corps nu de Tate couvert de mousse savonneuse. Les ruisselets d'eau chaude devaient dessiner les renflements solides des muscles des bras et du torse, glisser le long du ventre et caresser ce sexe dont Adrian rêvait désespérément.

Cela faisait des jours et des jours que Tate et lui cohabitaient, et leur attirance mutuelle n'avait fait que s'enflammer. Tate était bien moins nerveux qu'au début, certes, mais ses baisers restaient rares et prudents, ses caresses quasi inexistantes. Les conversations étaient fréquentes et intéressantes, et Adrian appréciait la compagnie de Tate, mais cela le tuait à petit feu qu'ils fassent aussi peu de progrès sur le plan sexuel.

Il resta figé jusqu'à ce que l'eau cesse de couler dans la salle de bain qu'il partageait avec Tate. Après le bruit réconfortant de l'eau, le silence oppressant annonçait sans doute que Tate s'apprêtait à se coucher. Adrian soupira et se détendit. Il commençait à somnoler quand un bruit le fit sursauter. Il retint son souffle et tendit l'oreille.

— Eh merde ! entendit-il Tate grogner d'une voix basse et rauque.

Pour la première fois depuis que l'urgence de sa Transition s'était atténuée, Adrian se connecta au battement du cœur de Tate et aussitôt, ce fut comme si l'organe battait dans sa poitrine. Le tambourinement aurait dû être assourdissant, pourtant Adrian perçut aussi les gémissements et les cris d'extase étouffés que poussait Tate.

— Ça y presque, bon sang, gronda Tate. Encore un petit effort !

Adrian avait totalement oublié l'inconfort qui l'avait angoissé peu de temps auparavant, il vibrait de tout son corps, incroyablement sensible à son environnement : le drap n'était plus du papier de verre, mais une caresse de soie sur sa peau échauffée. Il enfonça sa nuque dans son oreiller rembourré et souleva les reins du lit, l'oreille tendue, impatient d'en entendre davantage.

Tate haletait à présent, un souffle saccadé scandé de mots incohérents. Adrian n'osait y croire. Était-ce vraiment... Tate qui se masturbait dans la salle de bain ou dans sa chambre ? Pourquoi n'y avait-il pas d'autres sons révélateurs d'une friction ?

Il se mordit la lèvre et retint son souffle, essayant de se concentrer sur ce qu'il percevait derrière le mur. Il eut beau faire, il n'entendit plus rien. Alors qu'il avait passé beaucoup de temps ces derniers jours à essayer de bloquer ses nouveaux sens, il se maudissait actuellement de ne pas les avoir au contraire exploré jusqu'à leurs limites.

Après un long silence, Tate gémit encore.

— Vas-y, merde ! Bouge ! Va plus vite ! Tu y es presque !

Oubliant tout sens des convenances, Adrian repoussa sa couette et se leva. Il avait agi d'instinct, sans même réfléchir à la portée de son geste. Il avança sans faire de bruit jusqu'à la porte de la salle de bain, en évitant de poser les pieds sur les lattes du plancher qui grinçaient.

Tate ne faisait plus aucun bruit, aussi Adrian posa-t-il sans vergogne l'oreille contre la porte. Il entendit un frottement sourd... tissu contre tissu, mais cela évoquait davantage un mouvement fébrile qu'une branlette.

Puis Tate se remit à gronder et ce son enflamma la peau d'Adrian des pieds à la tête. C'était presque comme le picotement qui annonçait une transformation. En plus, Adrian ressentit une excitation enivrante.

Il hésita. Tate était redevenu silencieux. Adrian savait qu'il ferait mieux de retourner au lit et d'oublier cet incident. Après tout, Tate vivait seul dans son chalet, en temps normal. Il avait eu la gentillesse de l'accueillir afin de lui éviter l'indignité de partager un dortoir avec des adolescents, la moindre des choses en retour était de respecter son intimité au lieu de jouer au voyeur... ou à l'« écouteur ».

Adrian fléchit les orteils, son excitation retomba et sa nervosité revint au galop. Soudain, sa peau lui paraissait trop serrée pour son corps. Il n'avait aucune envie de retourner se coucher. Il voulait au contraire se rapprocher de Tate et découvrir ce qu'il faisait, et pas seulement à cause de son attirance pour lui.

Ce soir, en écoutant ces sons étranges, c'était la première fois depuis des jours qu'Adrian appréciait la nouvelle acuité de ses sens au lieu d'en souffrir. C'était un changement agréable dont il n'était pas impatient de se priver.

C'était une excuse bateau, mais il n'avait rien de mieux.

Il ouvrit donc la porte et pénétra dans de la salle de bain. Elle était sombre et déserte. Tate était retourné dans sa chambre, dont la porte était fermée. Adrian s'approcha du miroir et aperçut son reflet au clair de lune. À sa grande surprise, il constata que ses yeux étaient presque phosphorescents. Encore une des séquelles de la Transition ?

Il traversa la salle de bain et s'approcha de la porte donnant sur la chambre de Tate. Il leva la main vers la poignée. Avec sa chance, la porte serait entrouverte et il allait basculer dans la pièce. D'un côté, il trouvait presque amusante l'idée de se retrouver par terre aux pieds de Tate, mais sa présence à cette heure de la nuit risquait aussi de révéler son indiscrétion. Et là, c'était moins amusant, cela pouvait même couper court à son fantasme éveillé.

Alors il se pencha avec soin pour laisser son oreille effleurer le panneau. Il perçut la respiration irrégulière de Tate, mais rien d'autre. Amèrement déçu, il hésitait à forcer sa chance et se rapprocher encore quand tout changea.

— Voilà ! hurla Tate.

Une seconde plus tard, un tintamarre retentit dans la chambre. Adrian s'écarta d'un bond, le cœur dans la gorge. Il continua à reculer jusqu'à ce que sa hanche heurte le marbre du comptoir du lavabo. Il dut même résister à l'envie de se cacher dessous comme un chien effrayé. D'instinct, il leva les mains et en couvrit ses oreilles sensibles : elles tintaient encore du bruit qui venait d'éclater.

Puis Adrian glissa sur le côté et renversa une bombe à raser qui tomba bruyamment, roula et bascula du comptoir. Il tenta de la rattraper du pied avant qu'elle éclate sur le sol. Il ne réussit qu'à se faire écraser un orteil et poussa un glapissement de douleur et de surprise. Après l'impact, une chaleur désagréable explosa dans sa jointure, suivie d'un engourdissement suspect.

Le pire, cependant, fut la voix inquiète de Tate :

— Adrian ? Ça va ? Qu'est-ce que tu fabriques ?

Ravalant un juron, il chercha fébrilement une excuse susceptible d'expliquer sa présence dans la salle de bain qu'il ne s'était pas donné la peine d'éclairer. Il ne trouva rien. Son esprit était vide.

Tate frappa à la porte.

— Hé, je sais que tu es là, je t'entends respirer. Tu n'es donc pas mort, mais je m'inquiète pour toi ! Que se passe-t-il ? Tu es blessé ?

Adrian regarda son pied endolori et tenta de bouger ses orteils. La douleur disparaissait déjà, presque aussi rapidement qu'elle était venue.

— Ce n'est rien, répondit-il. Je me suis simplement cogné le pied.

Il grimaça en constatant que sa voix était étrange, éraillée et haletante.

— Je viens !

Tate avait changé de ton : c'était désormais le conseiller en charge des campeurs qui parlait avec autorité.

Adrian s'affola, mais il fut incapable de bouger assez vite. Il ne s'était pas cassé le pied, les dommages étaient pourtant irrémédiables, car à peine entré, au premier coup d'œil, Tate comprendrait ce qui s'était passé : Adrian était un indiscret qui écoutait aux portes !

Chapitre Seize

TATE regarda fixement Adrian, en clignant des paupières le temps que sa vision s'adapte à la pénombre. Dans sa chambre, la lampe de chevet était allumée et l'écran de sa télévision luisait également. Il n'aimait pas rester dans le noir, la lumière bleue d'un écran lui blessant les yeux. Le changement de luminosité de sa chambre à la salle de bain avait été un peu déstabilisant.

Il s'était attendu à trouver Adrian blessé, pourtant, il n'en était rien. Adrian, appuyé au comptoir de marbre, le regardait d'un air hagard. Pourquoi était-il dans le noir ? Souffrait-il de nausées ? Les variations hormonales de la Transition avaient diverses conséquences chez les jeunes loups dont migraines, estomacs brouillés, crises de panique.

Justement, Tate avait senti avant même de pousser la porte les vagues d'anxiété qui émanaient d'Adrian. Maintenant qu'il était en face de lui, il avait beau l'examiner, il n'en comprenait pas la cause.

— Excuse-moi si je te dérange, mais je voulais m'assurer que tout allait bien.

Il avait parlé lentement. Il avança aussi d'un pas prudent, pour éviter de surprendre Adrian et d'aggraver la situation. En y réfléchissant, il se souvint que le jeune homme avait été nerveux toute la journée. Il s'en voulut de ne pas avoir réagi plus tôt, trop pris par ses propres problèmes pour se pencher sur ceux de son compagnon. Il se fustigea intérieurement. Avec un gamin de dix-neuf ans, il aurait été plus attentif, jamais il ne l'aurait quitté des yeux dans un état pareil. Mais avec Adrian, il n'avait pensé qu'à lui-même et au fait qu'il avait besoin d'un moment tranquille. Il s'était montré stupide et égoïste, et voilà qu'Adrian en payait le prix, abandonné tout seul sans personne pour veiller sur lui.

Il avait commis l'erreur de le considérer en adulte autonome, alors que malgré ses vingt-sept ans, il n'était à l'heure actuelle qu'un jeune garou désorienté. En vérité, Tate avait du mal à traiter comme un simple campeur le bel homme qui lui faisait face.

Pire encore, Adrian tombait manifestement du lit et ne portait que son boxer. Même troublé et confus, il restait beau à tomber, séduisant, attirant, sensuel… irrésistible !

Puis Adrian frissonna et Tate fronça les sourcils.

— Tu as froid ?

C'était étonnant. Un jeune loup avait toujours trop chaud. Mais depuis le début, la Transition d'Adrian ne suivait pas le processus habituel.

Adrian ne répondit pas et continua à trembler. Ses épaules se voûtèrent. Tate réalisa avoir commis une autre erreur : inutile d'interroger Adrian en ce moment, il était en état de choc. C'était à lui, Tate, de prendre les choses en main. Comme il l'aurait fait avec un jeune campeur habituel.

— Bien, reprit-il d'un ton apaisant. Ne bouge pas, je vais te chercher une couverture et nous allons discuter un moment, d'accord ? Je veux savoir ce que tu as.

Il recula sans quitter Adrian des yeux, le contact visuel étant très important pour un loup. Peut-être Adrian n'était-il pas sur le point de piquer une crise, mais mieux valait ne pas prendre de risques inutiles.

Une fois dans sa chambre, il s'approcha de son lit et récupéra le plaid en cachemire qu'un parent reconnaissant lui avait offert bien des années plus tôt. À part son ordinateur portable, c'était le seul objet de valeur qu'il possédait.

Le tissu était souple, doux et soyeux contre la peau, Adrian serait très bien enveloppé là-dedans. Récemment lavé, le plaid sentait le propre… et Tate. Et jamais le camp n'usait de détergent dont la forte odeur aurait agressé le nez sensible d'un loup. Tate pensait que son odeur serait également rassurante pour Adrian, le jeune loup paraissait avoir besoin de réconfort en ce moment.

Pour être totalement franc, Tate aimait voir Adrian porter son odeur. Son instinct le poussait à marquer le jeune homme comme sien, à le revendiquer. Et il avait appris à faire confiance à son instinct quand il affrontait un loup en détresse.

— Adrian ? Je vais mettre ce plaid autour de toi, d'accord ? Nous allons maintenant retourner au salon. Nous y serons bien mieux pour parler que dans cette salle de bain obscure.

Adrian leva les yeux en entendant ces paroles. Tate s'étonna de lire une telle gêne sur son visage crispé. Adrian semblait s'être repris, ce qui était de bon augure, mais il tremblait toujours et la salle de bain carrelée était plutôt fraîche. Tate résista à son envie de l'empoigner par l'épaule pour le faire sortir manu militari, il ne voulait pas l'effrayer.

Aussi s'approcha-t-il d'un pas prudent. Adrian releva la tête, l'air affolé, mais il ne chercha pas à fuir. Tate lui posa le plaid en cachemire sur les épaules. Adrian s'y accrocha à deux mains et serra le tissu soyeux contre lui.

— Je vais très bien, coassa-t-il. J'ai simplement envie d'un pot de Nutella et d'un endroit pour me terrer, sinon, tout va très bien.

Tate l'inspecta avec une attention renouvelée. Si Adrian avait été blême quelques minutes plus tôt, il avait à présent les joues empourprées. Un accès de fièvre, peut-être ? Son odeur emplissait la pièce et Tate, à travers leur connexion, ne discernait qu'une gêne terrible.

— Tout va très bien ? plaisanta-t-il. Oui, c'est la première idée qui vient à l'esprit quand on te voit !

Il eut un petit soupir soulagé en voyant Adrian sourire de sa vanne boiteuse.

— Sinon, reprit Tate, je ne te crois pas du tout. Où préfères-tu que nous discutions ? Au salon ? Sinon, je peux te proposer ma chambre, elle est plus proche.

Adrian parut vouloir refuser et Tate ne pouvait pas le lui permettre. Il chercha donc une alternative.

148

— Écoute, si tu préfères ne pas parler, c'est bon. Tu vas rester un moment avec moi, d'accord ? J'ai la télé allumée, nous pourrions regarder ensemble les masters.

À ces mots, Adrian se ranima et jeta à Tate un regard interrogateur.

— Quels masters ?

— Les Baden masters, répondit Tate. Le premier grand tournoi international de la saison de curling.

Il entraîna Adrian dans sa chambre et le fit asseoir dans le canapé devant une table basse où il avait son écran. Adrian s'était à nouveau assombri. Tate commençait à ne plus savoir quoi faire. Il envisagea de contacter Diann et d'emmener Adrian à l'infirmerie. Il avait l'air si mal en point ! Qui savait les ravages que La Transition faisait subir à un adulte. Jusqu'ici, Adrian s'en était si bien sorti que Tate avait cessé de s'inquiéter pour lui. À présent, il se maudissait de son manque de prévoyance et de vigilance.

— Veux-tu aller à l'infirmerie ?

Adrian secoua la tête, fasciné par l'écran. Il ouvrit de grands yeux et demanda d'une voix atone :

— C'est ça que tu faisais ? Tu regardais un match de… curling ?

Un peu surpris de sa réaction, Tate se sentit presque tenu de se justifier.

— Euh, oui.

Il décida d'élaborer sa réponse, tout lui semblait bon pour arracher Adrian à cette étrange crise de panique qu'il avait faite dans la salle de bain. Il pointa l'écran et ajouta :

— Ils essaient de faire entrer la pierre dans ce qu'on appelle une « maison ». Tu vois ? Ça ressemble à une cible avec tous ces cercles imbriqués les uns dans les autres. Le centre est appelé le bouton, c'est le but ultime. Ça paraît facile, hein ? Sauf que ces pierres sont en granit et pèsent environ vingt kilos, alors, viser juste et aller loin est bien plus compliqué qu'il y paraît !

Adrian émit un léger bruit qui ressemblait à un rire étouffé.

— Du curling ! répéta-t-il.

Tate hocha la tête, ravi de voir qu'Adrian se détendait et parlait. Il continua à lui expliquer le jeu avec moult détails.

— La piste glacée doit être la plus plane possible. Ils l'arrosent avec de fines gouttelettes pour un fini perlé. Les joueurs doivent partir du « hack » pour lancer leur pierre. Elles ont la particularité de ne pas être plates à la base, mais concave, ce qui leur donne une trajectoire courbe, on dit qu'elles « curlent », – du verbe anglais « to curl », d'où le nom du jeu.

Adrian éclata d'un rire presque hystérique. Oubliant son soulagement, Tate lui jeta un regard inquiet :

— Adrian…

— Non, non, ça va très bien, hoqueta Adrian. Merde !

Il lâcha son plaid pour se tenir les côtes, riant toujours. Puis il se calma peu à peu, bien que sa respiration reste sifflante et difficile.

Tate se dirigea vers la table de chevet pour attraper son téléphone.

— J'appelle l'infirmerie.

Adrian se précipita vers lui avec plus de coordination et de vitesse que Tate ne s'y attendait dans son état. Il lui arracha son appareil des mains, raccrocha et secoua la tête.

— Inutile, je vais très bien, répéta-t-il. J'exagère peut-être un peu, une petite camisole me ferait le plus grand bien, mais ce sera pour plus tard.

Tate n'en fut pas rassuré du tout. Il se redressa de toute sa taille et décida qu'il était temps pour lui de se souvenir que le Dr Tate Lewis était censé être un éminent psychologue.

— Une camisole ? Je te somme de m'expliquer ce que tu veux dire par là ! Et pendant que tu y es, explique-moi aussi ce que tu faisais dans le noir dans la salle de bain, accroché au comptoir !

Adrian se redressa, répondant à cette voix autoritaire comme Tate l'avait espéré.

— C'est juste… Disons que mes fantasmes m'ont un peu échappé, voilà.

Tate laissa le silence peser entre eux, en espérant que cela inciterait Adrian à se confier davantage. Très vite, ce dernier commença à s'agiter.

— Voilà, reprit-il, j'ai entendu des bruits émanant de ta chambre et je suis venu vérifier leur… euh, leur nature. J'enquêtais quoi !

Tate haussa un sourcil.

— Tu enquêtais sur les bruits de ma chambre ? Et c'est pour cela que tu étais devant le lavabo ?

Adrian s'empourpra.

— Je n'étais pas devant le lavabo, enfin, pas au début. J'écoutais à ta porte. Et puis tu as crié, il y a eu un bruit terrible, alors j'ai reculé, j'ai fait tomber ta bombe à raser et je me suis fracassé un orteil ! Ne ris pas ! J'ai eu très mal !

Tate ne riait pas, il était simplement rassuré qu'Adrian ne soit finalement pas au bord d'un AVC ou d'un autre choc dangereux pour son organisme. En revanche, il n'avait rien compris à cette histoire. Quel était le rapport entre la bombe à raser et le bruit « terrible » ?

— Un bruit terrible ? Quel bruit terrible ? N'était-ce pas justement la raison de ton enquête ? Trouver l'origine des bruits ?

Adrian baissa la tête et respira plusieurs fois avant d'oser affronter le regard de Tate.

— J'étais dans mon lit, j'essayais de m'endormir, mais je n'y parvenais pas. J'étais trop agité. Je dors mal ces derniers temps, je tourne des heures sans trouver le sommeil, ça me gratte partout, c'est désespérant !

Il secoua la tête en voyant Tate ouvrit la bouche et enchaîna :

— Je sais, je sais, c'est normal, il faut être patient et bla-bla-bla. Eh bien, je n'y arrive pas. Tout est tellement différent ! Ça m'énerve je ne parviens pas à me détendre. Bref, j'ai été distrait par des bruits étranges. Génial, hein, cette super-audition ! ricana-t-il, les yeux au ciel. Tu ne vas pas me croire, mais au début, je me suis dit que la moindre des choses était de respecter ton intimité. Cela n'a pas duré. J'étais trop curieux. C'est ainsi que je me suis retrouvé dans la salle de bain, l'oreille collée à ta porte.

Tate ne pouvait pas imaginer ce que c'était de passer sa Transition à l'âge adulte. Cela avait été pour lui une horrible épreuve quand il était adolescent, mais à cet âge-là, les jeunes loups sont tous hormono-dépendants et totalement lunatiques. À dix-neuf ans, Tate souffrait encore de douleurs de croissance et il maîtrisait mal ses érections, ce qui ne s'était pas arrangé, loin de là, durant sa seconde puberté. Pour un adulte, retourner en arrière devait être déconcertant. Et malgré ce handicap, Adrian gérait remarquablement bien la situation.

En revanche, Tate ne voyait pas du tout ce qu'il avait pu faire qui ait autant attiré l'attention de son compagnon. Il avait coupé le son avant de regarder le match de curling !

— Tu écoutais à ma porte ? s'étonna-t-il.

— Oui, je ne sais pas comment j'ai pu m'abaisser à ce point ! déclara Adrian, manifestement contrit. Tu tiens à aller doucement, je respecte ta décision, je ne cherchais pas à faire pression sur toi.

Il se frotta la nuque, ce qui dérangea le plaid enroulé sur ses épaules et exposa sa magnifique poitrine s. Un corps aussi solide ferait honneur à n'importe quel garou, mais le plus impressionnant était qu'Adrian ait obtenu ces muscles toniques et bien sculptés en étant humain. Tate se demanda si Adrian allait s'étoffer maintenant qu'il avait passé sa Transition ou s'il garderait sa silhouette de coureur.

— J'avais coupé le son, qu'as-tu bien pu entendre ? demanda-t-il, sans cacher sa curiosité.

Adrian détourna les yeux.

— Tu respirais fort, marmonna-t-il. Et ton rythme cardiaque a accéléré. Et puis tu… tu te parlais à toi-même.

Effectivement, Tate le faisait parfois, puisqu'il vivait seul. Il s'était surveillé depuis qu'Adrian vivait dans la chambre voisine.

— Oui, je sais, je commentais le match.

— Je sais, dit Adrian, embarrassé. Enfin, maintenant, je sais, mais tout à l'heure, j'ai cru à… autre chose. Et j'ai suivi mon instinct sauvage qui m'a poussé à vérifier ce qui se passait ! Tu vois, je suis devenu un vrai loup, une bête !

Tate éclata de rire.

— Primo, tu es un loup, c'est vrai, mais pas une bête sauvage. Tu es un garou, un homme capable de se transformer à volonté, ce qui est génial, quand on y pense. Tu as encore des doutes sur la question, je le vois bien, mais ils te passeront quand tu te contrôleras davantage.

Adrian émettait toujours des tonnes de phéromones et Tate restait aux aguets. Il sentait qu'Adrian n'était plus aussi anxieux, mais son excitation fébrile trouvait en lui un écho. Et Tate ne parvenait pas à se calmer, malgré tous ses efforts. Il trouvait même gonflé de sa part de parler à Adrian du contrôle de soi quand lui-même était la proie de son désir. C'était une attirance qui dépassait de loin tout ce qu'il avait connu. Il avait du mal à garder les idées cohérentes.

— Et secundo ? insista Adrian, la tête penchée d'un air interrogateur.

Tate essaya d'ignorer que cette position rendait Adrian encore plus adorable. Il mourait d'envie de l'embrasser !

— Pardon ?

— Tu as dit « primo », je suppose donc qu'il y a un secundo…

Bloquer sa libido avait été plus facile pour Tate quand Adrian était blême et tremblant. Désormais, il avait les joues roses et ses yeux pétillaient d'amusement. Tate sentit qu'il était foutu. Il détourna les yeux et tenta de réfléchir à la question posée.

— Euh, murmura-t-il. Secundo, je ne t'en veux pas du tout. Je comprends très bien la curiosité, elle pousse les meilleurs d'entre nous à se montrer indiscrets. Ce n'est pas grave !

Adrian secoua la tête.

— Merci de ta compréhension, mais super-sens ou pas, je m'en veux de t'avoir espionné.

— Tu as des circonstances atténuantes, reprit Tate. Ta Transition est encore récente, tes sens sont hyper développés, tu reçois sans arrêt une overdose d'informations sensorielles. C'est épuisant ! Ton cerveau essaie de gérer tout cela, et les effets secondaires habituels sont la distraction, l'irritabilité et…

— Ne dis pas curiosité ! coupa Adrian, un peu sèchement. Désolé, mais c'est de la foutaise. Je veux bien admettre que mon cerveau tourne à plein régime, que c'est épuisant, que je suis plus grincheux que d'ordinaire, que j'ai des troubles de l'attention, mais la curiosité est un domaine tout à fait différent. Inutile d'essayer de me dorer la pilule ! Je suis un grand garçon, j'assume donc la responsabilité de mes actes, surtout quand j'ai fait une connerie. Je te signale quand même que j'ai cru que tu te masturbais, et cela m'intéressait assez pour que je veuille écouter ça de plus près !

— Oh ! haleta Tate.

Sidéré, il eut du mal à déglutir. L'idée d'Adrian tenant à l'entendre se masturber lui donnait justement envie de le faire. D'autant plus qu'Adrian était devant lui, pratiquement nu.

Adrian releva les yeux et le dévisagea avec un étonnement fasciné. Tate savait très bien qu'il avait les joues rouges, le souffle court et les pupilles dilatées. Comme Adrian, à dire vrai. Était-ce dû à une attirance naturelle ou simplement une autre manifestation du lien qui les unissait et amplifiait leurs émotions ? Tate n'en savait rien, et plus il regardait Adrian, moins la réponse à cette fiche question lui importait.

— Tate, dit Adrian, d'un ton hésitant. Veux-tu que je parte… ?

Il aurait dû accepter. Il ne le pouvait pas.

— Non.

Adrian se lécha la lèvre et Tate suivit des yeux sa langue avec une avidité qui lui rongeait les entrailles. Son cœur battit plus fort encore, son érection durcit.

Adrian s'avança vers lui, sans le quitter des yeux, s'arrêtant juste devant lui. Tate prit son visage en coupe et posa ses lèvres sur les siennes.

Dès qu'Adrian s'abandonna contre lui, Tate accentua son baiser et pour lui, le monde rétrécit et devint la bouche renflée qui s'ouvrait sous la sienne, le torse nu, la peau brûlante qu'il sentait à travers le fin coton de son tee-shirt. Le plaid en cachemire tomba sur le sol avec un soupir de soie quand Adrian enroula les bras autour des épaules de Tate et colla son corps au sien.

Si Tate n'avait rien d'un moine, il n'était pas non plus du genre à draguer tous les week-ends. Sa période d'abstinence durait depuis… disons *longtemps*, pour rester charitable. En vérité, Tate avait oublié de quand dataient ses derniers ébats. Tout son corps était électrifié et la sensation d'Adrian dans ses bras était pour lui une nouveauté absolue. Cela n'avait rien à voir avec sa longue abstinence, tout était différent. Il n'avait jamais éprouvé ce qu'il ressentait ce soir, point final. Il ne possédait même pas les mots capables d'exprimer ce qui distinguait tant des autres ce baiser avec Adrian.

En fait, son cerveau avait court-circuité.

Puis Tate glissa une cuisse entre les jambes d'Adrian et un long frisson remonta le long de sa colonne vertébrale : son geste les rapprocha encore ! Tate était désormais tenaillé par la nécessité d'éliminer les obstacles qui les séparaient de la nudité totale. Adrian bougea ses hanches et enroula sa jambe autour du mollet de Tate. Le désir qui l'enflammait devint si violent qu'il en perdit la capacité de penser.

Pendant quelques précieuses secondes, plus rien n'exista sauf eux deux. Leur respiration se synchronisa et le cœur d'Adrian s'accorda au battement de celui Tate. Ils n'étaient plus qu'un seul corps, lèvres jointes et membres enroulés les uns autours des autres comme des lianes.

Puis Tate fut écrasé par une vague d'anxiété qui n'était pas la sienne et une peur glaçante perça la brume de son excitation, lui coupant carrément le souffle. Quelques secondes plus tard, les ongles d'Adrian se plantèrent dans ses épaules.

Adrian recula. Tate voulut le retenir, désespéré de maintenir leur connexion. Il s'arrêta net en voyant Adrian affolé, baisser les yeux sur ses mains griffues : il commençait à se transformer. Le regard sauvage, Adrian paraissait prêt à s'enfuir en courant.

Tate le retint par les poignets.

— Holà ! Du calme. Respire. Ne lutte pas contre ta transformation. Tu en as peut-être besoin, laisse-la venir.

— Non ! cria Adrian. Je ne veux pas.

Il avait du mal à parler, ses canines étaient déjà devenues des crocs.

Tate fit un gros effort pour se calmer. Si son pouls était régulier, celui d'Adrian lui emboîterait sans doute le pas.

— D'accord. Dans ce cas, ferme les yeux. Cherche à te concentrer sur mes battements de cœur. C'est bon ?

Tout raidi, les dents serrées, Adrian hocha la tête.

— Bien, continua Tate. Trouve deux odeurs à identifier.

Étonné, mais docile, Adrian inspira profondément et Tate fit la même chose. Il sentait encore l'acidité âcre de la peur d'Adrian, mais elle s'atténuait.

— Parfait, approuva-t-il. Maintenant, ouvre les yeux et regarde-moi.

Adrian obéit et dévisagea Tate, puis ses yeux glissèrent. Tate mit une petite seconde à réaliser qu'il regardait maintenant ses lèvres. Étaient-elles aussi enflées de leur récent baiser que celles d'Adrian ? se demanda-t-il. D'un mouvement de tête, il chassa cette pensée et écouta battre le cœur d'Adrian. Le pouls était plus lent, plus calme donc. Ses griffes et ses crocs semblaient prêts à rentrer. Pourtant, Adrian était toujours tendu et bouleversé.

— Tu t'es bien débrouillé ! le félicita Tate, avec la voix apaisante qu'il utilisait avec les jeunes loups en pleine Transition. Tu t'es contrôlé, tu as bloqué ta transformation.

Les sourcils froncés, Adrian arracha ses poignets à l'étreinte de Tate.

— Mais j'ai bien failli me transformer !

— Et alors ? Même si tu l'avais fait, quelle importance ? Il n'y a aucun mal à ça. Adrian, réfléchis un peu ! Tous les jeunes loups viennent au camp pour apprendre à se contrôler, ce n'est pas inné, ça se travaille ! Tu auras envie de te transformer chaque fois que tu éprouveras une forte émotion, c'est une réaction naturelle pour un loup.

— Parce que crever d'envie de te baiser, c'est « une forte émotion » selon toi ? ricana Adrian, sarcastique.

Malgré le ton désinvolte, Tate sentit la parfaite sincérité d'Adrian et une nouvelle vague d'excitation l'enflamma tout entier. Lui aussi était tenté de céder à son désir, mais ce n'était pas… le bon moment.

En vérité, Tate n'était pas certain qu'il y aurait un « bon moment ».

Il sourit et tenta de rester dans le domaine de la plaisanterie :

— Bien sûr, bien sûr. Mais je te rappelle que nous sommes censés y aller lentement.

— Ce n'est plus de la lenteur, mais de la stagnation, marmonna Adrian, buté.

Tate préféra considérer que c'était un trait d'esprit. Et si Adrian se montrait caustique, c'était qu'il allait mieux, non ? En tout cas, qu'il était redevenu lui-même. Ce qui était très rassurant.

— Allez, viens, je te raccompagne jusqu'à ta chambre. Nous aurons bien le temps de discuter demain matin.

Chapitre Dix-sept

ADRIAN s'arrêta devant la porte du bureau de Harris. Il hésitait à frapper. Peut-être ferait-il mieux d'appeler chez lui et de parler de son problème à l'un de ses frères... Ou même de ravaler sa fierté et d'en discuter avec Kenya. Une femme ? Non. Il se revit adolescent à ce cours d'éducation sexuelle face à une jeune louve et se recroquevilla intérieurement. Il secoua la tête et prit sa décision : il devait parler à un homme. Et Harris était le seul qu'il connaissait au camp à part Blake – le professeur de yoga – et Tate.

Il inspira un grand coup et frappa à la porte.

— Entrez ! cria Harris.

Adrian actionna la poignée et poussa la porte.

En le voyant entrer, Harris lui jeta un regard surpris

— Salut, Adrian. Vous cherchez Tate, sans doute. Son cabinet est...

— ... de l'autre côté du camp, je sais, coupa Adrian. En fait, c'est vous que je voulais voir. Je me demandais si vous auriez un moment à m'accorder.

Harris referma le dossier sur lequel il travaillait et s'adossa à son siège, son regard à la fois attentif et curieux braqué sur Adrian.

— Bien sûr. Je mettais à jour mes rapports quotidiens, cela n'a rien d'urgent.

— Je peux repasser plus tard si vous voulez…

Adrian était prêt à user de ce prétexte pour filer. L'élan de courage qui l'avait poussé jusque-là disparaissant rapidement, il commençait à se sentir très embarrassé. Sinon mort de honte !

— Non, non, restez, c'est mortellement ennuyeux et toute distraction est bonne à prendre !

Son sourire semblant sincère, Adrian se détendit un peu.

— Refermez donc la porte, ajouta le conseiller. J'ai dans l'idée que ce qui vous préoccupe est d'ordre privé.

En général, Adrian était plutôt doué pour garder une expression impassible, quelle que soit la violence de ses tourments internes – il l'avait souvent prouvé au cours des huit dernières années ! –, aussi fut-il étonné que Harris l'ait deviné au premier coup d'œil. De toute évidence, le conseiller était intuitif et bon psychologue. Ou alors Adrian changeait beaucoup. La vérité était sans doute un mélange des deux.

— Avez-vous vu Tate aujourd'hui ? demanda-t-il sans préambule.

Tout le monde au camp aimait bien Tate, mais cette cordialité superficielle n'était pas vraiment de l'amitié. Depuis qu'Adrian vivait au camp, il n'avait jamais vu Tate s'attarder ou parler avec ses collègues – à l'exception de Kenya et de Diann – en dehors de ses obligations professionnelles.

Harris fronça les sourcils.

— Aujourd'hui ? Non. Nous avons le jeudi notre réunion hebdomadaire du personnel, aussi suis-je certain de le voir demain. Pourquoi ? Y aurait-il un problème ? Entre vous, peut-être ? Vous avez eu un différend ? Tate est parfois un peu rigide, mais c'est un brave garçon. Trop renfermé, trop secret, trop silencieux, je vous l'accorde, mais fiable et solide !

Secret ? Là, Adrian était d'accord, mais il ne trouvait Tate ni renfermé ni silencieux. Malgré son état émotionnel agité et confus, il eut chaud au cœur à l'idée que Tate lui parlait volontiers – et que c'était de sa part une rareté comportementale.

Jusque-là, Adrian n'avait pas réalisé qu'il retenait son souffle. Pourtant, ses poumons le brulaient quand il s'autorisa enfin à respirer. Il se gratta la nuque, mal à l'aise, sans trop savoir par où commencer. Il finit par décider qu'il valait mieux se lancer. Le reste suivrait.

Il commença, les yeux au sol :

— Je sais, oui. Le problème, c'est moi, pas lui. Nous étions… euh… eh bien, nous nous embrassions et j'espérais…

Il releva vivement la tête pour vérifier la réaction de Harris. Rassuré que le conseiller ne semble pas le juger, il trouva le courage de continuer :

— … au pire moment, alors que nous étions prêts à passer à l'étape suivante, j'ai failli… euh…

Il dut s'arrêter, trop mortifié pour reconnaitre à haute voix ce qu'il avait fait. Ou *failli* faire.

Harris émit un bruit compréhensif et termina sa phase à sa place :

— … vous transformer. Vous avez perdu le contrôle de votre corps, c'est ça ?

— Oui, croassa Adrian, la gorge serrée.

Harris haussa les épaules.

— Cela arrive. Votre cas est exceptionnel, Adrian, vous avez un décalage qui ne vous simplifie pas la tâche. Sur le plan humain, vous êtes un adulte, mais en tant que loup, vous êtes encore un bébé. Vous venez juste de passer votre Transition, vous en êtes au même point d'apprentissage que nos autres campeurs du mois. D'après ce que j'ai entendu dire, vous travaillez bien plus sérieusement que la plupart de ces adolescents inconscients, vous suivez tous les cours et formations que nous avons à offrir, vous vous en sortez magnifiquement bien, mais un tel changement de vie et d'habitudes demande plusieurs semaines avant d'être totalement maîtrisé. Vous êtes sur la bonne voie, donnez-vous encore un peu de temps.

Toujours cette même rengaine ! Adrian ne supportait plus de l'entendre. Il en comprenait la vérité intrinsèque, bien entendu, mais ne pas se contrôler restait terriblement frustrant pour un homme comme lui. Il avait l'impression que tous ses efforts n'aboutissaient à rien. Et ce sentiment d'échec le minait.

— Alors insista-t-il, avec amertume, c'est *normal* de changer dans ces conditions très particulières ? Je comprends que cela puisse arriver sous le coup de la surprise ou de la colère, mais en baisant ? Franchement ?

Harris sourit.

— C'est une émotion *forte*, déclara-t-il. Et toute émotion forte est susceptible de déclencher chez vous une transformation jusqu'au moment où vous aurez appris à vous contrôler. Et puisque nous abordons ce domaine particulier, je dois vous féliciter : cela faisait longtemps que je n'avais pas vu Tate aussi épanoui et heureux !

Adrian piqua un fard.

— Merci, marmonna-t-il.

— Dites-moi, Adrian, pourquoi êtes-vous venu me voir ? Je suis certain que Tate vous a déjà expliqué que votre transformation était tout à fait naturelle. Aviez-vous besoin d'une seconde opinion ?

Adrian détourna les yeux et ne répondit pas.

— Voyons, reprit Harris. Soyez un peu plus indulgent envers vous-mêmes. Vous allez merder en cours de route, comme tout le monde !

Son franc-parler arracha à Adrian un rire surpris.

— Dites-vous la même chose à tous vos patients ?

Harris ricana.

— Sur le fond, oui, mais je ménage davantage l'ego des ados. Je me suis dit que vous préfériez la sincérité au bla-bla-bla lénifiant des psys.

Adrian lui sourit, il se sentait déjà bien plus léger qu'en quittant le chalet de Tate.

— Vous avez raison !

— Tant mieux.

Harris consulta sa montre et ajouta :

— Si vous n'avez pas envie d'affronter Tate tout de suite, je vous signale que Blake donne bientôt un cours que vous pourriez apprécier.

Adrian faillit sourire de la perspicacité de Harris, car il avait effectivement besoin d'un sursis supplémentaire. Le problème étant que le cours matinal de yoga de Blake ne le tentait pas vraiment.

Il plissa le nez.

— *Apprécier* ? J'en doute. Blake passe son temps à chantonner des mantras, ce qui est déjà bizarre. En plus, il nous fait prendre les postures les plus absurdes. D'un autre côté, je suis prêt à tout pour brûler cet excès d'énergie. Je passe mon temps à être survolté depuis ma Transition !

— Ah, folle jeunesse ! soupira Harris en accentuant son ton mélodramatique.

— Peuh ! jeta Adrian. Vous êtes plus jeune que moi !

— Cela ne compte pas, ma Transition est bien loin derrière moi, la vôtre est toute récente. Vous êtes un bébé, je vous le répète.

Adrian secoua la tête.

— Je me sens plus proche de la sénilité que vous l'imaginez, grogna-t-il. Merci de m'avoir reçu, en tout cas. Vous m'avez bien aidé.

Harris agita la main.

— Non, je n'ai rien fait. Vous aviez simplement besoin d'une oreille attentive. Mais n'hésitez pas à repasser me voir s'il vous arrive encore d'avoir du vague à l'âme. Je vous écouterai volontiers, sauf si vous comptez évoquer en détail vos ébats sexuels avec Tate, car certains sujets doivent rester dans le domaine de l'imaginaire.

Adrian soupira. Son imagination faisait une overdose depuis son réveil ce matin. Rien qu'en repensant au baiser qu'il avait échangé avec Tate, ses terminaisons nerveuses prenaient feu et son sang se mettait à bouillir dans ses veines.

Il se leva et retourna vers la porte. Juste avant de sortir, il fit volte-face pour lancer :

— Ne vous inquiétez pas pour ça. Les vieillards dans mon genre sont plus discrets que les jeunes fous quant à leurs bonnes fortunes.

ADRIAN aurait bien voulu se lancer à la recherche de Tate à la fin du cours de yoga, mais après avoir passé une heure dans le studio surchauffé de Blake, il était trempé. Si le hot yoga était une véritable torture dans n'importe quelles conditions, c'était encore pire dans ce studio qui surplombait un bel étang serein rempli d'eau claire et froide.

Les postures compliquées et la chaleur moite avaient aidé Adrian à oublier un moment ses obsessions, ce qui après tout avait été son but. Il ne croyait pas un mot des conneries de Blake comme quoi transpirer permettait de se débarrasser de ses « énergies négatives », mais il avait sans nul doute trouvé une certaine paix intérieure en s'efforçant de ne pas laisser ses pieds humides glisser pendant qu'il tentait le « chien tête en bas » – l'une des postures traditionnelle de la salutation au soleil, un âsana en principe simple, mais qui demandait à un néophyte une certaine intensité de concentration.

Adrian grimaça quand son tee-shirt mouillé se colla à son dos. *Nouveau plan !* décida-t-il. *Je vais retourner au chalet prendre une douche et me changer.* Ensuite seulement, il chercherait Tate. La chaleur remonta le long de sa colonne vertébrale, mais cette fois, dans le bon sens du terme ; la sensation était agréable. Adrian était impatient de reprendre les choses là où Tate et lui s'étaient arrêtés la veille au soir. Maintenant qu'il savait que l'excitation sexuelle risquait de déclencher chez lui une transformation, il serait sur ses gardes afin, le cas échéant, de la contrôler.

161

Après tout, il l'avait fait sans difficulté pendant le cours de yoga, quand Blake avait fait sonner son gong, le son surprenant Adrian qui ne s'y attendait pas. Une bonne moitié des autres campeurs présents avec lui dans la salle s'étaient retrouvés couverts de fourrure, comme le professeur s'y attendait.

En vérité, tous les cours, à leur façon, visaient le même objectif : enseigner aux jeunes loups à se contrôler en les mettant dans des situations inattendues ou carrément stressantes afin de tester leurs réflexes. En y réfléchissant, Adrian était presque certain que cela expliquait que le camp accepte si facilement les liaisons entre les campeurs : mieux valait une transformation inattendue pendant le sexe ici, au camp, sous surveillance, que plus tard, avec un humain.

Il eut un frisson glacé en s'imaginant dans ce contexte avec un étranger. Ce n'était pas son éventuelle transformation qui le dégoûtait, mais le sexe avec un autre que Tate. Il le connaissait depuis un peu plus de deux semaines et voilà que l'avenir sans lui paraissait impossible ? C'était bien plus terrifiant que la possibilité de voir pousser ses griffes et ses crocs chaque fois qu'il avait une érection. Comment envisager une relation durable avec Tate ? Et le problème majeur n'était même pas la réluctance extrême de ce dernier, mais plutôt le fait que chacun d'eux vivait dans un État différent, séparés par des milliers de kilomètres.

Et Adrian était bien intégré dans sa meute tandis que Tate s'était séparé de la sienne sans espoir de retour en arrière. De plus, Adrian doutait fort que Tate accepte de rejoindre la meute de sa mère. Pire encore, il se voyait mal y retourner lui-même sans Tate. Que de complications !

Il fit rouler ses épaules et savoura la brûlure de ses muscles endoloris par un vigoureux exercice physique. Il allait prendre une douche très chaude, grignoter un morceau, et avec un peu de chance, trouver quelque part en chemin les couilles d'avoir une franche discussion avec Tate. Il était plus que temps d'aborder le lien si spécial qu'ils partageaient et cette histoire de Couple de la Lune !

Tate, qui en connaissait bien plus qu'Adrian sur les garous, avait peut-être sur la question des renseignements importants. Adrian, lui, ne connaissait que les légendes, transmises de bouche à oreille dans sa meute depuis des générations. Durant ce fameux cours d'éducation sexuelle obligatoire qu'il avait suivi étant adolescent, la jeune louve n'avait même pas abordé le sujet.

En fait, elle avait également omis d'évoquer le risque de se transformer en pleins ébats. Maintenant, comme Adrian n'avait écouté que d'une oreille rougissante, peut-être l'avait-elle fait sans qu'il y prête attention. Il gardait un souvenir assez flou de cette session humiliante, comme c'était le cas pour la plupart de ses expériences adolescentes. Et il ne le regrettait nullement !

Une fois arrivé au chalet de Tate, il ôta son tee-shirt en traversant le salon et se débarrassa de son pantalon à peine dans sa chambre. Il détestait la sensation de la sueur poisseuse qui séchait sur sa peau !

Il ouvrit la porte de la salle de bain et s'arrêta net, sidéré de voir Tate devant le lavabo, pratiquement nu, les reins enveloppés d'une serviette. Son dos était encore constellé de gouttelettes d'eau.

— Oh, mon Dieu ! glapit Adrian. Excuse-moi !

Il n'avait pas frappé, certain qu'à cette heure de la matinée, Tate était occupé dans son cabinet avec ses patients.

Il recula prestement et referma la porte, le visage écarlate, le cœur tambourinant. Tate n'avait pas été indécent – en principe ! –, mais sa peau dorée avait suffi à mettre Adrian dans tous ses états. Entre lui en boxer et Tate torse nu, la situation avait tout d'un cocktail Molotov.

Une seconde plus tard à peine, la porte s'ouvrit à la volée et Tate se précipita vers lui.

— Tu vas bien ? Tu as besoin de quelque chose ?

Adrian garda le regard détourné.

— Non, croassa-t-il. Si tu es rhabillé, ça va aller.

Tate éclata de rire.

— Je ne le suis pas et cela ne me dérange pas du tout que tu me vois ainsi.

— Ah ? Eh bien, cela ne me dérange pas non plus, avoua Adrian d'une voix étranglée.

Quand Tate s'approcha, Adrian se risqua enfin à le regarder. D'aussi près, il ne voyait que son visage, pas cette belle peau dorée qui le rendait fou.

Tate prit ses mains entre les siennes.

— Hé, ça va ? Je te le dis encore une fois : ta réaction de la nuit dernière était tout à fait normale.

Adrian déglutit et détourna encore les yeux.

— Oui, je sais, avoua-t-il, penaud. Mais j'ai paniqué, je suis désolé.

— Voyons, Adrian, je ne t'en veux pas. Je comprends très bien que cette transformation inattendue t'ait troublé, tu n'as pas à t'en excuser. Mais tu l'as fait quand même et cela compte beaucoup pour moi, tu sais. Dans ma vie, rares sont les personnes qui se sont excusées.

Adrian se sentit d'autant plus coupable. La compréhension de Tate ne faisait qu'aggraver la situation – et ses remords. Il en avait les tripes nouées.

Il eut un rire sans joie.

— J'étais horriblement gêné, reconnut-il. Avoue que c'est plutôt vexant de commencer à avoir les crocs – au sens littéral ! – et une queue – mais pas la bonne ! – au moment où les choses commencent à devenir intéressantes avec son Compagnon de Lune.

À sa grande surprise, Tate ne se raidit pas en entendant ces mots « Compagnon de Lune ». Et c'était bien la première fois ! Du coup, Adrian reprit espoir.

— Mieux vaut que cela arrive avec ton Compagnon de Lune qu'avec un étranger, grogna Tate. Mieux vaut que cela arrive avec *moi* qu'avec un autre.

Adrian en perdit la voix. Après des semaines de non-dits, voilà que la vérité sortait du puits. Il se sentait plus connecté à Tate que jamais, aussi ne comprenait-il pas pourquoi des papillons s'étaient envolés dans son estomac quand il avait entendu Tate admettre être son Compagnon de Lune.

En fait, il ne comprenait plus rien, tout lui échappait, la situation n'avait aucun sens.

— J'aurais préféré que cela n'arrive pas, ajouta Tate. Mais je suis heureux que ça me soit arrivé avec toi.

Adrian renversa la tête pour embrasser Tate, prêt à reprendre les choses où ils s'étaient arrêtés la nuit dernière. Mais alors, Tate recula et lui lâcha les mains.

Adrian en fut terriblement déçu. Il avait cru que leur relation allait enfin démarrer !

— Avant d'aller plus loin, reprit Tate, je dois te parler. Si tu es mon Compagnon, il y a des choses que tu dois savoir sur moi et sur ma famille.

— Je ne veux rien savoir de plus sur ta famille, Tate. Tu as coupé les ponts avec ta meute, c'est du passé.

Tate secoua la tête.

— Non, les miens feront toujours partie de moi, que je le veuille ou non. Et si nous sommes ensemble, ils feront aussi partie de toi. À ton avis, comment réagira ton Alpha quand elle découvrira qui je suis ?

Sous l'effet de la colère qui monta en lui, Adrian oublia la douleur qui lui serrait la poitrine dans un étau depuis le recul de Tate. Tout en lui se hérissa devant cette accusation sous-entendue. Il ne ressentait peut-être pas de liens très forts avec sa meute, mais elle était aussi sa famille. Jamais sa mère et les autres ne lui tourneraient le dos, quoi qu'il fasse !

— Je sais comment réagira mon Alpha ! s'exclama-t-il avec chaleur. *Ma mère* sera heureuse que j'aie trouvé mon Compagnon. Et elle se fichera complètement de ton passé !

Les yeux de Tate étaient clairs et son expression impassible quand il répondit :

— Ton *Alpha*, répéta-t-il en insistant sur le mot, siège au Tribunal des loups. C'est le même tribunal qui a réclamé une enquête sur la façon dont mon père gérait sa meute et son mode de vie. Je suis le fils de cet Alpha renégat, crois-tu vraiment que ta mère m'accueillera les bras ouvertes dans votre famille ?

— Tu as tourné le dos à ta meute, tu as changé de nom !

Tate hocha la tête et Adrian trouva ce calme exaspérant.

— Et que se passera-t-il quand ta mère me convoquera devant le tribunal et qu'elle voudra connaître l'emplacement exact du territoire de mon père ? Que se passera-t-il quand je refuserai de répondre ?

Atterré, Adrian oublia son accès de colère. Il aurait voulu affirmer à Tate que jamais sa mère ne le mettrait dans cette position délicate, mais en toute franchise, c'était une promesse qu'il ne pouvait pas faire. Sa mère prenait très au sérieux sa position au tribunal et l'ancienne meute de Tate posait au monde des loups un problème sérieux. Elle insisterait donc pour l'interroger et n'accepterait pas qu'il se taise.

— Tu vois ? reprit Tate, sans amertume. Ma famille est un problème et que je sois sans meute en est un autre. Pour la plupart des loups, c'est un stigmate impardonnable.

— Tu pourrais intégrer une autre meute ! lança Adrian sans réfléchir.

Il regretta ses paroles à peine les avait-il prononcée. Et Tate s'était raidi.

— Non ! Je refuse d'être soumis à l'autorité d'un Alpha ! Même s'il s'agit de ta mère !

Oui, Adrian l'avait toujours pressenti, mais entendre ses soupçons confirmés n'en était pas moins douloureux.

— Je comprends.

La bouche de Tate s'adoucit.

165

— Ta mère aussi va considérer que c'est un problème, parce que si tu restes avec moi, Adrian, tu vas vite réaliser que ta vie deviendra beaucoup plus compliquée.

Quand Adrian ouvrit la bouche pour répondre, Tate le coupa en ajoutant :

— Non, je ne te parle pas seulement de ce que nous venons d'évoquer. Il y a d'autres choses que je dois te dire sur mon ancienne meute. Des choses dont je n'ai jamais parlé à personne... Je n'ai jamais eu suffisamment confiance pour aborder le sujet.

Soudain, Tate baissa les yeux et grimaça.

— Ce n'est pas le genre de conversation qu'on peut avoir en ne portant qu'une serviette !

Compte tenu qu'il n'avait pas été gêné de la porter malgré la gravité de leurs propos, Adrian se sentit très pessimiste pour la suite de cette discussion. Dès que Tate retourna dans sa chambre, Adrian s'habilla lui aussi, enfilant un short et un tee-shirt. Il lutta également contre son envie de quitter le chalet pour ne pas en savoir davantage. Non, il ne pouvait faire ça à Tate.

Que pouvait avoir à avouer Tate qui lui fasse aussi peur ?

Adrian sortit son téléphone de sa poche et envoya un texto à sa sœur.

Si je t'annonçais que j'ai trouvé mon Compagnon de Lune, que dirais-tu ?

Il s'assit sur le canapé pour éviter de faire les cent pas, mais il était bien trop nerveux pour rester immobile. Il balança nerveusement sa jambe en attendant Tate, dont la porte restait fermée.

Son téléphone bipa.

Que tu aimes la chair fraîche ! Ils ont tous à peine dix-neuf ans, là-bas, non ?

Adrian éclata de rire.

Pour qui me prends-tu ? Il a trente-deux ans. C'est peut-être lui qui aime la chair fraîche !

Il n'avait pas encore révélé à sa sœur ni à personne d'autre son intimité grandissante avec Tate. Maintenant seulement, il réalisait que c'était pour protéger Tate. Parce qu'il avait bien senti que cette révélation allait lui causer des problèmes, exactement comme Tate l'avait annoncé. Ce n'était pas tant qu'il s'inquiète de ce que sa famille penserait de Tate, mais avant de faire le grand saut, il préférait faire le tri dans ses émotions et ses sentiments conflictuels. Aussi ce SMS à Eliza était-il pour lui une étape importante. Il avait posé toutes ses cartes sur la table sans attendre les révélations que lui ferait Tate quand il se déciderait enfin à quitter sa chambre.

Plus de « si » ? Tu es passé du conditionnel à l'affirmatif !

Il commença à taper une réponse, mais alors, sa sœur l'inonda de textos :

NOM D'UN CHIEN, ADRIAN !

Un Compagnon de la Lune ? Pour de vrai ?

Ce n'est donc pas une légende ?

Adrian poussa un soupir soulagé. C'était la réponse qu'il espérait.

La porte de la chambre de Tate s'ouvrit et Adrian leva les yeux pour voir son Compagnon figé sur le seuil, les cheveux en bataille. Il avait enfilé une chemise sans la boutonner. Il avait l'air triste et perdu.

Une urgence. Je te raconterai le reste plus tard. NE DIS RIEN À MAMAN !

Elle le ferait quand même, bien sûr. Ce qui éviterait à Adrian l'embarras de s'en charger. Mais en demandant le silence à Eliza, il gardait un atout dans sa manche. Qui sait, il en aurait peut-être besoin plus tard quand sa situation ferait des éclats dans sa famille.

Chapitre Dix-huit

ADRIAN tapait sur son clavier de téléphone quand Tate avait ouvert la porte, mais en le voyant entrer, il s'était levé en remettant son appareil dans sa poche. Il ignora ensuite les « *bip-bip* » qui annonçaient sans doute des réponses à ses SMS.

— Rien de ce que tu me diras ne changera l'opinion que j'ai de toi, annonça Adrian avec un grand sérieux. Nous formons un Couple de la Lune, Tate. Est-ce la biologie qui nous a réunis ? Le destin ? Je n'en sais rien, mais je sais que nous sommes plus que cela. Si je te veux à mes côtés dans ma vie, ce n'est pas seulement parce que mon instinct me dit que tu es mon compagnon. C'est également parce que tu es un homme merveilleux, drôle, chaleureux et beau à tomber. Il n'y a pas que ce lien entre nous, Tate.

Pendant qu'il s'habillait, Tate avait réussi à s'inquiéter mortellement, convaincu qu'il trouverait le salon vide parce qu'Adrian s'était à nouveau enfui. Et il aurait très mal supporté ce nouveau coup bas du sort.

Aussi le chaleureux discours d'Adrian était-il exactement ce qu'il avait besoin d'entendre.

Il décida d'aller directement là où ça faisait mal : autant se débarrasser le plus vite possible du pire.

— Mon père est polygame, annonça-t-il. Il a cinq femmes dont il parle comme des « Compagnes de Lune ». Ma mère était l'une d'entre elles. Il en a probablement épousé d'autres depuis mon départ. En fait, il a sans doute pris la fille qu'il avait choisie pour moi juste après ma Transition.

La bouche d'Adrian s'ouvrit, mais Tate ne lui laissa pas le temps de parler, il continua, pressé d'en finir avant de perdre courage :

— À cause de lui et de l'exemple qu'il nous donnait, je ne croyais pas aux Couples de la Lune. Merde, je ne suis toujours pas certain d'y croire. Je ne sais qu'une chose, c'est qu'en pénétrant dans ta chambre d'hôpital, j'ai oublié pour la première fois depuis des années le vide douloureux qu'était jusque-là ma vie. Je n'ai pas les mots pour t'expliquer à quel point c'était terrifiant pour moi d'être seul, j'ai toujours eu la sensation d'être incomplet, tu vois, comme s'il me manquait une partie de mon être. Une partie que je détestais, certes, mais je n'en restais pas moins amputé.

Il se mit à arpenter la pièce de long en large, vibrant d'énergie nerveuse et désespéré de ne pas pouvoir regarder Adrian le temps de vider son sac.

— J'ai cru, enchaîna-t-il, que la seule façon pour moi de gérer mon passé était de ne pas y penser, de l'enterrer, de l'oublier. Et je ne crois toujours pas que ma réaction était malsaine, du moins, elle me convenait plutôt bien la plupart du temps. Pourquoi ressasser ce qu'on ne peut pas effacer, hein ? Mieux valait me concentrer sur le présent, sur l'homme que j'étais devenu. Quand j'ai réalisé que nous étions peut-être un Couple de la Lune, un vrai, pas le modèle tordu que mon père utilise pour soumettre ses femmes à sa volonté, tout mon passé est revenu me hanter sans que je puisse l'en empêcher. J'ai été emporté par le désespoir que j'ai connu enfant, la peur, le dégoût et tant d'autres émotions négatives.

Il fit l'effort de cesser de marcher pour regarder Adrian bien en face.

— Mon père était une ordure, annonça-t-il avec conviction. Un homme violent et abusif qui utilisait un conte de fées pour abuser de crédules jeunes femmes et les mettre dans son lit. Alors je ne croyais pas aux Couples de la Lune, bien entendu, mais je ne croyais pas non plus à l'amour. Je ne me croyais pas capable d'un attachement durable… avant de te rencontrer. Aujourd'hui, je comprends que l'amour n'est pas une chaîne qui vous lie à un autre, c'est de s'ouvrir à cet autre, de tout partager avec lui. Et si tu veux toujours de moi après ce que je viens de te révéler, je suis prêt à tenter le coup avec toi.

À dire vrai, Tate était un peu surpris de constater qu'Adrian ne reculait pas, le visage crispé d'horreur. Chaque fois qu'il avait envisagé d'évoquer son enfance et l'environnement dans lequel il avait grandi, il avait vite changé d'avis en imaginant le choc et la condamnation que lui vaudraient ses aveux. Jamais il ne se serait pas attendu à la douceur et à la compréhension qu'il lisait en ce moment même dans le regard d'Adrian posé sur lui.

Un peu détendu, il poussa un long soupir.

— Voilà, tu sais tout. Tu connais mes plus sombres secrets.

Adrian fit une grimace comique.

— En clair, tu m'aimes. Et tu acceptes enfin de croire à notre lien et au fait que nous formions un Couple de la Lune ?

Tate se gratta la nuque, mal à l'aise.

— Oui, mais là n'est pas la question.

— Bien sûr que si ! le contredit Adrian. Le reste compte, certes, parce que c'est ton enfance, ton passé, mais notre avenir est une tout autre histoire. Elle a commencé quand l'homme le plus magnifique que j'aie vu de toute ma vie est entré dans ma chambre d'hôpital. Figure-toi que j'étais très mal, j'avais la migraine, des démangeaisons, de nouveaux sens exacerbés, je n'y comprenais plus rien. En plus, je portais une affreuse chemise qui me laissait le cul à l'air… bref, je n'étais pas à mon avantage ! Pourtant, quand ce bel inconnu m'a regardé, il a trouvé en moi quelque chose qui lui manquait… sans même qu'il ait eu conscience de ce manque. C'est sacrément important, Tate !

Effectivement, présenté de cette façon, c'était le cas.

— C'est un des trucs que j'adore chez toi, déclara Tate, qui ne put retenir un sourire en voyant Adrian rougir adorablement. Ton optimisme ! Ta façon de voir le monde avec des lunettes roses ne cessera jamais de me sidérer !

Adrian lui lança un regard aguicheur à travers ses cils.

— Hé, nous sommes complémentaires, déclara-t-il doucement. C'est dans la définition même des Compagnons de Lune.

Tate fit la grimace.

— J'ai dans l'idée que tu viens de m'insulter, mais pour une fois, je vais te laisser t'en tirer.

En vérité, il bouillonnait de bonheur. Et c'était une sensation qu'il n'avait jamais connue. C'était comme si tous ses problèmes existentiels venaient de disparaître. Ce n'était pas vrai, Tate le savait bien, mais il se sentait léger alors que quelques minutes plus tôt, un terrible fardeau lui pesait encore sur les épaules. Peut-être était-ce le fait de « partager ». N'était-ce pas le rôle d'un Compagnon de Lune, après tout ? D'aimer et d'épauler ?

Tate sursauta quand on frappa vigoureusement à sa porte d'entrée, ce qui l'arracha à la béatitude de ce moment avec Adrian.

Furieux, il se précipita pour ouvrir, prêt à exprimer vertement à celui ou celle qui se trouvait sous son porche ce qu'il pensait de cette intrusion malvenue.

Il se figea en tombant sur Kenya, car elle avait les traits crispés d'inquiétude.

— Ryan est parti ! annonça-t-elle.

— Comment ça, *parti* ?

— Il a *disparu* ! Sa couchette est vide. Il a emporté ses bagages. Personne sait où il est allé, mais les images de la caméra de sécurité le montrent qui passe les grilles, il est parti.

Tate maudit silencieusement Ryan et son épouvantable timing. Il se tourna ensuite vers Adrian :

— Excuse-moi, je vais devoir y aller. Attends-moi ici et à mon retour…

— Non, je viens avec toi.

Adrian avait déjà mis ses chaussures. Il tendit à Tate les siennes.

Tate hésita : deux jeunes loups lâchés hors du complexe ? Était-ce bien la meilleure solution ?

— Adrian, dit-il d'un ton prudent. Tu n'es pas encore en état de quitter le camp. De plus, je ne sais pas dans quel genre de merdier nous allons tomber et je préfèrerais que tu ne sois pas mêlé à tout ça !

— C'est vrai, tu ne sais rien du merdier qui t'attend, c'est bien pour cela que tu as besoin de moi. Je suis responsable marketing d'un cabinet d'architecte multinational, Tate. Je suis donc un baratineur capable de dépatouiller n'importe quelle situation, aussi épineuse soit-elle. Si ton campeur a des ennuis, il va falloir trouver très vite une histoire convaincante pour le sortir de là. Et les histoires convaincantes, c'est mon domaine d'expertise ! Je peux le faire. Je suis prêt.

C'était une facette d'Adrian que Tate ne connaissait pas encore : un homme assuré, confiant, solide, avec les épaules assez large pour affronter un problème sous toutes ses facettes. Jusqu'ici, Adrian avait été si discret et facile à vivre que Tate avait un peu oublié sa position dans le cabinet Rothschild et son pouvoir sur des milliers de vies. La voix autoritaire d'Adrian avait fait passer un frisson d'excitation dans son dos. Il se promit d'explorer plus tard cette découverte, car pour le moment, ils avaient un jeune loup désemparé à récupérer.

Tate le dévisagea, notant la mâchoire butée et les épaules raidies. Adrian avait pris sa décision, il ne comptait pas changer d'avis. Et peut-être avait-il raison. Peut-être était-il prêt.

Adrian déclara d'un ton léger :

— Si ça peut t'aider, considère que c'est un stage pratique de l'interaction entre la communauté des loups et le monde humain !

Cette fois-ci, Tate ne put retenir un sourire.

— D'accord.

Tourné vers Kenya, il ajouta :

— Qui d'autre as-tu lancé à sa recherche ?

— Harris a pris une camionnette pour aller à Bloomington. Nous pensons que Ryan va tenter de faire du stop et c'est la direction la plus logique. Liam est parti vers Columbus dans une autre voiture au cas où le gamin chercherait à rejoindre l'aéroport.

Tout à coup, Tate sut où comptait aller Ryan. Et le moyen de transport qu'il emploierait.

Il récupéra ses clés posées sur une console et lança à Adrian :

— Allons-y. Kenya, je te préviendrai dès que nous l'aurons récupéré. Anne Marie a-t-elle déjà prévenu l'Alpha de Ryan ?

— Oui, confirma Kenya.

Tate poussa un juron. Le courroux de son père n'allait pas aider Ryan. Au contraire, cela risquait même d'aggraver la situation.

Devinant ce qui le tourmentait, Kenya ajouta :

— Laisse Anne Marie gérer son Alpha. Toi, occupe-toi de ce gamin et ramène-le-nous en sécurité.

— D'accord.

Abandonnant Kenya, Adrian et Tate quittèrent ensemble le chalet et coururent à toutes jambes vers le parking.

— Tu sais où il est, n'est-ce pas ? demanda Adrian, sans ralentir sa foulée.

Tate évaluait ses chances d'avoir raison à quatre-vingt-dix pour cent.

— Oui, je crois que nous le trouverons sur le parking d'un magasin de vente en gros de produits agricoles, à huit kilomètres d'ici environ.

Une fois devant sa voiture, il déverrouilla la portière et se glissa derrière le volant. Adrian attachait déjà sa ceinture de sécurité sur le siège passager.

Il se tourna ensuite vers lui, l'air étonné.

— Que ficherait-il devant un magasin de produits agricoles ?

Tate eut un sourire ;

— C'est là que Wade, notre chauffeur Uber local, donne rendez-vous à ses clients.

Chapitre Dix-neuf

ADRIAN avait parfois couru dans la forêt autour du camp, mais sous sa forme de loup, aussi avait-il peu pris conscience de son environnement, plus préoccupé de ses nouvelles sensations que du paysage qui l'entourait. Maintenant qu'il le regardait, il le trouvait magnifique !

Tate roulait sur une route sinueuse qui traversait la luxuriante forêt nationale d'Hoosier. En cette fin d'été, la plupart des arbres étaient encore verts, certains précocement teintés de jaune et de rouge. Adrian regretta de ne plus être là dans quelques semaines pour profiter de la splendeur de l'automne.

Puis Tate tourna et s'engagea sur un parking gravillonné, presque désert. Adrian jeta autour de lui un regard dégoûté. Un monstrueux hangar en tôle ondulée se profilait de l'autre côté de la route, entouré d'une clôture en rondins de bois grossièrement taillés.

Ryan était assis sur l'un d'eux, son sac à ses pieds.

174

Tate avança et s'arrêta non loin de l'adolescent. Il sortit de sa voiture et s'appuya nonchalamment à la carrosserie.

— Vous attendez votre Uber ?

Ryan serra les dents, sa mâchoire en avant. Il semblait en colère.

— Vous ne pouvez pas m'empêcher d'aller où je veux !

— Je sais, répondit Tate d'un ton léger. Mais vous devriez consulter votre Alpha avant de monter dans un avion.

Ryan devint blême.

— Ne me dites pas que vous avez prévenu mon père !

Il sauta du poteau et se rua vers Tate qu'il prit par le bras.

— Vous l'avez appelé ? insista-t-il.

De la sueur perla sur son front, ses cheveux se mirent à pousser et à s'allonger. Il allait se transformer ici-même, devant un tracteur John Deere et une sélection de tondeuses à gazon !

Tate regarda autour de lui et repéra une meule de foin à l'angle du parking. Il fit signe à Adrian, tous deux empoignèrent Ryan par un bras pour l'entraîner loin des regards. Cela leur donnait une chance d'éviter le désastre si Ryan se transformait.

— Hé, ça va aller, d'accord ? Essayez de vous contrôler. Venez, nous allons vous cacher derrière cette meule où personne ne risquera de vous voir.

Ryan se laissa entraîner sans protester, mais ses cheveux et ses ongles poussaient toujours.

— Ce n'est pas moi qui ai appelé votre Alpha, reprit Tate, d'une voix douce et calme. C'est la directrice. Elle y était obligée, c'est le protocole. Vous n'êtes pas encore prêt à sortir du camp. Et votre Alpha est aussi votre père, il s'inquiète certainement pour votre sécurité.

— Père ou Alpha, qu'est-ce que ça change ? déclara Ryan avec amertume.

Il faisait les cent pas, toujours très agité.

Ah, pensa Adrian. Ryan aurait-il du mal à accepter d'être le fils d'un Alpha ? Peut-être se sentait-il désavantagé par rapport à ses frères et sœurs. Et cela, Adrian était mieux placé que quiconque pour le comprendre. Il regarda Tate en levant un sourcil interrogateur : « *je peux intervenir ?* » Tate se contenta de hausser les épaules. Adrian prit cette réponse pour un accord tacite.

— Rien, si vous voulez mon avis, déclara-t-il.

Devant cette calme et franche réponse, Ryan cessa d'arpenter l'espace derrière la meule et le regarda bien en face. Tate jugea que c'était de bon augure. Au stade où il en était, Ryan pouvait encore interrompre sa transformation si Adrian parvenait à le calmer.

— La plupart des gens sont incapables de comprendre que c'est vraiment difficile d'être le fils ou la fille d'un Alpha, reprit Adrian. Nous avons sans arrêt des regards braqués sur nous en guettant nos moindres faux pas. Et lorsque cela arrive, notre Alpha nous engueule parce que nos erreurs lui font honte. Ma mère est Alpha, vous savez, c'est ainsi que cela s'est passé pour moi pendant toute mon enfance. En plus, ce n'est pas une Alpha lambda, elle gère tout le Nord-Ouest du Pacifique et elle préside le Tribunal des loups de la côte Ouest. Vous voyez le topo ? Ça craint un max.

Ryan envoya un violent coup de pied dans la meule, une botte se détacha et du foin s'envola. Adrian sentit son nez le picoter, mais il retint ses éternuements. Pas question qu'un bruit inattendu fasse basculer Ryan du mauvais côté de sa transformation !

Ryan se décida enfin à parler :

— Je connais au moins dix gamins qui tueraient pour être moi, grommela-t-il. Je me demande bien pourquoi ! Même moi, je n'ai pas envie d'être moi !

Il envoya une autre botte voler, puis croisa les bras sur sa poitrine.

Adrian cacha sa stupeur et sa consternation : il n'avait pas envisagé que le problème de Ryan soit aussi lourd ! Il remarqua que Tate ne bougeait pas, le laissant gérer la situation, aussi réfléchit-il à toute vitesse à ses options. Il n'était pas psychologue, mais si Tate lui faisait confiance, c'était sans doute qu'il ne s'en tirait pas si mal.

— Je sais, Ryan. Je vous comprends. Connaissez-vous mon histoire ? Figurez-vous que lorsque je suis allé dans un camp, à dix-neuf ans, je n'ai pas passé ma Transition. Cela m'est arrivé seulement à la dernière lune, avec huit ans de retard. Et pendant ces huit années, j'ai vu la déception dans chacun des regards que ma mère posait sur moi, j'ai entendu la meute chuchoter sur mon passage. Merde ! J'ai cessé d'assister aux réunions de meute parce que j'en avais ras la frange qu'on me regarde de travers sous prétexte que j'étais resté humain !

Ryan avait la lèvre qui tremblait. Il resserra ses bras autour de lui et se raidit. Les poils sur son visage commençaient à se rétracter, il reprenait le contrôle de lui.

Il jeta à Adrian un regard affolé :

176

— Oh, merde ! Je n'ose même pas imaginer la réaction de mon père si j'avais foiré ma Transition ! Il aurait été… furax ! Il râle déjà suffisamment parce que je n'arrive pas à me maîtriser !

Il eut un rire sans joie avant de continuer :

— Il a raconté à toute la meute que j'avais été si *remarquablement bon* que le camp tenait à me garder un mois de plus pour conseiller le groupe suivant. Sympa de sa part, non ? Comme si tout le monde n'allait pas deviner que c'était de la foutaise !

Adrian ne sut quoi répondre. Sa situation était totalement différente de celle de Ryan. Sandra Rothschild avait été pour lui une Alpha pénible, mais une bonne mère. Il n'avait jamais douté de son soutien inconditionnel, tout en sachant combien il l'avait déçue.

Se sentant impuissant, il consulta Tate du regard.

Ce dernier lui sourit chaleureusement, puis il se tourna vers Ryan et prit la parole :

— Votre valeur dépend de vous, Ryan, uniquement de vous, pas de ce que pense de vous votre père ou votre meute. Vous êtes le seul à décider de votre vie, c'est à vous de créer votre chemin, de forger votre bonheur.

Quand Ryan s'essuya les yeux d'un geste rageur, Adrian fut soulagé de voir que ses griffes s'étaient rétractées. Le jeune homme ne ressemblait plus à un loup incontrôlable, seulement à un enfant malheureux.

— Justement, même ça, je n'y arrive pas ! aboya-t-il. Parce que mon bonheur, actuellement, eh bien, ce n'est pas gagné !

— Comment pourriez-vous être heureux alors que vous essayez de vous conformer à une vie qui ne vous convient pas ? Parlez franchement, Ryan, quels sont vos souhaits pour votre avenir ?

Tate parlait d'une voix douce et apaisante. *Il doit être génial comme thérapeute !* s'émerveilla Adrian. *Il aime aider ses patients et ça se voit…*

En vérité, Tate était plus animé et intense qu'Adrian l'avait vu. Une phrase bateau qu'il avait souvent entendue lui revint en mémoire : « c'est sa vocation ». Pour la première fois, il en comprit le sens profond. La psychologie était effectivement une vocation pour Tate, bien plus que simplement accompagner de jeunes loups pendant leur Transition. Il voulait aider les gens en détresse et leur rendre leur joie de vivre. Avec ses patients, Tate devenait le Dr Lewis, ce qui lui permettait enfin d'échapper à tout ce qui le tourmentait. Il trouvait une forme de paix intérieure en se réalisant sur le plan professionnel.

Et Adrian lui souhaitait de tout cœur de trouver la même paix dans sa vie personnelle.

Ryan avait les yeux noyés et le souffle erratique. Pourtant, il carra les épaules et sembla grandir.

— Je sais au moins une chose, déclara-t-il. Je déteste la comptabilité. Et je ne veux pas travailler dans la boîte de mon père comme mes frères. Mon père m'avait promis de me laisser un an pour réfléchir à ce que je voulais faire, mais ce matin, il m'a téléphoné pour me dire que j'étais inscrit à Hofstra[5] et que mes cours commençaient en janvier. Il m'a inscrit sans même m'en parler, sans même me demander mon avis ! Et moi qui croyais que pour une fois, il m'avait écouté !

Ryan recommença à faire les cent pas, sa voix devenant plus tendue.

— Je suis d'une naïveté consternante, grommela-t-il. Il dit tout le temps que je n'apprends pas de mes erreurs, il a raison. J'espère toujours... et cela n'arrive jamais.

Tate secoua la tête.

— Comme Charlie Brown et le football, murmura-t-il. Le passé ne peut être changé, pensons plutôt au futur. Il faut que vous passiez à autre chose, Ryan. Rien ne vous oblige à entrer à Hofstra en janvier prochain si cela ne correspond pas à vos vœux. Vous êtes majeur. Légalement, vous êtes adulte. C'est à vous de décider de votre vie. Vous pouvez bien entendu écouter les conseils qu'on vous donne, mais c'est à vous de choisir votre chemin, parce que c'est vous qui subirez les conséquences de vos choix.

— Il va me couper les vivres.

— C'est possible, admit Tate. Autant vous y préparer si vous le contrez. Mais je peux vous assurer qu'il y a des épreuves bien pires. Vous êtes solide, Ryan. Si vous devez tracer votre chemin tout seul, vous vous en sortirez. Mais pour le moment, les ponts ne sont pas encore coupés avec votre famille et votre meute. Mieux vaut d'abord les affronter, discuter calmement et mettre vos désidératas sur la table. Parfois, la vie vous offre de bonnes surprises.

Ryan poussa un long soupir.

— J'ai quitté le camp en catastrophe... Je suis dans la merde, non ?

_____

5 Institution universitaire privée d'éducation supérieure de Long Island dans l'État de New York.

Tate haussa un sourcil.

— Vous vous êtes transformé depuis votre départ ? Vous avez annoncé à tous ceux que vous croisiez que vous étiez un loup ?

Ryan recula.

— *Quoi ?* Non ! Bien sûr que non !

Tate lui adressa un clin d'œil.

— Alors pourquoi seriez-vous « dans la merde », comme vous le dites ? Vous n'avez rien fait de mal. Un loup a l'autorisation de quitter le camp s'il est capable de se contrôler, ce qui est votre cas.

Ryan baissa les yeux sur ses mains, il fléchit les doigts et les regarda avec une sorte d'émerveillement.

— J'ai commencé à me transformer, souffla-t-il, comme s'il n'y croyait pas.

Adrian intervint :

— Et vous vous êtes contrôlé à temps, Ryan. Vous avez fait ce qu'il fallait. Bravo !

Ryan leva les yeux et offrit à Adrian un sourire si authentique qu'il en était douloureux.

Puis il se tourna vers Tate et demanda :

— Et maintenant ? Je fais quoi ?

— C'est à vous d'en décider. Je peux vous ramener au camp ou vous conduire à l'aéroport. Je crains que votre Uber soit passé et reparti. J'ai entendu hoqueter le tacot de Wade il y a une vingtaine de minutes. Il ne vous a pas vu, il n'a pas attendu.

Ryan resta silencieux un moment.

— Je vais retourner au camp, annonça-t-il enfin. Je ne pense pas être prêt à sortir.

Tate lui envoya une grande claque dans le dos.

— Bravo, mon jeune ami ! C'est une décision courageuse et responsable. Vous voyez, vous devenez adulte !

Ryan piqua un fard.

RAMENER Ryan au camp occupa Tate tout le reste de l'après-midi et ce fut seulement après le dîner qu'Adrian se retrouva enfin seul avec lui au chalet. Adrian était toujours aussi excité par la proximité de son Compagnon, mais il y avait désormais davantage entre eux.

Aujourd'hui, après avoir assisté à une scène émouvante, Adrian était plus certain que jamais que ses sentiments envers Tate pourraient vraiment devenir de l'amour. Le lien de la lune les avait rapprochés, certes, mais c'étaient les qualités intrinsèques de Tate, son courage, son grand cœur, sa loyauté qui avaient scellés leur destin. Du coup, Adrian envisageait un avenir avec lui, un avenir dans lequel Tate exercerait la profession qu'il aimait. Si pour cela ils devaient rester au camp, alors Adrian s'y ferait.

— Que veux-tu faire ce soir ? demanda Tate. Si ça te dit de sortir, je t'emmène à Bloomington prendre un verre ou voir un film… ou autre chose.

Tout en parlant, Tate s'étira et Adrian admira le jeu des muscles à travers le coton moulant de son tee-shirt fin. Sa bouche s'asséca.

— Je vote pour « autre chose », roucoula-t-il.

Quand Tate se retourna et lui lança un regard interrogateur, Adrian lui lança un clin d'œil égrillard.

Le regard de Tate s'obscurcit sous l'afflux du désir.

— Oh, souffla-t-il.

Adrian traversa la pièce, se jeta sur Tate et le fit reculer jusqu'à le plaquer contre la porte menant à sa chambre. Il approcha ses lèvres des siennes et fouilla son regard. C'était une connexion d'une folle intimité. Ils étaient plaqués l'un autre, leurs deux souffles n'en formant plus qu'un, et Adrian avait l'impression de fusionner avec Tate – et réciproquement. Si une simple étreinte était aussi intense, que serait le sexe entre eux ? se demanda-t-il.

Il ne comptait pas attendre plus longtemps pour le découvrir. Alors il embrassa Tate, savourant une fois encore la façon dont leurs lèvres s'accordaient parfaitement.

Ils étaient faits l'un pour l'autre, c'était évident.

Tate répondit à son baiser avec ferveur, les mains serrées sur la taille d'Adrian pour mieux coller son corps au sien. Adrian frissonna quand Tate passa le pouce sous son tee-shirt, le contact peau contre peau étant un délicieux prélude de ce qui allait arriver. Il s'inquiéta brièvement que ce frisson annonce un début de transformation, puis se rassura. Tout allait bien. C'était du plaisir, tout simplement, un plaisir exquis.

Puis Tate souleva le tee-shirt d'Adrian et lui caressa avidement le dos et les flancs. Adrian se tortilla avec un gloussement hystérique. Horrifié d'entendre ce son grotesque émaner de sa bouche, il enfouit son visage dans le cou chaud de Tate.

— Désolé. Je suis très chatouilleux.

Tate continua à le découvrir du bout des doigts, sa main remontant entre ses omoplates.

— Je veux tout connaître de toi, haleta-t-il. Ce que tu aimes et ce que tu détestes. Parle, dis-moi tout.

— Je suis très sensible du cou, souffla-t-il à même sa peau.

— Moi aussi, reconnut Tate. Cela nous fait un point commun.

Adrian frotta son nez contre la gorge de Tate, lui arrachant un gémissement d'extase. Ravi, il insista en le mordillant. Quand Tate frissonna, le même frisson traversa Adrian

Puis ce dernier poussa un cri étranglé parce que Tate venait d'ouvrir sa porte, le couple entrant dans la chambre sur des jambes vacillantes.

Tate avançait vers le lit, Adrian était donc forcé de marcher à reculons – il ne tenait pas à lâcher son compagnon ! Quand ils s'écroulèrent ensemble sur le lit, Adrian tomba sur Tate. Pour le soulager d'une partie de son poids, il se redressa sur un coude. Son geste pressa son érection contre celle de Tate, lui arrachant un gémissement d'extase.

Tate le regarda avec dévotion :

— Putain ! J'adore t'entendre crier comme ça !

Il souleva ses hanches et se frotta à Adrian. Cette fois, Adrian gronda. Il se pencha et embrassa Tate tout en accentuant délibérément la friction de leur bas-ventre. Adrian était heureux que son jean serré le sauve d'un embarras certain, aussi se laissa-t-il aller à savourer la proximité de Tate et les soupirs gémissants qu'il lui soutirait.

Entre deux baisers, Tate leva la tête pour dire :

— Nous n'avons plus l'âge de jouir dans nos pantalons !

— Je me disais justement la même chose. Bien, je pense qu'il est donc temps de nous déshabiller, qu'en dis-tu ?

Adrian glissa la main entre leurs deux corps et ouvrit le bouton de sa ceinture, il descendit ensuite sa fermeture Éclair. La sensation du sexe de Tate tout proche du sien rendait très délicat le fait de se concentrer sur ce qu'il faisait. Il caressa la bosse énorme entre les jambes de Tate et se remit à l'embrasser.

Tate gloussa et secoua la tête :

— Je croyais que nous avions décidé d'enlever nos pantalons ? Tu n'en prends pas le chemin !

Il écarta Adrian et commença à se déshabiller. Adrian roula sur le côté du lit et se leva pour ôter son jean. Il vit une tache humide sur son boxer et fit la grimace. Il s'en débarrassa et remonta sur le lit.

Il chevaucha Tate, complètement nu. Il réalisa alors avoir oublié son tee-shirt. Quand il voulut le faire passer par-dessus sa tête, Tate agit avant lui et jeta le vêtement loin sur le sol. Adrian bougea et regarda son sexe et celui de Tate se toucher. La sensation était… électrique.

Abandonnant toute idée de prendre son temps – quelle idée grotesque ! – Adrian serra la main autour de leurs sexes réunis et commença de rapides va-et-vient. Tate s'assit sur le lit, tenant Adrian par la nuque, puis il roula et retomba sur le matelas, tous deux allongés sur le côté, se faisant face. Adrian avait à présent un nouvel angle pour sa branlette, c'était divin, les deux amants en perdirent rapidement le souffle.

Tate posa sa main sur celle d'Adrian pour accélérer encore la cadence. Lovés l'un contre l'autre, ils s'embrassèrent. Adrian but à même la bouche de Tate ses soupirs de plaisir et ses halètements. Il plongea sa langue en avant et chercha la celle de Tate, avide de sensations supplémentaires.

Il tenta de se retenir en sentant son orgasme monter, mais Tate ne le lui permit pas, et il explosa dans un long cri stridulé. C'était la jouissance la plus parfaite qu'Adrian ait connue de toute sa vie. Sa bouche se détacha de celle de Tate quand sa tête tomba sur l'épaule de son compagnon, son corps secoué de spasmes qui rythmaient l'orgasme qui le ravageait des pieds à la tête. Tate leva une main et la posa sur la nuque d'Adrian, le serrant contre lui. Les cris d'Adrian s'étouffèrent contre sa peau.

Après un dernier frisson, Adrian s'écroula, vidé, contre la poitrine ferme de son amant. Tate déposa un baiser au sommet de sa tête et bougea un peu pour relever ses genoux. Il continuait à se masturber fébrilement. Adrian glissa la main entre ses jambes pour lui caresser les bourses. Son geste déclencha l'orgasme de Tate. Adrian l'accompagna tout du long et le retint quand, à son tour, il retomba en arrière, vidé.

Pendant un long moment, le silence de la chambre ne fut troublé que par leurs souffles rauques.

— Bon Dieu ! haleta Tate. C'était…

Adrian éclata de rire.

— Du sexe de lune ?

182

— Je suis à fond pour ! s'exclama Tate avec conviction.

— Moi aussi, convint Adrian, hilare. Je m'habituerai très facilement à ces ébats avec toi !

Tate lui prit la main et la serra très fort.

— Ça tombe bien, chuchota-t-il. Moi aussi.

Chapitre Vingt

Une semaine plus tard

DORMIR sans Adrian avait fait à Tate un effet étrange, mais puisqu'ils campaient avec quatre jeunes loups pour une sortie de nuit à la pleine lune, il avait trouvé cette séparation plus appropriée.

Du coup, Tate avait vaguement somnolé dans son lit étroit tandis que les jeunes autour de lui jouaient aux cartes et faisaient les clowns. Adrian s'était joint à eux et Tate avait apprécié de le voir interagir avec les adolescents. Adrian avait un véritable don d'encadrement. Sa présence au camp serait un bonus important si Anne Marie arrivait à ses fins et qu'Adrian acceptait le poste qu'elle lui proposait.

Tate, lui, s'y opposait. Adrian méritait mieux qu'un complexe paumé au milieu de nulle part, dans le sud de l'Indiana. Pour le moment, tous deux avaient convenu de vivre au jour le jour, et Adrian prévoyait de rester un mois de plus au Camp H.U.R.L. jusqu'à la prochaine lune. Il se rendait aussi deux fois par semaine à Indianapolis, au cabinet local des Rothschild, et en rapportait du travail dont il s'occupait au chalet de Tate.

Adrian n'était pas le seul à avoir des projets. Le père de Ryan était si reconnaissant à Tate de son rôle dans la remise en question de son fils qu'il lui avait offert une somme astronomique pour s'installer comme psychologue à New York et accepter Ryan comme patient régulier.

Tate comptait en parler à Adrian une fois les jeunes loups revenus au camp.

C'était le matin et Tate tentait de réveiller Ryan, étalé sur le sol.

— Allez, mon pote, debout. Le petit-déjeuner doit déjà être servi dans la grande salle, ensuite, vous reviendrez finir vos bagages.

Les yeux vitreux, Ryan eut un sourire ravi.

— J'ai réussi à bloquer ma transformation, annonça-t-il.

Sa voix était empâtée par l'épuisement d'avoir lutté toute la nuit contre la lune.

Tate lui tendit la main et l'aida à se relever.

— Vous vous en êtes très bien sorti. Les autres aussi d'ailleurs. Vous recevrez donc tous votre exéat dans la journée. Vous allez pouvoir rentrer chez vous.

Des bras s'enroulèrent autour de lui par derrière. Amusé, il savoura l'odeur lourde d'Adrian au réveil.

— Pas moi ! Je reste avec toi !

Ryan esquissa une grimace dégoutée.

— Non, mais franchement ! Tenez-vous un peu ! Vous êtes encore pires que mes parents. Les Couples de la Lune sont-ils tous aussi horriblement adorables ?

— Oh, s'étonna Tate. Vos parents sont des Compagnons de Lune ?

Il n'était pas au courant.

Ryan eut un sourire plus affectueux que contrarié.

— Ouaip. Ils sont tellement amoureux que c'en est parfois gênant ! En fait, cela explique peut-être le total revirement de papa… Il a beau être l'Alpha, maman a beaucoup d'influence sur lui, elle lui fait faire tout ce qu'elle veut… même pour la meute. Quand je leur ai parlé au téléphone la semaine dernière, j'ai vidé mon sac, j'ai dit que je ne voulais pas aller à l'université et que j'en avais assez d'être traité en raté… Par la suite, mon frère m'a raconté que maman avait incendié papa. Du coup, il s'est drôlement calmé avec moi.

Tate le croyait volontiers. Il avait eu les parents de Ryan au téléphone la veille encore.

Ryan reprit :

— Maman s'en veut beaucoup de ne pas avoir compris plus tôt à quel point je me sentais mal. Mais comment aurait-elle pu le savoir alors que je ne lui ai jamais rien dit ?

— J'espère que vous l'avez rassurée, Ryan.

Tate était très fier de son jeune patient. Le père de Ryan avait peut-être revu son attitude vis-à-vis de son fils, mais le gamin s'était également repris en main avec ardeur. Il s'était ouvert pendant sa thérapie et donné à fond dans toutes les activités du camp. Très vite, ses progrès avaient été spectaculaires. Le jeune grossier et désenchanté qu'il avait été à son arrivée n'existait plus. Oh, Ryan était loin d'être parfait et il avait encore un long chemin à parcourir, mais il mûrissait un peu plus chaque jour et il s'épanouissait. Tate devinait déjà chez lui l'homme qu'il serait un jour.

— Oui, bien sûr. Je lui ai dit que regretter le passé ne servait à rien et qu'il fallait se concentrer sur l'avenir. C'est ce que vous dites toujours, non ? Ne pas regarder en arrière, mais plutôt devant nous.

Adrian déposa un baiser sur le cou de Tate et s'écarta pour dire :

— Si vous voulez mon avis, Ryan, vous feriez un excellent psychologue. En tout cas, vous avez déjà compris le principe.

Il frotta ses jointures sur crâne récemment rasé du gamin. Ryan s'était débarrassé de ses *dreads*. Il avait avoué qu'il les détestait depuis longtemps, mais qu'il les avait gardées pour contrarier son père.

Le dortoir était désert, les autres s'étant déjà précipités pour prendre leur petit-déjeuner. Tate et Adrian se rendirent enfin au restaurant du complexe en compagnie de Ryan. Ils trouvèrent à l'écart sur le buffet trois assiettes bien garnies que Kenya et Diann leur avaient gardées, avec des œufs et des saucisses. Ryan prit la sienne et alla rejoindre une tablée de jeunes. Tate et Adrian s'installèrent à une petite table dans un coin et Adrian sirota une tasse de café brûlant en marmonnant des mots d'amour complètement ridicules.

— Je vais finir par être jaloux de ta passion pour le café ! grogna Tate, qui le dévorait des yeux.

Adrian ne put répondre, car Kenya venait de les rejoindre, les yeux brillants.

— Bonjour, messieurs. Vous me semblez en pleine forme. Je dirais donc que la lune vous a bien traités. Et dans le groupe, comment cela s'est-il passé ?

— Ils ont tous réussi à contrôler leur transformation, répondit Tate. J'en suis très heureux.

Il ôta subrepticement un toast beurré dans l'assiette d'Adrian et le remplaça par son bagel. Il avait agi d'instinct, sachant qu'Adrian détestait le pain beurré. Quand Adrian le remercia d'un clin d'œil complice, Tate piqua un fard. Il repensa alors aux paroles de Ryan : « horriblement adorables ». C'était plutôt bien trouvé.

Diann arrivait à son tour.

— Alors, Adrian, vous restez avec nous un mois de plus ?

Adrian ayant la bouche pleine, Tate répondit pour lui :

— Oui, mais il retournera deux fois par semaine travailler à Indy.

— Jusqu'en novembre, donc ? insista Diann en scrutant Tate.

Il a déjà annoncé sa démission à Anne Marie. Il n'était pas encore certain d'accepter la proposition du père de Ryan de s'installer à New-York, mais pas question qu'Adrian et lui restent éternellement au Camp H.U.R.L.

La veille au soir, il avait prévenu Kenya et Diann de son départ en novembre prochain.

— Pourquoi novembre ? demanda Adrian. Que se passe-t-il en novembre ?

— Je comptais t'en parler, répondit Tate.

Il jeta un regard noir à Diann, qui ricana et haussa les épaules, l'air très contente d'elle. Comme Kenya, elle prenait un malin plaisir à provoquer Tate pour lui éviter de « s'encroûter » comme elle disait. Elle cherchait aussi à le pousser à parler, à exprimer ses émotions. Pour être franc, Tate trouvait son ingérence moins pénible ces derniers temps. Et la communication plus facile.

Il se tourna vers Adrian.

— Je me suis dit que nous pourrions marcher un peu après le départ des gamins, qu'en dis-tu ? Nous avons des décisions à prendre.

Si Tate avait envisagé divers scénarios, chacun d'eux gardait Adrian à ses côtés. Il ne pouvait plus envisager de se séparer de lui. Un mois plus tôt, jamais il n'aurait imaginé bâtir sa vie autour de celle d'un autre, ce qui prouvait combien il avait changé en ce court laps de temps.

Un peu trop, peut-être. Si Tate avait entendu un patient lui raconter cette même histoire, il aurait usé d'innombrables termes cliniques pour

187

tenter d'apaiser la situation et la ramener sur des bases plus rationnelles, aussi avait-il du mal à accorder son cerveau et son cœur. Le premier doutait encore, le second s'était donné sans hésitation.

Un bouleversement aussi total de croyances bien enracinées ne se ferait pas du jour au lendemain, Tate en était conscient. Mais Adrian… Seigneur ! Il était la patience personnifiée. Tate savait que son Compagnon l'attendrait le temps qu'il faudrait – toujours, si besoin était.

Et ce ne serait certainement pas le cas. Ces derniers temps, Tate parvenait à dire « Couple de la Lune » sans grimacer et ce parce qu'Adrian l'avait aidé à comprendre que leur relation ne ressemblait en rien à celles que son père avait avec ses femmes. L'amour, le véritable, n'était pas un outil de manipulation mentale comme Tate l'avait cru en voyant la façon dont son père et tous les membres de son ancienne meute en usaient et en abusaient.

Adrian le regarda un long moment, puis il prit son bagel dans son assiette.

— D'accord, accepta-t-il.

En regardant Adrian mordre dans son bagel et s'en délecter, Tate oublia complètement la fatigue de sa nuit blanche. Cet amour inconditionnel, cette confiance tacite que lui faisait Adrian, c'était… grisant ! Tate était prêt à tout pour renvoyer l'ascenseur, pour combler Adrian autant que lui l'était.

Durant son enfance, il avait cru que les Couples de la Lune étaient un mensonge, une mascarade, un traquenard. Maintenant, il comprenait qu'il s'était trompé. C'était un rêve devenu réalité, un accord parfait, une complétion.

C'était la définition même du bonheur sur terre.

Il se doutait bien que leur chemin ne serait pas sans ornières. Il y aurait des écueils, des obstacles à surmonter, des discussions houleuses avec la famille d'Adrian. Mais ils y feraient face ensemble.

Main dans la main.

Unis.

Épilogue

Six mois plus tard

— **C'EST** le quatrième carton marqué « carnets », déclara Tate, Je pense qu'il va nous falloir une *intervention*[6].

Il vida le contenu du carton sur le sol de ce qui serait le salon une fois leur installation terminée.

Eliza arriva derrière lui avec un carton marqué « cuisine ».

— À mon avis, c'est du porno, déclara-t-elle en passant. Adrian est de la vieille école. Il préfère les magazines à internet. Quand il était plus jeune, il les cachait dans ses cahiers de classe. Il n'a jamais réalisé que nous pouvions les sentir.

---

6 Coutume américaine : famille ou amis se réunissent autour d'une personne ayant un problème (une addiction le plus souvent) pour la convaincre de le reconnaître et d'envisager un traitement.

Un peu inquiet, Tate se pencha et renifla le carton, il ne découvrit aucun relent suspect, à part l'odeur forte des marqueurs permanents.

Le frère d'Adrian, Thomas, qui était occupé à remonter une armoire, sortit la tête pour ricaner.

— Liz, c'est vrai ? Merde ! Et moi qui le croyais passionné par ses dessins et croquis. J'aurais dû me douter qu'une telle passion pour le bâtiment, c'était louche !

Adrian hurla depuis la chambre :

— Oh, mais que vous êtes drôles et spirituels ! Je suis mort de rire ! Maintenant, si tu la fermais, Tom, et que tu continuais à monter ce fichu meuble ? Si je ne leur rends pas ce camion à dix-neuf heures, ils vont me facturer un jour de plus !

— Peuh ! grogna Thomas. C'est maman qui paie de toute façon.

Il récupéra son tournevis et se remit au travail. Même à l'autre bout du pays, il était sensible à l'autorité de son Alpha.

Et Tate ne pouvait pas lui en vouloir. Il avait beau ne pas être hiérarchiquement soumis à Sandra Rothschild, il avait fortement hésité avant de s'opposer à elle. Peu après l'avoir rencontrée, il avait décliné sa proposition de rejoindre sa meute, ce qui avait causé une faille dans une famille jusque-là très unie. Puis la mère d'Adrian et le reste de la meute avaient fini par comprendre la véritable raison de son refus. Par la suite, ils avaient tous été très accommodants.

Faire partie d'une meute n'était pas – n'était *plus* – dans la nature de Tate. Ayant trop souffert étant enfant, il ne se mettrait plus jamais sous le joug d'un Alpha, même s'il s'agissait d'une louve juste et dynamique comme la mère d'Adrian.

De plus, Tate avait désormais trouvé une position où son statut de « sans meute » était un atout. Au départ, il avait hésité à accepter l'offre du père de Ryan, l'Alpha Connoll, craignant que son installation à New York soit assortie d'une obligation d'intégration dans sa meute, mais pas du tout. L'Alpha s'était montré étonnamment compréhensif. Il avait même aidé Tate à ouvrir son cabinet privé, ce qui pour un loup ne pouvait se faire qu'avec l'accord de l'Alpha local.

Parfois, Tate regrettait un peu le Camp H.U.R.L., mais sa nostalgie ne durait pas. Kenya avait eu raison : il n'aurait pas dû stagner si longtemps en se cachant au fond des bois. Ce n'était pas une vie. La facilité n'était jamais la bonne solution.

Le changement n'avait pas été facile pour un ermite confirmé comme lui, mais il savait avoir pris la bonne décision. Installé à New York depuis quelques mois à peine, il avait déjà une clientèle solide. Il appréciait de se lever le matin pour aller travailler, il était heureux d'aider ses patients.

Et maintenant qu'Adrian était là, tout était parfait.

Adrian passa derrière son frère et lui tapa sur la tête.

— Maman ne paie rien du tout, sinistre enfoiré ! C'est le cabinet !

— Et alors ? intervint Eliza depuis la cuisine. C'est du pareil au même !

— Pas du tout ! protesta Adrian les yeux au ciel. Je gère désormais le cabinet de New York, techniquement, c'est donc sur mon budget.

Il rejoignit Tate et déposa un baiser dans son cou. Tate, occupé à ranger leurs livres dans les bibliothèques que venait de remonter Thomas, en fut un peu distrait. Il huma avec volupté le parfum musqué d'Adrian et savoura la douce chaleur qui montait dans sa poitrine.

Eliza sortit en trombe de la cuisine.

— Peuh ! Tu chipotes ! jeta-t-elle à son frère. Le camion est presque vide. Je vais chercher de quoi grignoter. Je suis certaine que les gamins ont faim !

Pour les aider dans leur installation, l'Alpha Connoll leur avait envoyé un groupe de ses jeunes loups, dont Ryan. Aussi nombreux, ils avaient rapidement réussi à vider le camion des meubles que Thomas et Eliza avaient conduit à travers le pays pour assister leur jeune frère dans son nouvel emménagement.

— Tous les prétextes sont bons pour paresser, hein Liz ? plaisanta Adrian.

Eliza secoua la tête.

— Je suis l'Alpha, dit-elle le doigt au centre de sa poitrine.

— Ben voyons ! Tu es surtout autoritaire.

Adrian baissa la tête pour éviter le coussin du canapé que sa sœur lui jeta au visage. Tate le reçut et le serra contre lui pour empêcher Adrian de le renvoyer. C'était son premier rodéo avec les jeunes Rothschild et il préférait que l'appartement soit complètement installé avant de les laisser le mettre à sac.

Adrian continua à titiller sa sœur :

— Et je te rappelle que tu n'es pas encore Alpha. Tu es simplement jalouse que j'aie eu une belle promotion tandis que toi, tu restes sous les ordres de maman.

Bien que réticente à l'idée de laisser son fils s'éloigner d'elle, l'Alpha Rothschild avait fini par comprendre qu'Adrian suivrait son Compagnon à New York avec ou sans sa permission. Elle avait donc proposé à Adrian de prendre la direction du cabinet new-yorkais.

Tate avait dû passer quelque temps séparé d'Adrian. Cela lui avait été difficile, bien qu'il soit très occupé à ouvrir son propre cabinet, à se forger une clientèle et à apprendre à mieux connaître les us et coutumes de la meute locale.

À la prochaine pleine lune, Adrian serait intronisé comme nouveau membre, une cérémonie importante pour les deux parties, Tate le savait et l'acceptait. Pour lui, son lien avec Adrian suffisait, mais il ne reprochait pas à son Compagnon son besoin d'avoir le soutien d'une meute. Tate était bien trop soulagé et reconnaissant envers l'Alpha Connoll de ne pas lui tenir rancœur de son refus d'accepter la même cérémonie.

Ignorant la pique d'Adrian, Eliza annonça à la cantonade :

— Je vais chercher des pizzas. Et puisque nous avons un nouveau responsable de cabinet qui a reçu une belle promotion, c'est lui qui nous invite !

Elle tendit la main.

Adrian lui donna sa carte de crédit avec un sourire.

— Tu devrais aussi faire envoyer des pizzas à l'Alpha Connoll, déclara-t-il. C'est la moindre des choses, il a été très généreux envers nous.

Effectivement, le père de Ryan avait même proposé de leur louer un appartement dans le vaste complexe d'immeubles qu'il possédait, mais Tate aimait trop son intimité pour accepter. Tant qu'il était seul, il avait pris une simple chambre, il attendait Adrian pour s'installer pour de bon – et si possible loin de la meute.

Furieuse, Eliza ouvrit la bouche, puis elle se renfrogna et fusilla son jeune frère des yeux.

Adrian éclata de rire.

— Oui, je sais ! Tu voulais me lancer au visage que je n'avais pas d'ordre à te donner, mais c'est faux, sœurette. Ici, je suis le patron, ton patron !

À travers leur lien, Tate sentit l'amusement, mais aussi la satisfaction et le soulagement d'Adrian. Il avait eu très peur de perdre sa famille et que tous lui en veuillent de s'éloigner ainsi de Portland. Il appréciait d'autant plus la présence d'Eliza et de Thomas à New York pour l'aider au tout début de sa nouvelle vie avec Tate.

C'était plus que tous deux n'avaient osé espérer.

Eliza tira la langue et sortit en trombe de l'appartement. Quand elle claqua la porte, Thomas, Adrian, et Tate éclatèrent de rire. C'était bon d'être heureux, de profiter d'un moment sans s'inquiéter de l'avenir.

Tate avait beau être têtu, il n'était pas idiot. Dès qu'il avait réalisé sa chance d'avoir rencontré Adrian, il s'était lancé à cœur ouvert dans cette nouvelle aventure.

Jusqu'à ce jour, le souvenir de son père avait été comme un nuage sombre pesant au-dessus de sa tête, menaçant, inquiétant, et Tate avait préféré vivre caché. Apparaître en pleine lumière avait été effrayant. Mais Kenya avait raison : il devait dépasser son traumatisme.

Désormais, il ne laisserait plus son passé ternir son avenir.

En ce moment, Adrian et lui se bâtissait une nouvelle vie à New York. Mais qui savait ce que le futur leur apporterait ? Adrian voudrait peut-être un jour retourner à Portland et retrouver sa meute… Peut-être détesteraient-ils tous les deux la vie à New York, au cœur d'une immense cité grouillante, et préféraient-ils retourner dans une petite bourgade tranquille.

Peu importait, ce qui comptait, c'était qu'ils soient ensemble où qu'ils aillent. Le Camp H.U.R.L. avait longtemps été pour Tate un refuge, désormais, il allait avancer. Pour la première fois de sa vie, il avait foyer. Et ce foyer, ce n'était pas un endroit, mais une personne.

C'était Adrian.

www.ingramcontent.com/pod-product-compliance
Lightning Source LLC
Chambersburg PA
CBHW022150240626
47153CB00007B/2590

* 9 7 8 1 6 4 4 0 5 8 7 5 6 *